MIRA®

Der Preis dieses Bandes versteht sich einschließlich der gesetzlichen Mehrwertsteuer.

Umwelthinweis:
Dieses Buch wurde auf chlor- und säurefreiem Papier gedruckt.

Linda Castillo

Kälter als dein Grab

Thriller

Aus dem Amerikanischen von
Judith Heisig

MIRA®

MIRA® TASCHENBUCH
Band 25685
1. Auflage: September 2013

MIRA® TASCHENBÜCHER
erscheinen in der Harlequin Enterprises GmbH,
Valentinskamp 24, 20354 Hamburg
Geschäftsführer: Thomas Beckmann

Konzeption/Reihengestaltung: fredebold&partner gmbh, Köln
Umschlaggestaltung: pecher und soiron, Köln
Redaktion: Thorben Buttke
Titelabbildung: Getty Images, München
Autorenfoto: © Harlequin Enterprises S.A., Schweiz
Satz, Druck und Bindearbeiten: GGP Media GmbH, Pößneck
Printed in Germany
Dieses Buch wurde auf FSC®-zertifiziertem Papier gedruckt.
ISBN 978-3-86278-748-7

www.mira-taschenbuch.de

PROLOG

Der international tätige Waffenhändler und verurteilte Verbrecher Ian Rasmussen blickte über die düstere Landschaft Missouris und ließ sich den eisigen Novemberwind ins Gesicht wehen. Er atmete tief ein und genoss den süßen Geschmack der Freiheit, die man ihm sechs lange Jahre genommen hatte.

Der Dieselmotor des Sattelschleppers, der auf der anderen Seite des Parkbereichs stand, rumpelte im Leerlauf wie Donnergrollen vor sich hin. Laut den Frachtpapieren des Fahrers würde die Schiffsladung italienischer Möbel im Truck noch in dieser Nacht an ein Möbelhaus in Denver ausgeliefert werden. Aus den Papieren ging allerdings nicht hervor, dass sich im vorderen Bereich des Containers ein verborgener Raum befand – ein gut ein mal drei Meter großer Raum, komplett ausgestattet mit Heizung, einer gut bestückten Bar, Fernseher, Satellitentelefon und einem Ledersessel.

Selbst auf der Flucht vor sämtlichen Strafverfolgungsbehörden des mittleren Westens reiste Ian Rasmussen gerne mit Stil.

Zitternd vor Kälte stand der Fahrer neben dem Truck und rauchte eine Zigarette. Die Beifahrertür wurde geöffnet, und Derrick LeValley, ein ehemaliger Deputy Marshal, trat in das graue Licht der Abenddämmerung. Rasmussen hatte ihn für eine Million Dollar gekauft. Der Preis war hoch, doch jeder Penny hatte sich gelohnt.

„Es tut mir leid, Mr Rasmussen, aber wir müssen los. Die Feds weiten ihre Suche derzeit aus. Es ist das Beste, wenn wir in Bewegung bleiben, bis sich die ganze Situation ein bisschen beruhigt hat."

Rasmussen drehte sich zu LeValley um, der vor gerade einmal fünf Stunden mit gefälschten Transportpapieren im Terre Haute Federal Prison eingetroffen war und es mit ihm zusammen verlassen hatte. LeValley hatte ihn in seinen Sattelschlepper verfrachtet, und seitdem waren sie Richtung Westen gefahren.

„Ich will die Liste sehen", sagte Rasmussen.

LeValley griff in seine Jackentasche und zog einen Computerausdruck hervor. „Sie haben keine Ahnung, wie gefährlich es war, an diese Information zu kommen. Es hat einen Mann das Leben gekostet. Sie schulden mir weitere fünfzigtausend."

„Sie bekommen Ihr Geld", schnarrte Rasmussen und vertiefte sich in die Liste. „Wie viele Namen?"

„Mehr als zweihundert."

„Ausgezeichnet." Mit der Liste, die die neuen Identitäten und Adressen von mehr als zweihundert Zeugen aus der Datenbank des Zeugenschutzprogramms umfasste, in der Hand verspürte Rasmussen ein berauschendes Gefühl von Macht. Es gab jede Menge Menschen, die Höchstpreise für diese Informationen zahlen würden. Doch ihn interessierte nur ein Name. Er blätterte zur zweiten Seite, überflog die Zeilen, suchte …

Leigh Michaels.

Der Name war mit gelbem Marker hervorgehoben. Zusätzlich war die Adresse mit Blau unterstrichen – 345 West Fourth Street, Apt. 310, Denver, Colorado.

Kelsey James hieß also nun Leigh Michaels.

Sie konnte ihren Namen ändern, doch sie konnte sich nicht verstecken …

Er fuhr mit dem Daumen über den Namen, und die alten Gefühle wallten wieder in ihm auf. Liebe, die zu etwas zerfallen war, das noch dunkler war als Hass. Sie war ein Niemand gewesen, als er sie kennengelernt hatte. Eine Kellnerin, die fast nichts verdiente. Er hatte sie aufgenommen. Hatte ihr alles gegeben, was eine Frau sich nur wünschen konnte. Er hatte ihr vertraut, hatte sie geliebt. Sie hatte es ihm mit Verrat gedankt, hatte ihn in jeder Hinsicht betrogen, in der eine Frau einen Mann betrügen kann.

Und nun würde er sie dafür bezahlen lassen, auch wenn es das Letzte sein sollte, was er tat.

Einen gefährlichen Augenblick lang dachte er darüber nach, sie anzurufen. Er wollte hören, wie ihre sanfte Stimme vor Angst zitterte. Sie sollte wissen, dass er sie erwischen würde. Sie hatte es verdient zu leiden, so, wie er sechs qualvolle Jahre lang gelitten hatte.

„Mr Rasmussen, wir müssen los." Derrick LeValley ging zur Ladeklappe und öffnete sie.

Rasmussen faltete die Liste sorgfältig zusammen und folgte ihm zum Sattelschlepper. „Sie haben jemanden engagiert, der sie im Auge behält?"

„Seit gestern. Sie ist viel unterwegs, doch sie haben sie unter Beobachtung."

„Ich will bei Einbruch der Dunkelheit in Denver sein."

„Wir liegen genau im Zeitplan."

Rasmussen kletterte in den Container und ging nach hinten durch zu dem versteckten Raum. Es gab viel zu erledigen, doch nichts davon konnte er anpacken, bevor er nicht mit Kelsey fertig war. Sie kam zuerst dran, vor allem anderen. Erst dann konnte er an den Rest seines Lebens denken.

Er betrat die geheime Kammer. Der Schweiß brach ihm aus, als LeValley die Tür hinter ihm schloss. Die alte Raumangst überfiel ihn; er begann zu zittern. Er tröstete sich mit dem Gedanken an die Liste in seiner Tasche, an ihren Namen, der das Versprechen süßer Rache trug.

Bei Einbruch der Nacht würde er sie im Visier haben. Er würde sich so plötzlich auf sie stürzen, dass sie nicht wusste, wie ihr geschah. Und dann würde er sich Zeit mit ihr lassen. Er würde sie leiden lassen für all das, was sie ihm angetan hatte. Er schloss die Augen, als ihn die Erinnerung an sie mit schmerzhafter Klarheit überkam. Sie war so unschuldig gewesen. So unglaublich schön ...

Kelsey ...

Sie hatte ihn mehr gekostet, als ein Mann jemals bezahlen sollte. Sechs Jahre voller Gewalt und Demütigung. Doch dass sie ihn ins Gefängnis gebracht hatte, war nicht das Schlimmste gewesen. Seine schöne Kelsey hatte nicht nur sein Vertrauen missbraucht, sie hatte auch sein Herz gebrochen. Sie hatte sich einem anderen Mann hingegeben. Einem FBI-Agenten. Genau jenem Mann, der sein Leben zerstört hatte. Keine Frau tat Ian Rasmussen so etwas an und blieb am Leben, um davon erzählen zu können.

Nicht einmal die schönste Frau der Welt.

1. KAPITEL

Jake Vanderpol mochte keine Überraschungen, erst recht keine unangenehmen, die mitten in der Nacht über seine Geheimnummer von der MIDNIGHT Agency eintrafen.

„Wir haben einen Code Red. Alle verfügbaren Agenten melden sich sofort zum Dienst. Alle nicht verfügbaren Agenten bleiben in Bereitschaft. Ich wiederhole, Code Red …“

Das war nur die erste einer ganzen Reihe von schlechten Nachrichten. Um fünf Uhr morgens saß er bereits im Auto und raste in Richtung Hauptquartier der MIDNIGHT Agency, das in einem kleinen, unauffälligen Gebäude westlich von Washington untergebracht war. Da er ein Nachrichten-Junkie war, hatte er schon im Radio von Ian Rasmussens Ausbruch gehört und hatte sich mit seinem Hummer sofort auf den Weg gemacht.

Als er den Wagen in die Tiefgarage lenkte und mit quietschenden Reifen auf dem für ihn reservierten Parkplatz stoppte, war er äußerst aufgewühlt. Er musste immer wieder an die junge Frau denken, die ihm vor sechs Jahren geholfen hatte, einen internationalen Waffenhändler zu überführen. Es war das erste und einzige Mal gewesen, dass Jake ein persönliches Verhältnis zu einem Zeugen entwickelt hatte. Das erste und einzige Mal, dass er diese Grenze überschritten hatte. Eine Grenze, die ihn am Ende beinahe den Job gekostet hatte.

Selbst nach all dieser Zeit sah er noch immer ihr Gesicht

vor sich, wenn er die Augen schloss. Noch immer hatte er ihr Parfum in der Nase, das sich mit dem süßen Duft ihrer Haut mischte. Noch immer träumte er von ihr – heiße erotische Träume, nach denen er verschwitzt und erregt aufwachte, voller Sehnsucht und voller Bedauern. Schlimmer noch, er begehrte sie noch immer mit einer Heftigkeit, die ihn bis ins Innerste erschütterte.

In der einen Woche, in der sie zusammen gewesen waren, hatte er mehr Fehler begangen als in seiner ganzen Karriere. Sie hatte ihn fast um den Verstand gebracht, und beinahe hätte er alles aufgegeben. Doch als schließlich der Zeitpunkt gekommen war, an dem sie ihn verlassen und ihr neues Leben beginnen musste, hatte sie sich nicht einmal umgedreht …

Mit der Entschlossenheit eines Mannes, der dies viel zu oft tat, schob Jake die Gedanken an die Vergangenheit beiseite und stürzte aus dem Wagen. Das Hauptquartier der MIDNIGHT Agency war hell erleuchtet wie ein Footballstadion. Die beiden Sicherheitsleute am Haupteingang nickten kurz, als er seine Marke zeigte. Statt auf den Fahrstuhl zu warten, lief Jake ins Treppenhaus und eilte in den dritten Stock, wobei er immer zwei Stufen auf einmal nahm.

Kaum hatte er den Flur betreten, hörte er Stimmen aus dem Kommandoraum, dem großen Konferenzraum, der im Krisenfall in ein Kommandozentrum umgewandelt wurde. Jake ging davon aus, dass die Flucht eines extrem gewalttätigen und international tätigen Waffenhändlers wohl einen solchen Krisenfall darstellen dürfte.

Ohne zu klopfen betrat er den Raum. Alle Anwesenden drehten sich zu ihm um. Vier MIDNIGHT-Agenten saßen um einen ovalen Konferenztisch, der mit Papieren bedeckt war. Zwei Laptops waren mit einem Drucker verbunden, der noch mehr Papier ausspuckte.

Sein Kollege Mike Madrid sah aus, als ob man ihn aus dem Bett gezerrt, flüchtig abgeklopft und eilig angezogen hätte. Als ausgewiesener Computerspezialist saß er an einem der Laptops und tippte mit der rechten Hand auf der Tastatur herum, während er in der anderen eine Tasse Kaffee hielt.

Die beiden anderen Agenten im Raum, Zack Devlin und Rick Monteith, wichen seinem Blick aus. Jake begriff, dass es einen Grund dafür gab, dass man ihn als Letzten aus dem Team benachrichtigt hatte. Ein Grund, der ihn sauer machte.

„Sieht so aus, als hätte ich die Party verpasst", sagte er in den Raum hinein.

Eine angespannte Stille machte sich breit, als hätte jemand eine Granate in den Raum geworfen, und den Agenten bliebe nun nichts anderes übrig, als auf die Explosion zu warten. Jake war nicht sicher, ob die bevorstehende Auseinandersetzung einer Explosion gleichkommen würde, aber zumindest würde es laut werden.

Die Männer rutschten unbehaglich auf ihren Stühlen hin und her und mieden seinen Blick. Man nippte am Kaffee, trommelte mit den Fingern, spielte mit dem Stift.

Sean Cutter, der Chef der Agency, saß am Kopfende des

Tisches. Seine blauen Augen waren kühl, als er Jake ins Visier nahm. „Das Briefing ist vorbei“, sagte er.

Jake ignorierte seine Kollegen, als diese den Raum verließen. „Rasmussen ist draußen, und Sie hielten es verdammt noch mal nicht einmal für nötig, mich zu benachrichtigen.“

„Ich habe andere Agenten beauftragt. Sie sind fähig und …“

„Dies ist mein Fall.“

Cutters Augen blitzten. „Dieser Fall gehört dem, den ich damit beauftrage, weil ich ihn für den Richtigen halte.“

„Ich habe ihn von Anfang an aufgebaut …“

„Sie haben mit der Zeugin geschlafen!“, konterte Cutter. „Sie haben die Sache versaut, und ich habe nicht die Absicht, Ihnen noch einmal die Gelegenheit dazu zu geben.“

„Sie wissen, dass ich der Beste für den Job bin“, entgegnete Jake.

„Ich weiß, dass Sie persönlich viel zu stark involviert sind, um den Einsatz effektiv durchzuführen.“

Jakes Herz hämmerte. Er hätte gern geglaubt, dass es an der Wut lag, die in seinem Körper hochkochte. Doch er spürte, dass es Furcht war, die sein rasendes Herz mit jedem schnellen Schlag durch seine Adern pumpte. Er wollte nicht nach Kelsey fragen. Er wollte nicht an sie denken und nichts für sie empfinden. Doch genau das tat er, und diese Gefühle zerrissen ihn. Er musste wissen, ob es ihr gut ging. Jeder Agent, der im Raum gewesen war, wusste, dass Rasmussen sie jagen und sich rächen würde. Er wollte gar nicht darüber nachdenken, was geschehen würde, wenn er sie fand.

„Geht es ihr gut?", fragte er.

„Soweit wir wissen, ja."

„Was zum Teufel meinen Sie mit ‚soweit Sie wissen'?"

Sein Gegenüber presste die Kiefer zusammen, und Jake spürte, wie Übelkeit in ihm aufstieg. „Hier geht es um mehr als nur Kelsey James", sagte Cutter.

„Wovon reden Sie?"

„Jemand hat sich in die Datenbank des Zeugenschutzprogramms eingehackt."

Ungläubigkeit und eine tiefe dunkle Angst erfassten Jake. „Das kann nicht sein!"

„Dieser Hacker hat Namen und Adressen. Alle meine Agenten sind im Einsatz. Jeder Zeuge, der zum Zeugenschutzprogramm gehört, befindet sich in Gefahr. Wir versuchen, Prioritäten zu setzen, aber wie zum Teufel sollen wir das tun, wenn wir mehr Zeugen als Agenten haben?"

Jake hatte das Gefühl, als hätte man ihm einen Schlag in den Magen versetzt. „Rasmussen?"

„Ich weiß es nicht, aber das Timing deutet auf ihn. Und er verfügt sicher über die notwendigen Mittel."

Jake starrte seinen Vorgesetzten an. Seine Gedanken überschlugen sich, als ihm die Bedeutung des soeben Gehörten klar wurde. „Wo ist Kelsey James?"

Cutter wich dem Blick aus.

„Um Himmels willen, Sie haben keine Ahnung, nicht wahr?“

„Sobald wir von der Sache erfahren haben, habe ich einen Agenten zu ihrem Apartment geschickt. Da hatte *CNN* die Nachricht gerade gebracht. Sie muss von Rasmussen gehört haben und ist geflohen, bevor wir Kontakt aufnehmen konnten.“

Jake fluchte. Das klang ganz nach Kelsey. Eigensinnig. Stur. Bereit, sich der ganzen Welt entgegenzustellen, wenn es sein musste. Doch sie musste in heller Panik geflohen sein, und das aus gutem Grund. Wenn Rasmussen sie in die Finger bekam …

Allein bei dem Gedanken lief Jake ein kalter Schauer den Rücken hinab. Sein Beschützerinstinkt brach mit aller Macht durch. „Dann müssen wir zu diesem Zeitpunkt wohl davon ausgehen, dass er sowohl ihren Namen als auch ihre Adresse hat.“

„Dies ist nicht Ihr Fall, Jake. Ich brauche Sie hier. Es gibt administrative Dinge …“

„Scheiß auf die administrativen Dinge!“ Ein weiterer Fluch entfuhr ihm. „Ich werde es nicht zulassen, dass er sie in die Hände bekommt, Sean.“

„Es ist bereits ein anderer Agent auf dem Weg.“

„Ach, kommen Sie! Sie haben zweihundert Zeugen, die Sie beschützen müssen, und zwanzig Agenten! Rechnen Sie nach!“

„Wir arbeiten mit dem U. S. Marshals Service zusammen, um alle Zeugen zu erfassen.“

Jake fluchte.

„Ich brauche Sie hier, Jake. Aber ich brauche Sie mit kühlem Kopf. Wenn Sie sich nicht zusammenreißen, müssen Sie gehen."

„Ich werde nicht zulassen, dass er diese Frau umbringt", stieß Jake hervor.

„Sie wusste, worauf sie sich vor sechs Jahren einließ."

„Das wusste sie. Aber wir wussten es auch, oder, Sean?"

„Lassen Sie das, Jake. Sie haben Ihren Job gemacht und ich den meinen."

„Oh ja. Vielleicht ein bisschen zu gut." Jake fuhr sich mit der Hand über das Gesicht, ein heiserer Laut entrang sich seiner Kehle. „Wo ist sie?"

Cutter starrte ihn an, die Gesichtszüge hart wie Granit. „Treffen Sie nicht die falsche Entscheidung, Vanderpol. Ich habe Sie gedeckt, als Sie sich mit dieser Frau eingelassen haben. Ich werde das kein weiteres Mal tun."

„Ist das der einzige Weg, mit dieser Sache umzugehen?", fragte Jake.

„Das ist der einzige Weg, damit umzugehen."

Ohne seinen Blick von Cutter abzuwenden, zog Jake seine MIDNIGHT-Marke aus der Brieftasche und legte sie auf den Konferenztisch. Dann griff er unter die Jacke und zog seinen Dienstrevolver hervor, um ihn neben die Marke zu legen.

„Jetzt müssen Sie mich nicht mehr decken", sagte er und ging zur Tür hinaus.

Aus dem schiefergrauen Nachthimmel fiel dichter Graupel, als Leigh Michaels ihren Koffer in das Motelzimmer im zweiten Stock zerrte und die Tür hinter sich schloss. Seit sie ihr Apartment in Denver verlassen hatte, war die Angst ihr ständiger Begleiter.

Sie hatte immer gewusst, dass dieser furchtbare Tag kommen würde. Rasmussen war ein zu mächtiger Mann, sein Einfluss reichte zu weit, als dass ein Gefängnis ihn auf Dauer in Schach halten konnte.

Bebend vor Angst zog Leigh die handliche Heckler-&-Koch-Halbautomatik aus dem Hosenbund und legte sie auf den Nachttisch in Reichweite. Sie machte sich nicht die Mühe, den Koffer auszupacken, denn es bestand immer die Möglichkeit, dass sie rasch verschwinden musste. Dabei wollte sie die wenigen Kleidungsstücke und Toilettenartikel, die sie dabeihatte, nicht zurücklassen.

Sie ging zum Fernseher und schaltete einen Nachrichtenkanal ein. Sie hoffte auf die Neuigkeit, dass man Rasmussen gefasst hatte. Der Sprecher zerschlug ihre Hoffnungen sofort. „Laut einer ungenannten Quelle haben sich Unbekannte am Wochenende in die Datenbank des Zeugenschutzprogramms gehackt. Mehr als zweihundert Namen von wichtigen Zeugen wurden kopiert …"

Leigh traf jedes einzelne Wort wie ein Schlag in den Magen. Einen Augenblick lang konnte sie nicht mehr atmen, nicht mehr denken. Sie spürte, wie sie von Panik erfasst wurde.

Hinter dem Datenbank-Raub konnte nur Ian Rasmussen

stecken. Auch wenn in den Nachrichten von keinem Zusammenhang berichtet wurde.

„Oh Gott." Abrupt stand sie auf, legte eine Hand auf den Bauch und versuchte, die aufsteigende Panik niederzukämpfen.

Ian Rasmussen kannte ihre neue Identität. Er kannte ihren Namen. Ihre Adresse.

Einen Augenblick erwog sie die Möglichkeit, ihren alten Kontakt im Büro des U. S. Marshals Service in Boulder anzurufen. Dann erinnerte sie sich, was beim letzten Mal geschehen war, als sie einer staatlichen Behörde getraut hatte, und verwarf die Idee.

Jake Vanderpol tauchte vor ihrem geistigen Auge auf. Sie sah seine dunklen, intelligenten Augen. Militärisch kurz geschorenes Haar. Ein schmales Gesicht mit einem fein gemeißelten Mund. Ein Körper, der so fest und atemberaubend war wie die Rocky Mountains.

Sie hatte ihm ihr Leben anvertraut. Sie hatte ihm ihr Herz geschenkt. Ihren Körper. Ein Stück ihrer Seele. Er hatte all diese Dinge mit einem Heißhunger verschlungen, der sie begeistert und mit dem Verlangen nach mehr erfüllt hatte. Sie hatte sich in den nachdenklichen Agenten verliebt. Doch die Nähe, die sie geteilt hatten, hatte ihn nicht davon abhalten können, sie als Mittel zum Zweck einzusetzen.

Leigh schob die Erinnerung entschlossen zurück in ihr tiefes dunkles Versteck. Sie ließ sich aufs Bett sinken und stützte den Kopf in die Hände. „Beruhige dich", flüsterte sie in die Stille des Raumes hinein.

Auf keinen Fall konnte Rasmussen sie bis hierher verfolgt haben. Sie war zu vorsichtig gewesen, hatte die ganze Zeit Ausschau gehalten, ob er sie verfolgt hatte. Es wäre ihr aufgefallen, wenn sie den gleichen Wagen zweimal gesehen hätte. Niemand war ihr gefolgt.

Sie musste Rasmussen immer nur einen Schritt voraus sein, das war alles.

Als ihr Blick auf den Wecker auf dem Nachttisch fiel, seufzte sie. Es war fast sieben Uhr morgens. Sie war den größten Teil der Nacht durchgefahren. Sie brauchte eine Dusche. Etwas zu essen. Ein paar Stunden Schlaf. Dann würde sie weiterfahren. Wenn alles nach Plan lief, würde sie morgen in Kansas City ankommen. Einer Stadt, zu der sie keinerlei Verbindung hatte. Es gab für niemanden einen Grund, sie dort zu suchen. Sie musste nur in Alarmbereitschaft bleiben und vorsichtig sein.

Als sie spürte, wie die Erschöpfung sie übermannte, legte Leigh sich aufs Bett, ohne Kleidung oder Schuhe auszuziehen. Die H&K lag in Reichweite, und falls sie dennoch überwältigt werden sollte, trug sie zur Sicherheit ein Messer in ihrem Stiefel. Doch sie glaubte nicht, dass irgendetwas geschehen würde. Niemand wusste, dass sie hier war.

Doch kurz bevor der Schlaf sie einholte, kam ihr der Gedanke, dass sie Ian Rasmussen schon einmal unterschätzt hatte und dass sie dies mehr gekostet hatte, als sie sich je hatte vorstellen können.

Leigh schreckte auf. Sie blieb reglos auf der Seite liegen und lauschte, während ihr das Herz bis zum Hals schlug. In dem spärlich beleuchteten Zimmer war es kalt und ruhig. Der Wecker auf dem Nachttisch zeigte ihr, dass sie gerade mal etwas mehr als eine Stunde geschlafen hatte. Was zum Teufel hatte sie geweckt?

In den letzten sechs Jahren hatte Leigh gelernt, ihren Instinkten zu vertrauen. Und in diesem Augenblick sagten ihr diese Instinkte, dass irgendetwas nicht stimmte. Sie spürte, wie sich die Härchen auf ihren Armen aufstellten.

Der Türknopf quietschte leise. Sie setzte sich auf, ihr Herz hämmerte wie ein Kolben in ihrer Brust.

Eine Sekunde später flog die Tür auf und knallte gegen die Wand. Ein Mann, der im Halbdunkel des Raums groß wie ein Berg wirkte, stürzte herein. Sie warf sich schräg übers Bett und griff nach der H&K auf dem Nachttisch. Ein Dutzend verschiedener Szenarien rasten ihr durch den Kopf, als ihre Hand den Griff umschloss. Keine Zeit zum Denken. Zielen und feuern, so wie am Schießstand, wo sie sich so viele Stunden auf diesen schrecklichen Moment vorbereitet hatte.

Sie hob die Waffe und schwang sie in Richtung des Mannes. Im nächsten Augenblick umklammerte eine kräftige Hand ihr Handgelenk. „Fallen lassen“, knurrte jemand im Befehlston.

Doch Leigh wusste, dass sie so gut wie tot war, wenn sie die Waffe losließ. Sie schrie auf, als der Mann seinen Griff um ihr Handgelenk verstärkte. „Nein!“

Ein Schuss ging los. Gips rieselte von der Decke. Sie kämpfte mit aller Kraft um die Waffe, doch trotz all der Selbstverteidigungskurse, die sie in den letzten sechs Jahren absolviert hatte, war sie nicht auf die Kraft und Geschwindigkeit ihres Angreifers vorbereitet.

Ein letzter Schmerz durchfuhr ihr Handgelenk, und die Waffe fiel zu Boden. Ihre letzte Hoffnung verflog, als sie hörte, wie der Eindringling die Pistole zur Seite kickte.

Er wird mich umbringen, dachte sie.

In dem Wissen, dass sie rasch handeln musste, wenn sie am Leben bleiben wollte, griff Leigh mit der freien Hand nach dem Messer in ihrem Stiefel. Kaum berührten ihre Finger den gummierten Griff, da umklammerte er auch dieses Handgelenk und schob sie zurück aufs Bett. Sie versuchte, ihm ein Knie in den Körper zu rammen, doch er drehte sich rechtzeitig zur Seite, um sich dann auf sie zu werfen.

Sie trat mit den Füßen aus. Doch er war schwer und stark und überwältigte sie mühelos.

„Beruhige dich, Kelsey. Verdammt noch mal, ich bin's. Jake."

Alles in ihr erstarrte, als sie die allzu vertraute Stimme vernahm. Leigh hörte auf, sich zu wehren. Auf irgendeiner animalischen, instinktiven Ebene erkannte ihr Körper plötzlich den seinen. Jede straffe Faser seines muskulösen Körpers schmiegte sich mit der Geschmeidigkeit eines lang getragenen Handschuhs an den ihren.

Keuchend starrte sie ihn an und konnte sich nicht rühren, während eine Flut widerstreitender Gefühle sie überrollte.

Seine dunklen Augen blickten auf sie hinunter. Die schmale Nase sah aus, als wäre sie gebrochen gewesen und nicht wieder gerichtet worden. Sein fein ziselierter Mund hatte sich grimmig verzerrt. Doch sie wusste aus Erfahrung, dass seine Lippen auch sanft sein konnten. Dass er eine Frau um ihren Verstand küssen konnte, wenn sie nicht aufpasste …

„Geh von mir runter!“, schrie sie.

Seine Nasenflügel bebten bei jedem angestrengten Atemzug. Er starrte sie an, als wäre sie ein Geist und er könne es kaum fassen, sie zu sehen. „Sei einfach nur still“, sagte er. „Hör auf, dich zu wehren. Du weißt, dass ich dir nicht wehtun werde.“

Doch Leigh wusste, dass dies genau das war, was Jake Vanderpol besonders gut konnte. Etwas, das sie nie wieder zulassen würde. „Wer hat dir erlaubt, einfach so in mein Zimmer …“

„Ich bin hier, um dir das Leben zu retten“, schnitt er ihr das Wort ab. „Und wenn du so klug bist, wie ich glaube, lässt du mich das tun.“

2. KAPITEL

Jake hatte Besseres zu tun, als daran zu denken, wie gut sich ihr Körper unter dem seinen anfühlte. Sie war eine Zeugin, die unbedingt Schutz brauchte. Zumindest bis Rasmussen gefasst war oder der U. S. Marshals Service übernehmen konnte. Doch wenn es um Kelsey James ging, waren die Logik und sein guter Instinkt, auf den er immer stolz gewesen war, praktisch wie fortgeblasen. Das galt vor sechs Jahren, als er so viele Regeln gebrochen hatte, dass man sie kaum zählen konnte. Und das galt auch jetzt, denn er hatte eine ziemlich klare Vorstellung davon, dass er noch mehr Regeln brechen würde.

Während er in ihre klaren blauen Augen sah und ihren warmen, weichen Körper unter sich spürte, betete er still, dass er die Dinge diesmal unter Kontrolle behalten würde.

Was eher unwahrscheinlich war.

Als er spürte, dass sein Körper so reagierte, wie er es immer tat, wenn er überhaupt nur an sie dachte, stützte er sich ab, stand auf und bot ihr eine Hand, um sie hochzuziehen. Leigh ignorierte sie geflissentlich, krabbelte quer über das Bett und kam auf der anderen Seite auf die Füße.

„Wie hast du mich gefunden?“, wollte sie wissen.

„Es ist mein Beruf, Leute ausfindig zu machen“, erwiderte er. „Was glaubst denn du?!“

Er bemerkte, wie sie rasch zur Tür blickte, und begriff zum ersten Mal, wie sehr er sie erschreckt haben musste.

Doch er hatte keine Wahl gehabt. Er wusste, dass sie bei einem vorsichtigen Anklopfen direkt durch das Fenster geflohen wäre.

„Ist dir eigentlich klar, dass ich dich beinahe erschossen hätte?“, fragte sie.

„Der Tag, an dem du schneller bist als ich, ist der Tag, an dem ich eine Kugel verdiene.“ Er ging zur Tür, blickte zu beiden Seiten in den Gang hinaus, schloss die Tür und verriegelte sie. „Warum hast du nicht deine Kontaktperson beim U. S. Marshals Office angerufen? Damit sie dich irgendwohin bringen und beschützen, bis dieser Scheißkerl gefasst ist?“

„Nur für den Fall, dass du die Nachrichten verpasst hast: Es war ein Deputy Marshal, der ihm zur Flucht verholfen hat. Irgendjemand vom U. S. Marshals Office hat sich kaufen lassen, Jake. Wie kannst du von mir erwarten, dass ich denen mein Leben anvertraue?“

Jake wünschte, er hätte dem etwas entgegenzusetzen. Er ging zum Fenster, zog den Vorhang leicht zur Seite und blickte auf den Parkplatz.

„Was machst du hier?“, fragte sie.

Er wandte sich zu ihr um. „Ich werde dich zu einem Unterschlupf bringen.“

„Ich will mich nicht irgendwo verkriechen. Und schon gar nicht mit dir.“

„Auf dich allein gestellt hast du keine Chance zu überleben. Es ist nur eine Frage der Zeit, bis Rasmussen dich findet. Wir wissen beide, was passiert, wenn es so weit ist.“

Ein Beben durchfuhr ihren Körper. „Er wird mich nicht finden."

„Darauf solltest du nicht dein Leben verwetten. Wenn er sich in die Datenbank des Zeugenschutzprogramms hacken kann, ist es jetzt eine Kleinigkeit für ihn, dich zu finden."

„Ich weiß, wie ich von der Bildfläche verschwinde. Ein neuer Name. Eine neue Stadt. Ich kann das schaffen, und deine Hilfe brauche ich nicht."

Er zog die Glock aus dem Schulterhalfter unter seinem Mantel, überprüfte die Sicherung und schob sie dann zurück. „Du standest in der Datenbank. Er hat deinen neuen Namen. Deine letzte Adresse. Nach dem, was wir wissen, kann es sein, dass er dich schon eine ganze Weile beobachten lässt."

„Ich kann auf mich aufpassen."

„Nicht wenn es um Rasmussen geht."

Sie ging um das Bett herum und baute sich direkt vor ihm auf. „Ich will dich nicht hierhaben. Ich brauche dich nicht. Ich brauche deine Hilfe nicht. Auf deine Art von Schutz kann ich hervorragend verzichten."

Die Worte trafen ihn hart, doch Jake verbot sich eine Reaktion darauf. Nach allem, was vor sechs Jahren geschehen war, war er wohl darauf vorbereitet gewesen. Er hatte sich niemals verziehen, dass er damals nicht rechtzeitig gekommen war, um sie davon abzuhalten, sich in die Höhle des Löwen zu begeben …

Auch wenn er sie sechs Jahre lang nicht gesehen hatte,

hatte er sie im Auge behalten. Sie mochte glauben, dass sie mit ihrem braunen Gürtel im Karate und dem Schießtraining gut vorbereitet war, doch sie war auf keinen Fall ausreichend vorbereitet, um mit dieser Sache allein fertigzuwerden. Sie mochte sich hart geben, und sie mochte sogar so aussehen. Aber er sah die Furcht in ihren Augen. Er bezweifelte, dass sie auch nur eine Ahnung davon hatte, was sechs Jahre im Käfig aus einem Mann wie Rasmussen machen konnten.

„Ich möchte dir nur helfen", sagte er. „Lass mich dich zu einem Versteck der Agency bringen."

Sie schob das Kinn anklagend vor. „Vielleicht glaubst du ja auch, dass ich dein Ticket zu Rasmussen bin. Vielleicht möchtest du eine Wiederholung dessen, was beim letzten Mal passiert ist. Du bist doch befördert worden, nachdem du ihn geschnappt hast, oder? Ist es nicht genau das, worum es hier geht? Dein Ego? Deinen Job? Dass du deinen Mann um jeden Preis kriegst, und wenn es deine Seele kosten sollte? Beziehungsweise in dem Fall war es meine Seele, nicht wahr?"

Jake starrte sie nur an. Er fragte sich, ob sie wirklich glaubte, was sie da sagte. Ob sie ihn nach allem, was sie gemeinsam durchgemacht hatten, wirklich so sehr hasste. Ob sie sich nicht ebenso lebhaft wie er daran erinnerte, dass nicht alles, was vor sechs Jahren zwischen ihnen geschehen war, schlecht gewesen war.

„Ich möchte nur, dass du in Sicherheit bist", sagte er. „Ich denke, das schulde ich dir."

„Entschuldige, dass ich dir nicht glaube, aber genau dasselbe hast du mir auch beim letzten Mal erzählt. Kurz bevor du mich benutzt hast."

Dass sie so von ihm dachte, gab ihm das Gefühl, ein Arschloch zu sein. Seine damalige Idee, sie als Köder zu benutzen, um Rasmussen in eine Falle zu locken, hatte er entwickelt, *bevor* er mit ihr gemeinsam eine Woche in dem Unterschlupf verbracht hatte. Bevor er sie berührt hatte. Bevor er sie geküsst hatte. Bevor er mit ihr geschlafen hatte. Lange bevor sie sein Herz erobert hatte …

Am Ende war sie diejenige gewesen, die den Plan ausgeführt hatte – ohne seine Zustimmung. Bis zum heutigen Tag wusste er nicht, was sie hatte tun müssen, um an die Informationen von Rasmussen zu gelangen. Diese brennende Frage quälte ihn bereits seit sechs Jahren.

Jake fuhr sich mit der Hand über das Kinn. „Du bist hinter meinem Rücken …"

„Es war deine Idee, mich zu Rasmussen zu schicken."

Das entsprach der Wahrheit. „Ich habe versucht, die Operation abzubrechen."

Sie lächelte kühl. „Aber du bist zu spät gekommen, nicht wahr?"

„Du warst wütend, als du von dem Plan erfahren hast", erwiderte er. „Und wenn du wütend bist, wirst du unvernünftig."

„Solltest du nicht lieber sagen, dass wir beide unvernünftig waren?"

Er wusste nicht, was sie hatte tun müssen, um Rasmussen zum Reden zu bringen, sodass alles aufgezeichnet werden konnte. Er wusste nicht, ob sie sich hatte kompromittieren müssen … oder noch Schlimmeres. Alles, was an dieser Sache sonnenklar schien, war die Tatsache, dass sie ihm die Schuld dafür gab.

Jake trug an dieser Schuld wie an einem Bleigewicht.

„Verdammt noch mal, Kelsey …“

„Nenn mich nicht so. Kelsey James existiert nicht mehr. Ich heiße Leigh.“ Sie blickte zu ihrem Koffer. „Ich muss gehen.“

Jake presste die Zähne zusammen und bemühte sich, ruhig zu bleiben. „Lass mich dich zu dem Versteck bringen.“ Er trat einen Schritt auf sie zu. „Ich meine es ernst. Ich möchte nicht, dass dir etwas geschieht.“

„Ich versuch’s lieber mit Rasmussen. Bei ihm weiß ich wenigstens, woran ich bin. Er mag brutal sein, aber auch sehr geradeaus.“

Die Worte trafen ihn wie Messerstiche. Leigh Michaels war nicht mehr das zwanzigjährige Mädel vom Lande, das er vor sechs Jahren kennengelernt hatte. Sie war zu einer umwerfenden Schönheit erblüht und hatte die Gerissenheit eines Undercovercops. Die Nackenschläge, die sie hatte einstecken müssen, spiegelten sich in ihren umwölkten Augen wider. Und in dem Mund, der längst nicht mehr so bereitwillig lächelte. Doch sie war noch immer so schön, dass es wehtat, sie überhaupt nur anzusehen – ein Schmerz, der Jake bis ins Innerste ging.

Sie trat zur Seite und nahm die Pistole, die er ihr zuvor entwunden hatte. Mit der Selbstverständlichkeit eines Menschen, der mit Waffen umzugehen weiß, überprüfte Leigh den Sicherheitshebel und schob die Pistole dann in den Hosenbund. Sie griff sich ihren Koffer und ging zur Zimmertür.

Bevor sie die Tür öffnete, drehte sie sich zu ihm um und ließ ihren Blick langsam über seinen Körper wandern. Auch wenn ihre Musterung keinen sexuellen Beigeschmack hatte, spürte er ihren Blick wie die leichte Liebkosung von Fingerspitzen auf seiner Haut, sodass sein Körper sofort reagierte.

„Versuch nicht, mich zu verfolgen, Jake. Ich weiß, was ich tue."

„Du machst einen Fehler."

„Es wäre nicht der erste, nicht wahr?"

„Aber es könnte dein letzter sein." Er beobachtete sie und fragte sich, ob auch nur ein Funke von dem, was sie vor sechs Jahren für ihn empfunden hatte, noch heute in ihr glomm. „Tu das nicht, Leigh. Man wird dir wehtun."

„Man hat mir schon wehgetan." Sie lächelte und sah einen Augenblick wie die hübsche junge Frau aus, in die er sich vor sechs Jahren verliebt hatte. „Man sieht sich, Jake."

Sie öffnete die Tür und verschwand.

Mehrere Sekunden, die sich wie eine Ewigkeit anfühlten, stand Jake neben dem Bett, während Furcht sein Herz ergriff. Er durfte sie auf keinen Fall fortgehen lassen. Wie vorsichtig sie auch sein mochte, Rasmussen würde sie finden. Und Jake wusste, was dann geschehen würde. Der Gedanke daran machte ihn krank.

Auch wenn Leigh keinen Schutz von ihm wollte, würde er auf keinen Fall tatenlos zusehen, wie sie in ihr Unglück rannte. Und wenn er körperliche Gewalt einsetzen musste. Das war ein Weg, den er zwar nicht gehen wollte, doch die Alternative war unendlich schlimmer.

„Also schnapp sie dir, du verdammter Idiot", murmelte er und stürzte zur Tür.

Den Koffer fest umklammert, eilte Leigh den Gang hinunter. Von dem Schock des Wiedersehens mit Jake schlug ihr Herz noch immer bis zum Hals. Sie konnte nicht glauben, dass er sie gefunden hatte. Konnte nicht glauben, dass die alten Gefühle noch immer da waren, wo sie doch so viele Jahre damit verbracht hatte, sie endgültig aus ihrem System zu verbannen.

Die Türen links und rechts von ihr begannen zu verschwimmen, als sie zu rennen begann. Sie wusste nicht genau, warum sie rannte. Fort von Jake und all den Erinnerungen und Gefühlen, gegen die sie schon so lange ankämpfte. Doch egal, wie schnell sie auch rennen würde, sie wusste, dass sie ihnen niemals entkommen konnte.

Sie befand sich auf halbem Weg zum Treppenhaus, als ein Mann aus dem Alkoven stürzte, in dem die Eismaschine stand. Leigh wich nach links aus, doch der Mann rammte sie mit der Wucht eines Trucks. Der Aufprall brachte sie ins Taumeln und riss ihr den Koffer aus der Hand. Dann schloss der Mann seine Arme um sie und wirbelte sie herum.

Sie erhaschte einen kurzen Blick auf langes Haar, das zu einem Pferdeschwanz gebunden war. Augen voller Gewalt. Sie griff nach der Heckler & Koch in ihrem Hosenbund, war aber nicht schnell genug. Seine Hand schoss vor wie eine giftige Schlange. Die Finger schlossen sich wie ein Schraubstock um ihr Handgelenk, sodass Leigh die Pistole fallen ließ.

„Versuch noch so etwas Dummes, und ich bringe dich um."

Leigh versuchte sich loszumachen, doch der Mann schleuderte sie gegen die Wand. Schmerz zuckte durch ihren gesamten Rücken. Er erstickte ihren Schrei, indem er ihr die Hand auf den Mund presste.

„Keinen Mucks, oder ich puste ein so großes Loch in dich, dass die Cops eine Woche brauchen, um all die Teile zu finden." Er unterstrich die Drohung, indem er ihr den Lauf einer Waffe in die Rippen drückte. „Hast du das kapiert, Schätzchen?"

Leigh nickte zur Bestätigung. Sie wusste, dass dies einer von Rasmussens Männern sein musste.

Während er ihr mit dem Unterarm fast die Luft abdrückte, blickte der Kerl erst nach links und dann nach rechts den Gang hinunter. „Bist du allein?"

Sie nickte und fragte sich, wo Jake stecken mochte. „Was wollen Sie?", krächzte sie.

„Da ist ein saftiger Batzen Geld auf dein hübsches Köpfchen ausgesetzt. Nimm es nicht persönlich, aber ich werde ihn kassieren.“

Sie schauderte, als er mit seinen Händen flüchtig und routiniert über ihren Körper fuhr, und betete, dass er das Messer in ihrem Stiefel nicht fand.

Erleichterung machte sich in ihr breit, als er zurücktrat, ohne ihre Fußknöchel abzuklopfen. „Wir nehmen den Fahrstuhl nach unten. Ganz ruhig und entspannt. Kapiert?“

Er trat in das gedämpfte Licht einer Wandleuchte, sodass sie ihn zum ersten Mal richtig sehen konnte. Er wirkte riesig wie ein Wollmammut, und seine Augen waren so blass, dass sie fast weiß aussahen. Er hatte ein eckiges, pockennarbiges Gesicht und trug einen teuren Trenchcoat. Außerdem hielt er eine tödlich aussehende Automatikpistole in der Hand, mit der er auf ihr Herz zielte.

„Wohin bringen Sie mich?“

„Das findest du noch schnell genug heraus.“ Er stieß ihr die Waffe zwischen die Rippen. „Setz dich in Bewegung.“

Leigh blickte den Flur hinunter, doch die Tür zu ihrem Zimmer blieb geschlossen. Jake war nirgendwo zu sehen. Plötzlich kam ihr der Gedanke, dass er den Aufruhr vielleicht gar nicht gehört hatte. Dass er vielleicht gerade mit seinen Vorgesetzten telefoniert hatte. Oder vielleicht ließ er es zu, dass dieser Mann sie mitnahm, um ihn zu Rasmussen zu führen …

Angesichts der Tatsache, dass dieser Mann sie jeden Augenblick umbringen konnte, war es natürlich dumm, dass dieser Gedanke sie ebenso sehr verletzte, wie er das schon vor sechs Jahren getan hatte. Sollte Jake doch zur Hölle fahren. Sie brauchte weder ihn noch seinen Schutz. Immerhin hatte sie noch das Messer. Sie musste einfach nur auf eine entsprechende Gelegenheit warten …

Der Mann deutete in Richtung des Fahrstuhls am anderen Ende des Flurs. „Er will dich lebend, also versuch ja keine Dummheiten."

Leighs Beine zitterten so stark, dass sie kaum in der Lage war, einen Fuß vor den anderen zu setzen. Schwindlig vor Furcht stakste sie in Richtung Fahrstuhl.

Verrotte doch in der Hölle, Vanderpol, dachte sie, als sie an ihrem Zimmer vorbeikamen.

Aber auch wenn sie es sich nicht eingestehen wollte, hoffte sie doch insgeheim, dass Jake aus dem Zimmer stürzen und sie retten möge. Diese Hoffnung schwand, je mehr sie sich dem Fahrstuhl näherten. Leigh konnte selbst auf sich aufpassen, doch sie war klug genug zu erkennen, wann sie einer Sache nicht gewachsen war. Die Männer, die für Ian Rasmussen arbeiteten, spielten in einer komplett anderen Liga. Sie waren bösartig und tödlich.

Sie befanden sich drei Meter vor dem Fahrstuhl, als das Geräusch von Stahl gegen Stahl sie innehalten ließ. Jake, dachte sie und wirbelte herum. Ihre Knie wurden weich, als sie ihn nur fünf Meter weiter weg stehen sah, die Waffe auf ihren Angreifer gerichtet.

Mit einem Fluch riss der Kerl sie an sich und drückte ihr den Lauf der Waffe an die Schläfe. „Eine Bewegung, und ihr Gehirn spritzt durch die Gegend."

„Runter mit der Waffe und lass sie los", sagte Jake mit eisiger Ruhe.

Der Schläger ging rückwärts in Richtung Fahrstuhl und zog Leigh dabei mit sich. „Ich glaube nicht, dass du in der Position bist, irgendwelche Forderungen zu stellen."

Jake trat einen Schritt auf ihn zu. „Wenn du deiner kostbaren Beute auch nur ein Haar krümmst, wird Rasmussen dafür sorgen, dass du dir wünschst, niemals geboren zu sein. Ich habe gesehen, was er mit Menschen macht, die ihm in die Quere kamen, und es ist nicht schön."

„Wer zum Teufel bist du?"

„Dein schlimmster Albtraum."

Der Mann lachte. Leighs Herzschlag beschleunigte sich zu einem wilden Stakkato. Der Mann hatte seinen linken Arm um ihre Taille geschlungen. Mit dem rechten hielt er ihr die Waffe an die Schläfe. Sie hörte das rasselnde Keuchen seines Atems im Ohr und roch die Angst, die von ihm ausging und sich mit der ihren vermischte.

„Gib sie frei, und ich lass dich gehen", sagte Jake. „Ich habe kein Problem mit dir."

„Und mir damit den großen Scheck entgehen lassen?" Der Kerl fuhr mit der Pistolenmündung genüsslich über Leighs Gesicht. „Ich glaube, dass du dieses hübsche Gesicht ebenso wenig verunstaltet sehen möchtest wie ich."

„Vielleicht ist dies ja für uns beide ein Verlustgeschäft“, sagte Jake mit leichter Schärfe in der Stimme.

Sie hatten den Fahrstuhl erreicht. Der Schläger lockerte den Griff um ihre Taille, um den Fahrstuhlknopf zu drücken. Die Hand mit der Waffe zitterte. Da sie wusste, dass dies ihre einzige Chance war und sie nur eine Sekunde zum Handeln hatte, griff Leigh mit beiden Händen nach der Pistole. Zugleich trat sie dem Kerl mit dem Stiefelabsatz kräftig auf den Fuß.

Die Waffe ging nur wenige Zentimeter neben ihrem Ohr los. Doch der Schläger ließ die Pistole nicht los und richtete sie auf Jake. Aus den Augenwinkeln sah Leigh, wie dieser mit seiner Glock im Anschlag losstürzte.

„Nein!“, schrie sie voller Angst.

Jake riss den Schläger im Flug zu Boden. Ineinander verkrallt rollten sie über den Gang und rangen miteinander.

Ein zweiter Schuss riss ein Loch in die Wand. Jake umklammerte das Handgelenk des Schlägers, doch der hatte den Finger am Abzug.

Lauf.

Das Wort hämmerte in ihrem Kopf, ein animalischer Instinkt, den sie in den letzten sechs Jahren ständiger Fluchtbereitschaft entwickelt hatte. Doch Leigh lief nicht fort. Obwohl sie wusste, dass Jake bestens auf sich aufpassen konnte, konnte sie ihn nicht im Kampf mit einem bewaffneten Killer, der doppelt so groß war wie er, zurücklassen.

Ohne zu überlegen, bückte sie sich und holte das Messer

aus dem Stiefel. Sie fasste die Klinge am stumpfen Rücken und wartete auf den richtigen Moment. Dann holte sie Schwung und schleuderte die Waffe mit einem leichten Drall durch die Luft, wie sie es in dem Messerwerfer-Kurs vor zwei Jahren gelernt hatte.

Das Messer drehte sich wie in Zeitlupe, wobei die glänzende Klinge einen perfekten Bogen beschrieb. Einen Augenblick später fand die rasiermesserscharfe Spitze ihr Ziel und drang tief in die Wade des Mannes.

Der Körper des Schlägers erstarrte. Ein heiserer Laut entrang sich ihm. Er drehte sich um und blickte Leigh mordlüstern an. „Schlampe!"

Jake ergriff das Handgelenk des Mannes und schlug ihm die Waffe aus der Hand. „So spricht man nicht mit einer Dame."

Doch der Schläger war viel zu sehr mit dem Messer beschäftigt, das in seiner Wade steckte, als dass er an weitere Gegenwehr dachte. Sein Gesicht war schmerzverzerrt. „Ich blute! Sie hat mich verletzt."

„Du hast es verdient." Jake löste ein Paar Handschellen von seinem Gürtel, verschränkte dem Mann die Arme hinter dem Rücken und fesselte ihn damit.

Leigh bemerkte, dass Blut aus seinem Hosenbein sickerte, und begriff zum ersten Mal, was sie getan hatte. Noch nie in ihrem Leben hatte sie einen Menschen verwundet. Obwohl sie keine andere Wahl gehabt hatte, ließ der Gedanke daran Übelkeit in ihr aufsteigen. Der Raum schwankte und begann sich zu drehen.

„Leigh."

Sie sah auf und erblickte Jake, der mit besorgter Miene auf sie zuging. „Entspann dich", sagte er. „Schau nicht hin."

Sie verstand ihn kaum, so laut schien ihr Herz zu schlagen. Sie hörte ihre kurzen, schnellen Atemzüge und fühlte, wie Arme und Beine zitterten. Ein Schock, dachte sie schwerfällig und war überrascht, weil sie immer gedacht hatte, sie wäre zu hartgesotten für so etwas.

„Es geht mir gut", hörte sie sich sagen.

„Es wird dir noch leidtun, dass du mir ein Messer ins Bein gerammt hast", drohte der Schläger mit vor Wut und Schmerz verzerrten Gesichtszügen.

Als Jake neben ihr stand, versagte ihr die Stimme. Sie konnte an nichts anderes mehr denken als daran, dass sie soeben nur knapp dem Tod entkommen war.

Sie zuckte zusammen, als Jake ihre Arme umfasste. „Alles ist in Ordnung", sagte er.

„Ich habe ihn verletzt."

„Du hast mir das Leben gerettet. Er hat dir keine Wahl gelassen."

Vom Verstand her wusste Leigh, dass er recht hatte. Doch irgendwie hatte es sich falsch angefühlt, ein Messer im Fleisch eines anderen Menschen zu versenken. Auch wenn dieser Mensch es verdient hatte.

„Wo hast du überhaupt gelernt, so mit einem Messer umzugehen?"

„Ich … habe einen Kurs gemacht. Vor ein paar Jahren."

„Das muss ein guter Kurs gewesen sein." Mit den Händen rieb er über ihre Arme. Sprach mit ihr. Alles, um sie aus ihrem Schockzustand herauszuholen.

Als die Glocke des Fahrstuhls erklang, zuckten beide zusammen. Jake wirbelte herum. Wie in Zeitlupe sah sie ihn seine Waffe aus dem Holster ziehen. Mit der anderen Hand griff er nach ihr.

„Lauf!", rief er.

Als Nächstes spürte sie, wie er sie den Gang entlang Richtung Treppenhaus zerrte. Was sie endgültig zurück in die Realität riss, waren die beiden Männer, die dem Fahrstuhl entstiegen. Auf den ersten Blick wirkten sie wie Deputy Marshals vom Zeugenschutzprogramm. Doch dann bemerkte sie ihre Waffen und begriff, dass die Situation gerade eine Wendung zum Schlimmeren nahm.

Mit der Gewalt eines Blitzeinschlags krachte der erste Schuss durch die Luft. Putz splitterte von der Wand zu ihrer Rechten. Sie spürte ein heißes Jaulen an ihrem Ohr.

Plonk! Plonk! Plonk!

Das Treppenhaus am Ende des Gangs schien meilenweit entfernt. Es gab keine Deckung. Keinen Ort zum Verstecken. Leigh konnte nur noch daran denken, dass sie leichte Beute waren.

„Ich sagte ‚Lauf!', verdammt noch mal!"

Sie blickte hinüber zu Jake und sah Angst in seinen Augen. Die gleiche Angst, die in ihr tobte. Sie glaubte nicht daran, dass sie aus dieser Sache lebend herauskamen.

Dann erhaschte sie einen Blick auf etwas Rotes auf seinem Mantel. Blut, dachte sie, und die Angst steigerte sich zu Panik. „Jake! Oh mein Gott! Du bist getroffen!“

Die einzige Antwort, die sie erhielt, war das Stakkato ihres Herzens.

3. KAPITEL

„Falls ich zu Boden gehe, lauf weiter!“, rief Jack. „Hast du das kapiert?“

„Geh nicht zu Boden“, japste sie.

Er warf ihr einen Blick zu und fluchte. Leigh ging davon aus, dass ihm bereits klar war, dass sie nicht zu jener Art Mensch gehörte, die jemanden im Stich ließ. Selbst wenn sie diesen Jemand nicht besonders mochte.

Jake hob die Waffe, zielte und schoss auf zwei Wandleuchten, sodass sie plötzlich von Finsternis umgeben waren. Deckung, dachte Leigh, die ein kurzer Schauer der Erleichterung durchlief. Zumindest waren sie jetzt keine leichte Beute mehr.

Hinter ihnen erklangen Rufe und schwere Schritte. Weiße Blitze durchzuckten die Dunkelheit, als die Waffen losgingen. Leigh rannte so schnell sie konnte, doch Jake drängte sie zu noch höherer Geschwindigkeit. Irgendwann hatte er sie vor sich geschoben. Etwas verspätet begriff sie, dass er sich als Deckung zwischen sie und die Schützen gedrängt hatte.

Sie erreichten das Ende des Ganges, wo Jake die Tür zum Treppenhaus mit beiden Händen aufriss. Die Tür flog auf und knallte gegen die Wand. Sie stürzten ins Treppenhaus, das zumindest so weit erleuchtet war, dass Leigh das Treppengeländer und die Zementstufen erkennen konnte. Sie befand sich schon fast ein Stockwerk weiter unten, als sie bemerkte, dass Jake nicht mehr hinter ihr war. Sie hielt inne und blickte nach oben, wo er gerade mit der Faust einen an der Wand befestigten Notfallkasten der Feuerwehr einschlug. Glas splitterte. Sie sah Blut auf seinem Knöchel.

„Was tust du?“, fragte sie.

„Ich besorge uns eine kleine Zusatzversicherung.“ Er riss den zusammengerollten Schlauch aus seiner Halterung. „Lauf! Ich hole dich ein!“

Sie schaffte ein paar Stufen, bevor sie wieder anhielt. Sie blickte zurück zu Jake, der den Schlauch erst um den Türgriff wickelte und dann am Geländer befestigte. Auf diese Art hatte er die Männer ausgesperrt. Rasch verknotete er den Schlauch. Auf der anderen Seite wurde laut gegen die Tür geschlagen, es folgten Schüsse. „Das sollte uns ein paar Sekunden Vorsprung verschaffen“, murmelte Jake trocken und lief zu ihr hinunter.

„Hoffen wir, dass uns dort draußen kein Willkommenskomitee erwartet.“

Er erreichte sie auf dem Treppenabsatz. „Ich habe dir doch gesagt, du sollst weiterlaufen.“

„Ich nehme keine Befehle von dir an.“

Im nächsten Moment hatte er sie schon gepackt und rannte mit ihr die Treppen hinunter, wobei sie zwei, manchmal drei Stufen auf einmal nahmen und sie sicher war, dass sie gleich stolpern und stürzen würde.

Als sie das Erdgeschoss erreichten, sprintete Jake zur Tür und stieß sie auf. Kalter Winterregen schlug ihnen entgegen.

„Mein Wagen steht auf der anderen Seite vom Parkplatz“, sagte Leigh.

Schwere Schritte dröhnten auf der Treppe über ihnen. Rasmussens Männer hatten die blockierte Tür überwunden.

„Wir nehmen meinen“, erwiderte Jake. „Los.“

Sie rannten quer über den Parkplatz zu einem SUV von der Größe eines Panzers. Jake betätigte die Zentralverriegelung. „Spring rein und duck dich.“

Leigh rannte zur Beifahrerseite und riss die Tür auf. Jake saß bereits hinterm Steuer und drehte den Schlüssel in der Zündung. „Runter mit dir.“

Sie blickte genau in dem Augenblick zum Motel, als zwei Männer aus der Tür stürzten, aus der sie und Jake gerade gekommen waren. Sie hörte Rufe. Mehrere gedämpfte Schüsse.

„Sie schießen auf uns!“, warnte sie.

Jack drückte ihren Kopf nach unten. „Bleib verdammt noch mal unten!“

Dann schoss der SUV nach vorn wie ein Rennwagen nach dem Boxenstopp. Eine Salve von Schüssen teilte die Stille. Jake riss das Steuer abrupt nach links. Eine Kugel durchschlug die Windschutzscheibe. Glassplitter rieselten auf Leigh hinab. Sie blickte nach oben und sah winzige weiße Risse, die sich wie ein Netz von Blutgefäßen auf der Windschutzscheibe ausbreiteten.

„Halt dich fest!“ Jake trat aufs Gaspedal. „Das wird jetzt ungemütlich.“

Der SUV holperte über den Bordstein, pflügte anschließend durch eine Hecke und ein Blumenbeet. Jake wirbelte den Wagen herum, war aber nicht schnell genug, um dem Mülleimer auszuweichen, den er nun quietschend über den Asphalt mitschleifte. Fluchend setzte Jake den Wagen zurück und fuhr schließlich Richtung Straße.

Unbehagliches Schweigen setzte ein. Lediglich das monotone Brummen des Motors und das Geräusch der Reifen auf der nassen Fahrbahn waren zu hören. Leighs Magen revoltierte, und einen unangenehmen Moment lang befürchtete sie, dass sie sich übergeben müsste.

„Bist du in Ordnung?"

Am ganzen Körper zitternd, setzte Leigh sich hin. „Ich habe das Gefühl, dass ich mich gleich übergeben muss."

Jake blickte besorgt zu ihr hinüber. „Ich kann nicht anhalten."

Als sie spürte, wie ihr der Schweiß ausbrach, öffnete sie das Fenster einige Zentimeter und genoss die kalte Luft auf ihrem erhitzten Gesicht.

„Atme tief ein", sagte er.

Das tat sie, und allmählich verschwand die Übelkeit. Dafür traf sie jetzt mit voller Wucht die Erkenntnis, dass sie beinahe getötet worden waren. Dass sich ein Monster auf freiem Fuß befand. Dass Rasmussen ein Raubtier und sie seine Beute war und dass er niemals aufgeben würde, bevor er sie nicht getötet hatte. Dann erinnerte sie sich an das Blut auf Jakes Mantel und konzentrierte sich darauf.

„Wie schwer hat's dich erwischt?"

„Nur ein Streifschuss.“

Erleichterung machte sich in ihr breit. „Wie kann Rasmussen nach sechs Jahren im Gefängnis so gut organisiert sein und immer noch so viel Macht haben?“

„Er hatte viele Kontakte nach draußen. Anwälte. Buchhalter. Er hat Geld auf irgendwelchen Konten in Übersee. Er verfügt über Verbindungen. Und er ist gnadenlos. Es gibt nicht viele Menschen, die ihm in die Quere kommen wollten.“ Jake verzog das Gesicht. „Du bist ihm in die Quere gekommen.“

„Du ebenfalls.“

Er presste die Kiefer zusammen. „Ja, schon, aber von mir ist er nicht besessen.“

Sie blickte nach unten und bemerkte, dass ihre Hände zitterten. Sie hasste es, Angst zu haben, hasste es, sich immer umschauen zu müssen, ob sie nicht verfolgt wurde. Sie hatte die letzten sechs Jahre damit verbracht, sich ein neues Leben aufzubauen. Ein neuer Name. Ein neuer Job. Ein neues Apartment. Ausgerechnet jetzt, da sie einen gewissen Grad von Normalität wiedererlangt hatte und ein Leben lebte, mit dem sie zufrieden war, fing der Albtraum wieder von vorne an.

„Wohin fahren wir?“

„Erst einmal sehen wir einfach zu, dass wir diese Mistkerle mit ihren Kanonen möglichst weit hinter uns lassen.“

Wieder stieg Übelkeit in ihr hoch, und sie legte die Hände vors Gesicht. Heiße Tränen brannten hinter ihren Augenlidern, doch Leigh hatte sich zur Meisterin darin entwickelt, ihre Gefühle zu kontrollieren. Was sie nicht unter Kontrolle hatte, war die Angst. Sie hatte es so satt, sich ständig als Opfer zu fühlen.

Sie atmete noch einmal tief ein und wandte sich dann an Jake. Dabei fiel ihr Blick auf das Loch in seinem Mantel. Auf der rechten Seite, direkt über seiner Hüfte. Es hatte die Größe einer Münze. Der Stoff hatte sich vollgesaugt mit Blut.

„Oh Jake, du blutest."

„Ich kann fahren."

„Das ist mehr als nur ein Streifschuss. Das sieht böse aus. Du musst …"

„Wir können jetzt nicht anhalten, Leigh."

„Kannst du jemanden von der Agency um Hilfe bitten? Dass sie uns irgendwo treffen und du dort ärztlich versorgt werden kannst?"

Jake antwortete nicht, doch sie bemerkte, wie seine Fingerknöchel weiß wurden, als er das Steuer fester umklammerte, und ein ungutes Gefühl überkam sie. Es überraschte sie, dass sie ihn auch nach all den Jahren noch so gut kannte. Sie hatten vor einer Ewigkeit eine einzige Woche miteinander verbracht. Doch es war eine Woche voller lebensbedrohlicher Gefahren gewesen, eine Achterbahnfahrt der Gefühle und von atemloser Intensität. Sie hatten ein gemeinsames Ziel gehabt, hatten gemeinsam gegen ein Monster gekämpft. Und für einen kostbaren Moment hatten sie die gleiche blinde Leidenschaft geteilt …

Leigh schob die Erinnerungen beiseite. „Musst du nicht die Agency anrufen und sie benachrichtigen, was passiert ist?“

Jake sah sie kurz an, blickte dann in den Rückspiegel und wieder nach vorn auf die Straße. „Nein.“

„Wieso nicht?“

„Weil ich heute Morgen meinen Dienst bei der Agency quittiert habe.“

Leigh wusste nicht, was sie sagen sollte. Für Jake hatte sein Job immer an erster Stelle gestanden. Seinen Auftrag zu erfüllen, was auch immer es kostete. Er definierte sich über die Arbeit. Vor sechs Jahren war er bereit gewesen, sie zu opfern, um an Rasmussen heranzukommen. Etwas, das sie ihm niemals würde verzeihen können.

Sie wusste nur zu gut, was ihm der Job bei der MIDNIGHT Agency bedeutete, und fragte sich unwillkürlich, warum er dort weggegangen war. Sie versuchte sich einzureden, dass es keine Rolle spielte. Nichts, was er jetzt tat, würde das ändern, was vor sechs Jahren geschehen war. Andererseits hatte sie sich immer gerne selbst belogen, wenn es um Jake ging.

„Ich hoffe, dass dein Weggang von der Agency nichts mit mir zu tun hat“, sagte sie.

„Wenn ich heute Morgen nicht gegangen wäre, würdest du jetzt tot in dem Motel liegen.“ Er warf ihr einen finsteren Blick zu. „Oder wärst auf dem Weg zu Rasmussen.“

„Das kannst du nicht wissen.“

Sein Lachen sagte ihr, dass er es doch tat. „Du magst

glauben, dass du mit dieser Sache allein klarkommst, Leigh, aber ich sage dir, das tust du nicht. Und ich bitte dich, es erst gar nicht zu versuchen."

„Ich bin nicht mehr die naive Kleine von damals, Jake."

„Ich habe dich nie für naiv gehalten."

„Nein, du hast mich nur so behandelt. Bis der Zeitpunkt kam, an dem du dir das holen konntest, was du brauchtest." Leigh schauderte, als die Erinnerung an jenen Tag sie einholte. Die MIDNIGHT Agency hatte sie mit einem versteckten Mikro ausgestattet. Sie hatte sich mit Rasmussen in dessen Loft in der Michigan Avenue getroffen. Es war der schlimmste Tag ihres Lebens gewesen. Doch sie hatte es geschafft, dass er sich selbst belastete und dies aufgezeichnet wurde. Nur, dass sie dafür ihre Seele hatte verkaufen müssen …

Mit einem Seufzer schüttelte sie die Erinnerung ab. „Hör zu, ich weiß, wie man verschwindet. Alles, was ich brauche, ist ein neuer Name. Eine neue Stadt …"

„Er wird nicht aufhören, nach dir zu suchen", unterbrach Jake. „Was glaubst du, wie lange du dich verstecken kannst? Eine Woche? Einen Monat? Ein Jahr? Früher oder später fliegt deine Tarnung auf."

„Er ist ein flüchtiger Verbrecher. Er kann der Polizei nicht ewig entkommen."

„Wenn er außer Landes flieht, kann es Jahre dauern, bis wir ihn haben. Er hat die Mittel, sich so lange zu verstecken, wie es nötig ist."

„Wie es wofür nötig ist?" Kaum hatte sie die Worte

ausgesprochen, bereute sie sie auch schon, denn sie wusste, was er entgegnen würde.

„Dich zu finden", antwortete er gepresst. „Ich möchte nicht einmal daran denken, was er dir antun würde. Verdammt noch mal, du kennst ihn, Leigh. Er ist besessen von dir. Er ist entschlossen, sich zu rächen. Wegen seiner Eifersucht, seines Hasses und seines Ego. Du hast seinen Blick beim Prozess gesehen, als du im Zeugenstand gegen ihn ausgesagt hast. Er ist fixiert auf dich. Und er weiß, was zwischen ..." Er brach ab und sah zur Seite. „Zwischen uns beiden war."

Obwohl ihr das Herz vor Angst bis zum Hals schlug, spürte sie einen unwillkommenen Anflug von Sehnsucht bei der Erwähnung dessen, was vor sechs Jahren zwischen ihr und Jake geschehen war. Leigh wusste, dass es verrückt klang, doch so war es immer zwischen ihnen gewesen. Selbst in Lebensgefahr hatten sie einander nicht widerstehen können. Eine einzige unglaubliche Nacht in seinen Armen, und es war um sie geschehen ...

„Wie konnte ich mich nur mit einem Mann wie Ian Rasmussen einlassen?", flüsterte sie.

Jake zuckte mit den Schultern. „Du konntest nicht wissen, was für eine Art Mensch er wirklich war. Er hatte seine Geheimnisse bestens gehütet. Er war Chicagos berüchtigtster Junggeselle, und er besaß ein erfolgreiches Restaurant in der Michigan Avenue. Er war ein Liebling der Medien."

„Aber ich war fast ein Jahr mit ihm zusammen."

„Fang gar nicht erst an, dir die Schuld zu geben, Leigh. Du warst jung. Unerfahren. Das wusste er und hat es ausgenutzt, um dich zu manipulieren."

Selbst nach all dieser Zeit kam sie sich deswegen wie eine Närrin vor. Ja, sie war jung gewesen – gerade mal einundzwanzig –, als sie Ian Rasmussen kennengelernt hatte. Aber warum hatte sie so lange gebraucht, um zu erkennen, wer er wirklich war?

Als hätte er gespürt, in welche Richtung ihre Gedanken gingen, wandte Jake sich ihr zu. „Wenn du nicht gewesen wärst, hätte man ihm niemals den Prozess machen können."

Die Erwähnung des Prozesses löste unangenehme Erinnerungen in ihr aus. Die Prozesstermine waren ein Albtraum gewesen. Leigh hatte als Zeugin gegen Rasmussen ausgesagt. Allerdings hatte Rasmussens einflussreicher Anwalt sein Bestes getan, um sie und die MIDNIGHT Agency auf die Anklagebank zu bringen. Auf diese Weise war herausgekommen, dass sie und Jake miteinander geschlafen hatten, sodass MIDNIGHT ein offizielles Disziplinarverfahren gegen Jake eingeleitet hatte wegen unangemessenen Umgangs mit einer Zeugin. Rasmussens Anwalt hatte versucht, mit dieser Information den ganzen Prozess abzuwehren. Der Richter durchschaute den Trick allerdings. Doch Rasmussen war außer sich. Leigh hatte ihn nicht nur verraten, indem sie verwanzt gewesen war und ihre Gespräche für die Polizei aufnahm, sie hatte ihn auch noch auf einer viel persönlicheren Ebene verraten, indem sie mit jenem Mann geschlafen hatte, der ihn festgenommen hatte.

Als sie zu Jake hinüberblickte, sah sie in ihm für einen kurzen Moment den Mann, der er vor sechs Jahren gewesen war. Er war ihr Beschützer gewesen, voller Hitze, Kraft und stählerner Kontrolle. Doch Leigh hatte gesehen, wie diese Kontrolle bröckelte. Nie würde sie vergessen, wie er sie angesehen hatte, als sie sich zum ersten Mal küssten. Wie sich seine Augen umschatteten, als er sie berührte. Nie würde sie vergessen, wie sein Körper gebebt hatte, als er in ihr war. Oder den Moment, als ihre eigene Kontrolle mit einer Macht zerstört wurde, die sie zu Tränen gerührt hatte …

Diese Bilder waren für immer in ihrem Herzen eingebrannt, ob sie es wollte oder nicht.

„Er wird nie aufhören, nach mir zu suchen, nicht wahr?", fragte sie nach einer Pause.

Jakes düstere Miene sagte alles. „Nein", flüsterte er.

4. KAPITEL

Jake glaubte nicht, dass die Kugel irgendetwas Lebenswichtiges getroffen hatte, doch die Wunde tat verdammt weh. Am späten Nachmittag musste er sich eingestehen, dass sie es nicht schaffen würden bis zu seinem Ziel, einer Kleinstadt in Michigan. Eine Stadt, wo er Freunde und Familie hatte und einen sicheren Ort kannte, an dem er Leigh unterbringen konnte, bis Rasmussen gefasst war.

So viel zu seinen Plänen.

Bei jedem Herzschlag pochte die Wunde schmerzhaft. Dort, wo das Blut getrocknet war, spürte er Stoff an seiner Haut kleben. Vor lauter Schmerz brach ihm der Schweiß aus, was ihn gereizt werden ließ. Er musste einen Ort für eine Pause finden und das Ausmaß der Wunde in Augenschein nehmen. Stellte sich nur die Frage, wo. Sie befanden sich in einer landwirtschaftlichen Region irgendwo im östlichen Kansas, um sie herum nur riesige Felder und Präriegras.

„Jake, du blutest immer noch. Wir müssen anhalten."

Er sah Leigh an, und obwohl er Schmerzen hatte und äußerst gereizt war, brachte ihn ihre Schönheit aus der Fassung. Er konnte verstehen, wieso ein Mann besessen von ihr sein konnte. Sie war Unschuld und Sünde zugleich, und das in einer umwerfenden Verpackung. Doch die Anziehung, die sie auf ihn ausübte, ging viel tiefer als bloße physische Schönheit. Er fühlte sich zu ihrer Seele hingezogen, der Liebenswürdigkeit ihres Herzens, das zu ihm auf einer Ebene gesprochen hatte, die er nicht ansatzweise erklären konnte.

„Ich weiß“, sagte er. „Noch nicht.“

„Ich werde hier nicht sitzen und zusehen, wie du das Bewusstsein verlierst.“

„Ich werde schon nicht bewusstlos, verdammt noch mal.“

Doch nun, da sie es erwähnt hatte, wusste er, dass sie recht hatte. Jake blickte hinunter auf das Loch in seinem Mantel. Ein beklommenes Gefühl ergriff ihn, als er das frische Blut sah. Sein Mantel hatte sich damit vollgesaugt, und nun tropfte es auf den Sitz. Verdammt. Verdammt. *Verdammt!*

„Du kannst eine Schusswunde nicht unbehandelt lassen“, beharrte sie. „Selbst wenn es nur eine kleinere Verletzung ist.“

„Ich weiß, was ich tun muss“, erwiderte er gereizt. „Lass mich in Ruhe.“

Kurz nachdem sie die Landesgrenze nach Missouri überquert hatten, bog er in eine kleine Landstraße ein und fuhr rechts ran. Als er das Gewicht verlagerte, um sein Handy aus der Tasche zu holen, konnte er ein gequältes Stöhnen nicht unterdrücken.

Leigh blickte ihn besorgt an. „Soll ich fahren?“

„Ich muss nur kurz jemanden anrufen.“

Er tippte die einzige Nummer ein, die ihm einfiel in dieser Situation. Mike Madrid war nicht nur ein bestens ausgebildeter MIDNIGHT-Agent, sondern auch ein guter Freund. Madrid meldete sich beim zweiten Klingeln mit seinem Namen.

„Das ist keine sichere Leitung“, sagte Jake.

Kurzes Schweigen. „Du weißt hoffentlich, dass du Mist gebaut hast, als du heute Morgen hier abgehauen bist.“

„Das war nicht das erste Mal.“

„Könnte aber das letzte Mal gewesen sein, wenn du dich bei Cutter nicht entschuldigst.“

„Hör zu, ich habe das Paket, aber ich bin ausgekontert worden.“

Mike Madrid fluchte. *Ausgekontert* war ein Codewort für *angeschossen*. „Wie schlimm ist es?“

„Nicht so schlimm. Aber ich brauche eine Auntie Em.“ Eine sichere Unterkunft in Kansas.

„Ich schicke dir eine Karte.“ Der Code für eine SMS auf Jakes BlackBerry.

„Roger.“

Jake legte auf.

„Ich habe kein Wort verstanden“, sagte Leigh.

„Und hoffentlich auch niemand anderes.“ Er wollte nach dem BlackBerry auf dem Rücksitz greifen, doch die Bewegung verursachte einen solch ziehenden Schmerz in der Wunde, dass er aufstöhnte.

„Jake. Wir müssen dich zu einem Arzt bringen.“

„Gib mir bitte mal das BlackBerry aus der Ledertasche, ja?“

Kopfschüttelnd fasst Leigh in die Tasche und holte das

Gerät heraus. Er wollte es ihr abnehmen, doch sie wehrte ihn ab. „Hör auf, dich wie ein Macho zu benehmen, und lass mich das machen."

Da sie nicht ganz unrecht hatte, schluckte Jake seinen Ärger hinunter und lehnte sich zurück. „Schalte an und warte, bis das System hochfährt. Dann drück auf „Receive".

Er sah zu, wie sie die winzigen Tasten betätigte. Er mochte die Art, wie sie die Brauen zusammenzog und sich vor lauter Konzentration auf die Lippe biss. Sie hatten dreihundert Meilen zwischen sich und Rasmussens Männer gebracht. Doch Jake wusste, dass das nicht reichte. Es würde nie reichen. Rasmussen würde niemals aufhören, sie zu suchen. Während er Leigh betrachtete, schwor sich Jake, dass er alles tun würde, um Rasmussen davon abzuhalten, ihr wehzutun.

„Da ist eine Karte", sagte sie nach einem Moment.

Jake griff nach dem BlackBerry und sah mit zusammengekniffenen Augen auf den kleinen Bildschirm. „Fünfzig Meilen von hier ist ein Haus, wo wir eine Pause einlegen können."

„Jake, ich glaube nicht, dass du bis dahin durchhältst."

„Ich habe keine andere Wahl."

Sie fuhren an einem riesigen Straßenschild vorbei, das sie im Staate Missouri begrüßte. Altmodische Farmhäuser mit Getreidespeichern und großen roten Scheunen daneben blitzten vereinzelt in der Landschaft auf. Der Himmel war schon den ganzen Tag bedeckt gewesen. Doch nun, da die Sonne im Westen unterging, zogen dunkle Wolken von Norden auf. Jake wusste, dass es für Regen zu kalt war.

Als er mit dem Hummer in die Schotterstraße einbog, fielen die ersten Schneeflocken. In der Ferne ragte ein zweigeschossiges Farmhaus wie ein riesiger Felsen aus der flachen Landschaft. Als sie näher kamen, bemerkte er, dass sich das Haus in einem schlechten Zustand befand. Der einst weiße Anstrich hatte sich in den vielen Jahren der Vernachlässigung und des rauen Klimas im Mittleren Westen in ein schmutziges Grau verwandelt. Zwei baufällige Scheunen schienen nur einen Windstoß vom Einsturz entfernt. Das Haus lag inmitten von achtzig Hektar unbebautem Farmland.

Dieses Anwesen war verlassen und abgeschieden. Falls irgendjemand sie verfolgte, würde Jake sie schon aus der Ferne kommen sehen. Doch er glaubte nicht, dass man sie hier aufspüren würde. Für ein paar Stunden würden sie sicher sein. Wenn sie sich ausgeruht und seine Wunde versorgt hatten, konnte er entscheiden, wie es weiterging.

„Ich hoffe, du hast reserviert", sagte Leigh.

Jake konnte nur daran denken, wie sehr er sich einen solchen Ort wünschte, der Reservierungen erforderte. Einen Ort, wo sie vor einem offenen Kaminfeuer an ihrem Champagner nippen konnten. Einen Ort mit einem Doppelbett und Leinenbettwäsche. Einen Ort, an dem er sie aufs Bett legen und ihr Stück für Stück ihre Kleidung ausziehen konnte, bis sie nackt und bebend unter ihm lag …

Jake parkte den Hummer hinter dem Haus und schaltete den Motor aus. Der Schnee fiel jetzt dichter, im Wetterbericht hatte man für die Nacht mehrere Zentimeter vorhergesagt. Wenn es nicht schlimmer wurde, waren sie hier vermutlich ganz gut aufgehoben.

Als er die Wagentür öffnete, schlug ihm der steife Nordwind wie ein Eimer Eiswasser ins Gesicht. Da er wusste, dass sein Körper während der langen Fahrt steif geworden war, ließ er sich vorsichtig vom Sitz gleiten. Ohne jede Vorwarnung gaben seine Beine nach. Mit verzerrtem Gesicht fiel er auf die Knie.

„Jake!“

Leigh lief vorne um den Wagen herum und kniete sich neben ihn. „Mein Gott! Was ist passiert?“

„Verdammt, es geht mir gut.“ Verlegenheit ließ seine Stimme rau klingen.

„Oh ja, das sehe ich, dass es dir gut geht.“

„Mein Bein war nur steif geworden, das ist alles.“ Doch einen unangenehmen Moment lang war er nicht sicher, ob er wieder auf die Füße kam. Und er fragte sich allmählich, ob die Schusswunde doch ernster war, als er angenommen hatte. Sobald er das Bein belastete, krallte sich der Schmerz in ihm fest wie eine reißende Bestie.

„Komm, ich helfe dir.“

Er wollte sie schon zurückweisen, doch als er die Sorge in ihren Augen sah, erstarben die Worte in seiner Kehle. Plötzlich bemerkte er, dass sie ihm die Hände auf die Schultern gelegt hatte. Er wusste, dass es angesichts der

Umstände merkwürdig war, doch es gefiel ihm, dass sie ihn berührte. Es erinnerte ihn daran, wie er sich vor sechs Jahren gefühlt hatte, wenn sie ihn berührte. Es war eine Art von Berührung gewesen, die ein Mann niemals vergaß.

„Ich schaff das schon." Er schüttelte ihre Hände ab und zog sich am Türgriff empor.

„Finden wir dort drin das Notwendigste? Fließendes Wasser? Decken?"

Er deutete zum Heck des Hummer. „Dort hinten ist ein Erste-Hilfe-Kasten. Und auch eine Decke. Bring sie mit. Ich checke schon mal, ob das Haus wirklich sicher ist."

Jake humpelte zu der Veranda an der Rückseite des Hauses und versuchte die Tür zu öffnen. Es überraschte ihn nicht, dass sie verschlossen war. Als er sich umsah, erblickte er eine Kehrschaufel und schlug mit ihr die Glasscheibe direkt neben dem Türknauf ein. Dann griff er durch das Loch, zog den Riegel zurück und öffnete die Tür.

Ihm fiel auf, dass es in der Küche fast ebenso kalt war wie draußen. Immerhin aber bot sie Schutz vor dem Wind. Die Möbel stammten noch aus den Siebzigerjahren und waren mit einer dicken Staubschicht bedeckt. Das weiße Porzellanbecken wies einige abgeschlagene Stellen auf. Das Linoleum am Boden war völlig abgenutzt und rollte sich an den Ecken auf. Er ging zur Spüle und drehte den Hahn auf, aus dem es sofort spritzte. Immerhin hatten sie Wasser.

Er humpelte ins Wohnzimmer. Die großen Fenster

waren stark verschmutzt und mit hauchdünnen Vorhängen verhängt, durch die ein wenig Licht fiel. Doch man brauchte nicht viel Licht, um zu bemerken, dass man diesen Ort schon lange dem Verfall überlassen hatte. Dennoch war Jake dankbar, ein Dach über dem Kopf zu haben.

An den hohen Decken befanden sich Wasserflecken. Teilweise war der Putz abgebröckelt und auf den Boden gefallen. Ein aus zerbröckelnden Ziegeln gemauerter Kamin bildete den Mittelpunkt des Raums. In der Ecke stand ein alter dickbauchiger Ofen. Das einzige Möbelstück war ein Tisch, der so aussah, als hätte man ihn als Werkbank benutzt.

Nicht das Ritz-Carlton, doch es musste reichen.

Jake ging zur Vordertür, öffnete sie und blickte hinaus. Erleichterung überkam ihn, als er das unordentlich gestapelte Feuerholz sah. Wenn sie sparsam damit umgingen, konnte es für die ganze Nacht reichen.

Um den Gedanken daran abzuschütteln, mit Leigh die Nacht in einem kalten Farmhaus zu verbringen, humpelte er zu dem Holzstapel und griff so viele Scheite, wie er mit beiden Armen tragen konnte. Er schloss die Tür hinter sich ab und ging hinüber zur Feuerstelle. Ein Anflug von Schwindel überkam hin, als er sah, dass Leigh im Türrahmen zur Küche stand. Er war nicht sicher, ob es an der Schusswunde lag oder an der Wirkung, die sie immer auf ihn ausübte, doch es reichte, damit ihm der Schweiß ausbrach.

„Ich mache ein Feuer“, sagte er.

Rasch legte sie den Erste-Hilfe-Kasten auf den Tisch und ging zu ihm. „Ich helfe dir."

Er wollte ihre Hilfe nicht. Es gefiel ihm nicht, wie er auf sie reagierte. Doch der Schmerz rang seinen Stolz nieder, und er ließ es zu, dass sie ihm etwas von dem Feuerholz abnahm.

„Bist du sicher, dass wir nicht verfolgt wurden?", fragte sie.

„Das bin ich."

„Wie lange werden wir hierbleiben?"

„Lange genug, um meine Wunde zu reinigen und ein paar Stunden Schlaf zu bekommen."

„Und was machen wir dann?"

Er warf ein brennendes Streichholz zu dem Zeitungspapier, das er unter das Holz gelegt hatte, und sah zu, wie es in Flammen aufging. „Ich hoffe, dass Rasmussen bis dahin gefasst ist."

„Und wenn nicht?"

Er blickte sie an und verspürte wieder diesen Anflug von Schwindel. „Darum kümmern wir uns, wenn es so weit ist."

Jake erhob sich und trug einige Holzscheite hinüber zu dem bauchigen Ofen. Als sowohl im Kamin als auch im Ofen das Feuer brannte, ging er in die Küche, wo Leigh den Erste-Hilfe-Kasten ausgepackt hatte.

„Netter Kasten", sagte sie.

„Eine besondere Gefälligkeit der MIDNIGHT Agency", sagte er.

Sie öffnete den Deckel und holte eine eingepackte Spritze hervor. „Sieht so aus, als hätten sie an alles gedacht."

„Ja, ich schätze, Cutter war früher bei den Pfadfindern."

Ihr Lächeln erstarb. „Es tut mir leid, dass du die Agency im Streit verlassen hast. Ich weiß, wie viel dir deine Karriere bedeutet."

Jake sagte nichts.

„War es wegen mir?"

„Es gab eine Meinungsverschiedenheit zwischen Sean Cutter und mir. Das geschah nicht zum ersten Mal."

„Wirst du wieder zurückgehen können?"

Da er sich mit diesem Problem im Moment nicht beschäftigen wollte, blickte er nach unten, wo das Blut noch immer in seinen Mantel sickerte. „Schaffst du es, die Wunde zu verarzten?"

„Ich war dazu schon vor Stunden bereit." Doch ihm entging nicht das unsichere Flackern in ihren Augen. Sie deutete zum Tisch. „Warum ziehst du nicht den Mantel aus und setzt dich hin?"

Jake zog mühsam den Mantel aus. Er holte das Hemd aus dem Hosenbund und bemerkte bestürzt, wie viel Blut er offenbar verloren hatte. Die Kugel war durch seinen Mantel und die Jeans gegangen und hatte seine rechte Hüfte dicht an der Gesäßmuskulatur gestreift. Na großartig. Er überlegte hin und her, doch es gab keinen Ausweg. Er würde seine Unterhose ausziehen müssen.

„Ich tue das wirklich nicht gern, Leigh, doch ich werde meine Unterhose ausziehen müssen."

Der Gedanke, seinen bloßen Hintern zu Gesicht zu bekommen, schien sie mehr zu erschrecken als die Aufgabe, eine möglicherweise ernsthafte Schusswunde zu behandeln. Doch sie gewann die Fassung rasch wieder. „Es wäre nicht das erste Mal, dass ich dich ohne Unterhose sehe."

Ihre Wangen waren gerötet. Jake spürte, wie auch ihm die Hitze ins Gesicht stieg – und in andere Teile seines Körpers, an die er jetzt nicht denken wollte.

Ohne sie anzusehen, öffnete er seine Jeans, zog sie hinunter und trat aus den Hosenbeinen. Er trug weiße Boxershorts und blickte auf den blutdurchtränkten Stoff. „Ich werde wohl eine neue Garderobe brauchen", murmelte er. „Außer meinen Schuhen hat die Kugel offenbar alles durchlöchert."

Leigh blickte angestrengt sonst irgendwohin, nur nicht in seine Augen. Jake war nicht schüchtern, doch die Vorstellung behagte ihm nicht, dass er seine Unterhose ausgerechnet vor der Frau auszog, die er seit sechs Jahren zu vergessen suchte. Ein unkontrollierter Gedanke, und sein Körper könnte auf eine Weise reagieren, wie er es nicht wollte. Und so etwas war schwer zu verbergen, wenn man halb nackt war.

Um irgendetwas zu tun, griff er in den Erste-Hilfe-Kasten und holte die Spritze heraus. „Glaubst du, dass du mir ein paar Antibiotika verabreichen kannst?"

„Ich habe irgendwie das Gefühl, dass du keine Tabletten meinst."

Er lächelte, als er die Verpackung der Spritze aufriss. „Penizillin. Intramuskuläre Injektion. Sollte oben in die linke Pobacke gehen." Er klopfte auf die entsprechende Stelle. „Alkoholtupfer sind im Kästchen."

„Jake, ich habe noch niemals jemandem eine Spritze gegeben."

„Du machst das sicher gut. Finde den Muskeln und stich die Nadel direkt hinein." Er demonstrierte ihr den Bewegungsablauf. „Dann drückst du den Kolben hinunter. Und danach rasch rausziehen." Er reichte ihr die Spritze.

„Was, wenn ich dir wehtue?"

„Das wäre nicht das erste Mal."

Er hatte nicht beabsichtigt, das zu sagen. In den letzten Stunden waren eine Menge Dinge geschehen, die er nicht beabsichtigt hatte.

Sie wollte sich abwenden, doch er hielt sie zurück, indem er ihren Arm griff. Ein kleiner Schauer durchlief ihn, als ihre Blicke sich trafen. „Ich bin ein großer Kerl", sagte er. „Und das ist eine kleine Nadel. Du wirst mir nicht wehtun." Seine Miene wurde ernst, als sie dennoch zögerte. „Was mir allerdings wehtun könnte, ist die Infektion, die ich mir von dieser verdammten Kugel holen kann." Während er sich mit der einen Hand auf dem Tisch abstützte, zog er mit der anderen die Boxershorts halb hinunter. „Fertig?"

5. KAPITEL

Leigh war nie zimperlich gewesen, doch ihre Hände zitterten, als sie die Hautstelle mit Alkohol abtupfte, eine Hand auf seine Hüfte legte und mit der Nadel auf den Muskel zielte. Sein Körper unter ihrer Handfläche fühlte sich warm und fest an. Auch wenn der Augenblick ganz und gar nicht erotisch aufgeladen war, musste sie unwillkürlich daran denken, wie gern sie ihn berührt und gestreichelt hatte. Vor sechs Jahren hatte sie gar nicht genug davon bekommen können …

Mit der Routine einer Frau, die das nur allzu oft tat, verscheuchte sie die Erinnerungen, konzentrierte sich und stieß die Nadel in den Muskel. Jake verzog noch nicht einmal das Gesicht, als sie den Kolben hinunterdrückte und die Nadel danach schnell herauszog.

„War doch gar nicht so schlimm, oder?“ Er zog seine Unterhose hoch, nahm ihr die Spritze aus der Hand und entsorgte sie in der beiliegenden Tüte für biologische Gefahrenstoffe.

„So, wie die Dinge liegen, ist das Verabreichen einer Injektion wohl die geringste Schwierigkeit. Ich schätze, unser eigentliches Problem besteht darin, was wir als Nächstes tun“, entgegnete sie.

„Ich habe einen sicheren Ort, an dem du bleiben kannst, bis Rasmussen gefasst ist.“

„Oder du willst mich als Köder benutzen. Du weißt schon, du gewinnst mein Vertrauen und schickst mich dann zurück in die Höhle des Löwen, um zu sehen, ob er darauf anspringt."

Leigh wusste, dass ihre Behauptung Unsinn war. Sie hatte nicht vorgehabt, die Vergangenheit hervorzukramen. Doch sie fühlte sich müde und ausgelaugt. Schlimmer noch, sie war noch immer wütend auf Jake, dass die Dinge vor sechs Jahren so geendet hatten. Dass er in ihr Gefühle für ihn geweckt hatte, obwohl er wusste, dass nichts daraus werden konnte. Dass er sie in eine unmögliche Situation gebracht hatte, in der ihr nichts anderes übrig geblieben war, als sich zu kompromittieren. Dass er sie nicht aufgehalten hatte, als er es konnte.

„Ich habe dich nicht zu Rasmussen geschickt", sagte Jake bissig. „Du bist ganz allein von dir aus gegangen."

„Du wusstest, dass es keine andere Möglichkeit gab. Und du wusstest ebenso gut, dass ich es durchziehen würde."

„Leigh, nach allem, was zwischen uns war, hätte ich dich niemals in diese Position gebracht. Ich habe keinen Anteil daran, verdammt noch mal."

„Doch, den hattest du, Jake."

Er senkte den Kopf, rieb sich mit Daumen und Zeigefinger das Nasenbein und seufzte. „Leigh, ich kann nicht ungeschehen machen, was bereits geschehen ist. Ich würde es tun, wenn ich könnte. Jetzt kann ich nur noch versuchen, dich in Sicherheit zu bringen."

„Dann wirst du ja wohl Verständnis dafür haben, wenn ich deinen Motiven nicht traue." Mit einem weiteren Alkoholtupfer reinigte Leigh ihre Hände und stellte dabei verärgert fest, dass sie zitterten. Noch mehr ärgerte sie, dass sie sich verwirrt und aufgewühlt fühlte. Wut und der alte Groll standen im krassen Gegensatz zu der Anziehung, die in den Jahren seit ihrem letzten Zusammentreffen nicht nachgelassen hatte.

Wenn es nicht Jake wäre, der hier nur in seinen Boxershorts vor ihr stand, wäre es nicht so schwierig. Doch ihn verwundet, blutend und halb nackt zu sehen rief in ihr Erinnerungen wach, an die sie sich nicht erinnern wollte. Rief Gefühle in ihr wach, die sie nicht fühlen wollte.

Jake stützte sich mit der anderen Hand gegen den Tisch, während er seine Unterhose auf der rechten Seite hinunterzog. Leighs Magen schien sich fast umzudrehen, als sie seine Wunde erblickte. Er hatte einen tiefen Streifschuss. Die Kugel hatte eine sieben Zentimeter lange klaffende Wunde in das Fleisch geschlagen. Die Haut drum herum hatte die Farbe einer überreifen Pflaume angenommen und war heiß und geschwollen.

„Oh Gott, Jake, das sieht schlimm aus. Du hast eine Menge Blut verloren. Kein Wunder, dass du Schmerzen hast."

Er drehte den Kopf und musterte die Wunde. „Wenn es wirklich schlimm wäre, würde ich nicht mehr stehen." Doch Leigh entging nicht, dass sein Gesicht weiß wurde.

„Im Erste-Hilfe-Kasten ist auch Klammerpflaster", sagte er. „Säubere die Wunde, schließ sie mit dem Pflaster und lege noch einen Verband an."

„Du brauchst einen Arzt."

„Das ist keine verfügbare Option."

Ein Schauder überlief sie, als sie aus dem Fenster blickte und sah, dass die Nacht hereingebrochen war. Der Wind draußen stöhnte und ächzte um das alte Haus wie ein Geist, der nach Schutz vor der eisigen Kälte suchte. Sie hasste es, Angst zu haben und bei jedem Geräusch und jedem Schatten zusammenzufahren. Noch mehr hasste sie das Wissen, dass Rasmussen dort draußen war und jedes Mittel einsetzen würde, um sie zu finden.

„Was, wenn er uns hier findet, Jake?"

„Das wird er nicht." Doch seine Stimme klang nicht sehr überzeugend.

Leigh bemühte sich, ihm möglichst wenig wehzutun, als sie die Wunde desinfizierte und das Klammerpflaster aufbrachte. Doch an der Art, wie sich seine Muskeln anspannten, erkannte sie, dass sie ihm Schmerzen bereitete.

Als sie den Verband angelegt hatte, bebte sie vor innerer Anspannung. „Hast du irgendetwas gegen die Schmerzen?", fragte sie.

„Paracetamol im Erste-Hilfe-Kasten." Er verzog das Gesicht zu einer schmerzverzerrten Grimasse, als er nach seiner Hose griff.

Leigh reichte ihm die Decke. „Lass mich erst das Blut aus deinen Sachen waschen."

Jake wollte erst protestieren, doch dann nahm er die Decke und wickelte sie um seine Hüften. „Ich mach das selbst. Bring mir nur die Tabletten."

Mit einer Hand hielt er die Decke um seinen Hüften fest, während er mit der anderen umständlich seine Boxershorts hinunterstreifte und sie zusammen mit der Jeans zum Waschbecken brachte. Leigh trat kurz darauf mit drei Tabletten in der Hand zu ihm.

Er schluckte sie trocken hinunter und begann damit, das Blut aus seiner Unterhose zu waschen. Ohne zu fragen, nahm Leigh seine Jeans und benutzte ein altes Seifenstück, um das Blut aus dem Stoff zu reiben.

„Was sollen wir jetzt also tun?", fragte sie.

„Versuch, ein bisschen zu schlafen. Wir haben fließend Wasser. Eine Heizung. Ich glaube, ich habe noch ein paar Protein-Riegel im Hummer. Wir brechen bei Morgengrauen auf."

„Wohin?"

Er sagte nichts.

„Zu dir?"

„Ich habe es nicht zum Bundesagenten gebracht, weil ich dämlich bin, Leigh."

„Aber das würde Rasmussen sicher aus der Reserve locken, nicht wahr?"

Er warf ihr einen finsteren Blick zu. „Du wirst mir schon vertrauen müssen."

„Als ich dir das letzte Mal vertraut habe, musste ich einen hohen Preis dafür zahlen." Schockiert von dem, was sie gerade gesagt hatte, verkniff sich Leigh jedes weitere Wort.

Jake sah sie eindringlich an. Sein bohrender Blick suchte in ihren Augen nach Antworten, die sie ihm nicht geben wollte. „Du hast es mir nie erzählt, Leigh. Was genau musstest du tun, um Rasmussen vor sechs Jahren dranzukriegen?"

Sie kämpfte gegen die Scham und den Schmerz an, die sie zu überwältigen drohten, und starrte ihn direkt an. „Das solltest du eigentlich wissen, Jake. Aber schließlich war ich entbehrlich, nicht wahr?"

Als ihm dämmerte, was sie meinte, blitzte Wut in der dunklen Tiefe seiner Augen auf. Aber sie richtete sich nicht gegen sie. Und plötzlich begriff sie, dass er es nicht gewusst hatte.

Wortlos nahm er ihr die Jeans aus der Hand, wandte sich um und ging ins Wohnzimmer. Mit der Hand auf ihren Bauch gepresst, blieb Leigh in der Küche stehen. Was war da gerade geschehen? War Jake wütend auf Ian Rasmussen? Oder auf sie? Oder war er wütend auf sich selbst?

Als sie sich beruhigt hatte, folgte sie ihm. Er war gerade dabei, die Jeans und die Unterhose auf den heißen Ofen zu legen. „Das sollte in wenigen Stunden trocken sein", sagte er.

„Wie fühlt sich die Wunde an?"

„Ich schätze, ich werde für ein paar Tage ein bisschen steif sein." Seine Stimme klang milder, doch noch immer sah er sie nicht an. „Und ich bekomme sicher eine hübsche Narbe, die ich meiner Sammlung hinzufügen kann."

Vor ihrem inneren Auge sah sie plötzlich seinen narbenübersäten Körper vor sich. Konnte fühlen, wie sich die festen Muskeln unter ihren Händen bewegten. Spürte die Kraft in ihm – eine Kraft, die sie ungebändigt erlebt hatte.

Dass sie all dies in so verblüffender Klarheit vor sich sah und in sich fühlte, machte ihr klar, dass sie in den nächsten Tagen vorsichtig sein musste. Jake Vanderpol war ein energiegeladener Mann, und dies umso mehr, wenn er etwas wollte.

Leigh fragte sich, ob er etwas von ihr wollte. Und ob dieses Etwas damit zu tun hatte, Rasmussen zu schnappen. Oder ob es etwas viel Persönlicheres war.

Leigh entdeckte in einem der Küchenschränke einen alten gusseisernen Topf und machte Wasser auf dem Ofen heiß. Eine Stunde später und nachdem sie die knarrende Treppenstufe sechsmal hinauf- und hinabgelaufen war, war die alte klauenfüßige Badewanne fast gefüllt. Sie fand eine Kerze, befestigte sie auf einem zerbrochenen Teller und trug sie hoch.

Sie blickte auf das dampfende Wasser hinunter. Niemals zuvor hatte sie sich so sehr nach einem heißen Bad gesehnt wie in diesem Moment. Rasch streifte sie ihre Kleidung ab und ließ sich bis zum Kinn in das warme Wasser gleiten. Es war nur eine kleine Annehmlichkeit, aber eine, die sie in diesem Augenblick gegen nichts anderes hätte eintauschen wollen.

Mit Jake hatte sie seit ihrem Wortwechsel nicht mehr gesprochen. Er wirkte rastlos und grüblerisch, und Leigh würde sich nicht um ihn kümmern, solange sie selbst noch so aufgewühlt und angespannt war. Er war zum Hummer gegangen und mit zwei Protein-Riegeln zurückgekehrt.

Sie hatten sie schweigend gegessen. Er hatte kein Wort mehr über Rasmussen verloren. Doch Leigh hatte bemerkt, wie er sie ansah.

Sie lehnte sich in dem warmen Wasser zurück und versuchte, alle Gedanken an ihn beiseitezuschieben. Doch Jake Vanderpol war nicht der Typ Mann, den eine Frau leicht aus ihrem Kopf verbannen konnte. Seit sechs Jahren versuchte sie ihn zu vergessen. Auch mit all den ungelösten Problemen zwischen ihnen war etwas geblieben. Etwas, das weder durch die Zeit zu erschüttern war noch durch die Abwesenheit und nicht einmal durch den Schmerz, den er ihr bereitet hatte.

Sie zuckte zusammen, als ihr Handy klingelte. Sie setzte sich auf und blickte umher. Im Kerzenlicht sah sie, dass ihr Handy auf dem Boden neben ihrem BH und ihrem Slip lag. Wer sollte sie anrufen? Die Leute vom Zeugenschutzprogramm? Hatte man Ian Rasmussen gefasst? War sie in Sicherheit? Konnte sie nach Hause fahren?

Voller Hoffnung griff sie nach dem Telefon. Die Nummer auf dem Display war ihr unbekannt. Sie nahm den Anruf an. „Hallo?“

„Leg nicht auf.“

Die kultivierte Stimme, die die Worte so weich aussprach, ließ ihr Herz rasen und sorgte dafür, dass das Wasser sich plötzlich eiskalt anfühlte. „Ian. W…was machst du?“

„Ich versuche, am Leben zu bleiben, Leigh. Da draußen sind Männer, die mich umbringen wollen. Sie glauben, dass ich ein Verbrecher bin.“

„Du bist ein Verbrecher. Du musst dich stellen."

„Das Gefängnis ist kein Ort für einen Mann wie mich. Aber schließlich wusstest du, dass es hart für mich werden würde, oder? Und doch hast du getan, was du tun musstest, um mich in den Knast zu bringen, nicht wahr?"

„Du wolltest mich töten."

„Ich habe dich geliebt, Leigh. Ich würde dir niemals wehtun. Das weißt du."

„Ian, du musst dich stellen." Ihr fiel nichts anders ein, was sie sagen konnte.

„Du und ich haben da noch eine Sache zu klären, Leigh. Du und ich und Jake Vanderpol."

Ihr Herz schlug noch schneller. „Ich habe nichts mit dir zu klären."

„Du hast dich ihm hingegeben, nicht wahr? Ich höre es an deiner Stimme. Du hast ihm deinen Körper geschenkt."

Dann veränderte sich sein Tonfall. Er war immer noch kultiviert, doch direkt unter der Oberfläche schwang etwas Hässliches und Bedrohliches mit. „Ich werde ihn dafür bezahlen lassen, wenn ich ihn in die Finger bekomme, Leigh. Und ich verspreche dir, dass du alles mit anhören wirst, was ich ihm antue."

„Nicht." Sie brachte nicht mehr hervor als dieses einzige Wort. Leigh hatte sich nie für schwach gehalten. Und mit Sicherheit hatte sie sich niemals für einen Feigling gehalten. In dem Jahr, in dem sie mit Ian Rasmussen zusammen gewesen war, hatte er niemals die Hand gegen sie erhoben. Und doch fürchtete sie ihn, wie sie niemals einen anderen Menschen in ihrem Leben gefürchtet hatte.

„Ich vermisse dich, Leigh."

Ihr entfuhr ein Aufschrei, als die Badezimmertür aufging. Einen Augenblick lang sah sie Rasmussen vor sich, wie er in den Raum stürzte. Jake, wie er tot unten an der Treppe lag. Ihr Schicksal war besiegelt …

Dann erblickte sie Jake. Sorge und grimmige Entschlossenheit spiegelten sich in seinem Gesicht, als er zu ihr an die Badewanne trat. Im Kerzenlicht sah sie, wie sein Blick von ihr zu dem Handy in ihrer Hand wanderte. Er musste irgendetwas an ihrem Gesichtsausdruck abgelesen haben, denn er griff wortlos nach dem Telefon. „Wer ist dran?", fragte er mit rauer Stimme.

Jake hatte das Klingeln ihres Handys durch den Rauchabzug gehört und war nach oben geeilt. Wenn es sich bei dem Anrufer um einen von Leighs Freunden handelte, würde Rasmussen nicht zögern, ihn zu benutzen, ihren Aufenthaltsort ausfindig zu machen. Der Waffenhändler würde auch Folter einsetzen, wenn es darum ging, zu bekommen, was er haben wollte.

Dampf waberte durch das Badezimmer, als er hineinstürzte. Im Hinterkopf blitzte kurz der Gedanke auf, dass sie ein Bad nahm und er vermutlich nicht willkommen war. Er erhaschte einen Blick auf ihre Haut, die im Kerzenlicht sanft glänzte. Doch jeder erotische Funken erlosch, als er ihr Gesicht sah und sofort *wusste*, um wen es sich bei dem Anrufer handelte.

Er griff nach dem Telefon, hielt es an sein Ohr und drehte sich um, um Leigh ihre Intimsphäre zu lassen. „Wer ist da?"

„Ihrem Tonfall nach zu urteilen, wissen Sie das offenbar. Wie geht es Ihnen, Mr Vanderpol?"

„Ich kann diesen Anruf zurückverfolgen lassen", sagte Jake. „Via Triangulation haben wir Sie innerhalb einer Stunde."

„Warum tun Sie das dann nicht?"

Jake sagte nichts. Er wusste Besseres, als einem Dreckskerl wie Rasmussen einen Angriffspunkt zu liefern, doch er wollte den anderen Mann so dringend zur Strecke bringen, dass er es fast schmecken konnte.

„Das dachte ich mir", sagte Rasmussen.

„Was zum Teufel wollen Sie?"

„Leigh natürlich. Ihr Tod wird ein Bonus sein."

Jake rang sich ein künstliches Lachen ab. „Warum tun Sie sich nicht den Gefallen und stellen sich? Geben Sie mir einen Aufenthaltsort, und ich veranlasse, dass ein Agent Sie abholt. Sie können diese ganze Sache friedlich beenden."

„Friedlich ist wohl kaum meine Art."

„Jede andere Art werden Sie nicht überleben."

Die folgende Pause war so lang, dass Jake einen Moment lang dachte, Rasmussen hätte aufgelegt. Doch dann senkte Rasmussen seine Stimme und sagte. „Haben Sie sie schon gehabt?"

„Ich habe keine Ahnung, wovon Sie sprechen.“ Doch Jake wusste genau, was der Bastard meinte, und es passte ihm ganz und gar nicht. „Ich glaube, Sie sind ein perverser Hurensohn.“

„Ah, ein Gentleman. Sie genießen und schweigen, nicht wahr, Vanderpol?“ Ein heiseres Lachen erklang. „War sie es wert?“

„Was wert?“

„Dass Sie alles aufgegeben haben?“

Jake war nicht in der Lage zu antworten. Er stand nur da und fragte sich, woher Rasmussen wusste, dass er die Agency verlassen hatte. „Stellen Sie sich, Rasmussen.“

„Genießen Sie sie, solange Sie es noch können, Vanderpol.“ Rasmussens Stimme wurde schneidend. „Weil ich sie kriege. Ich werde sie Ihnen wegnehmen. Und ich werde Sie danach betteln lassen, dass …“

Jake legte auf. Obwohl es kalt in dem Raum war, spürte er den Schweiß in seinem Nacken.

Wie zum Teufel hatte Rasmussen erfahren, dass er heute Morgen die Agency verlassen hatte?

„Jake?“

Ihre Stimme riss ihn aus seinen Überlegungen, doch er wandte sich nicht um. Zum ersten Mal nahm er das Kerzenlicht bewusst wahr. Dass das Badezimmer nach ihr roch. Ein süßer erdiger Geruch, der seine Sinne kitzelte und ihn nach etwas verlangen ließ, das er schon seit einer gefühlten Ewigkeit vermisste.

„Geh nicht noch einmal an dein Handy“, sagte er.

„Ich wusste nicht, dass er es war."

Er wandte sich um und sah sie an. „Handys können geortet werden."

„Das wusste ich nicht."

Die Kerze spendete nicht viel Licht, doch es reichte, um die Anmut ihres Gesichts zu erkennen. Jake schwor sich, dass er sich den Rest nicht anschauen würde. Doch seine Augen verrieten ihn, als sein Blick über die verführerische Kurve ihrer Schultern glitt. Die alte Porzellanwanne war hoch, und er stand so weit entfernt, dass sie den Rest ihres Körpers verdeckte. Doch er hatte sie nackt gesehen. Der Anblick ihrer weichen samtigen Haut hatte sich in sein Gehirn gebrannt.

Als er sich an die Nächte erinnerte, die sie in dem Versteck verbracht hatten, bekam er eine Erektion. Er verspürte einen leichten Schwindel, als das Blut aus seinem Körper sich in seinem Schritt zu sammeln schien. Einige nicht enden wollende Sekunden stand er einfach da, während das Verlangen in seinem Körper tobte.

Sie starrte ihn mit leicht geöffnetem Mund an, als wäre sie überrascht. Er konnte nur noch an all die Male denken, die er diesen Mund geküsst hatte. All die Male, die dieser Mund seinen Körper berührt hatte.

„Zieh dich an", hörte er sich sagen.

Dann verließ er den Raum.

6. KAPITEL

Ian Rasmussen hatte seinen Anruf per Satellitentelefon getätigt. „Habt ihr sie?“, fragte er.

„Wir haben den nächstgelegenen Funkmast geortet.“

„Hervorragend. Wo sind sie?“

„West-Missouri.“

„Vanderpol fährt einen Hummer. Ein Fahrzeug von der Größe sollte kaum zu übersehen sein.“

„Die Gegend besteht hauptsächlich aus Farmland. Schnee wird die Suche erschweren. Er könnte ihn in einem Nebengebäude oder einer Garage geparkt haben.“

Die Wut, die langsam in ihm hochstieg, ließ Rasmussen die Hände zu Fäusten ballen. Er wollte nicht mit etwaigen Problemen konfrontiert werden. Er wollte handeln, und zwar sofort. „Wissen Sie, was ich mit dem letzten Mann gemacht habe, der mir Ausreden aufgetischt hat?“

Der Mann am anderen Ende der Leitung räusperte sich. „Nein, Sir.“

„Ich ließ ihm bei lebendigem Leib die Haut abziehen und machte Handschuhe daraus.“

Ein angespanntes Schweigen folgte. „Verstanden“, sagte der Mann schließlich.

„Gut. Dann verstehen Sie auch, dass mir nur an Ergebnissen gelegen ist. Sind wir uns darin einig?“

„Ja, Sir.“

„Finden Sie Jake Vanderpol. Finden Sie Leigh Michaels. Nutzen Sie jede Ressource, die Ihnen zur Verfügung steht.

Fordern Sie jeden Gefallen ein, den man Ihnen irgendwo schuldet. Geld ist kein Problem. Ich will beide lebendig. Und ich will sie *sofort*."

„Ich werde mein Bestes tun."

„Sie sollten hoffen, dass Ihr Bestes gut genug ist", erwiderte Rasmussen und legte auf.

Leigh lag dicht neben dem bauchigen Ofen auf der Seite und lauschte, wie der Wind um das Haus peitschte und der Schnee gegen die Fensterscheiben klatschte.

Obwohl ihr ganzer Körper vor Erschöpfung schmerzte, ließen ihre Gedanken ihr keine Ruhe. Jake hatte ihr die einzige Decke gegeben, doch sie fror noch immer. Er war zweimal aufgestanden, um Holzscheite im Ofen und im Kamin nachzulegen. Offenbar war sie nicht die Einzige, die an Schlaflosigkeit litt.

Seit Rasmussens Anruf hatte Jake nicht mehr mit ihr gesprochen. Leigh hatte mit ihm reden wollen, doch irgendetwas hielt sie davon ab, die Kluft, die sich zwischen ihnen aufgetan hatte, zu überwinden. Vielleicht weil sie es nicht riskieren wollte, ihm näherzukommen.

Sie wusste, dass er ein guter Mann war. Ein guter Agent. Doch gerade Letzteres hielt sie davon ab, ihm zu vertrauen. Denn auch wenn sie wusste, dass er sie beschützen wollte, wusste sie zugleich, dass er in der Lage war, sie zu opfern, um seinen Mann zu bekommen. Die Narben auf ihrem Herzen waren der Beweis dafür.

„Du zitterst."

Beim Klang seiner Stimme fuhr sie zusammen. „Es ist kalt“, sagte sie und setzte sich auf.

Er stand vor ihr und blickte auf sie herab. Sie wusste nicht genau, warum, doch Leigh fühlte sich nervös und unbehaglich.

„Wie steht es mit der Schusswunde?“, fragte sie.

„Tut weh. Macht mich unbeweglich.“ Er lächelte, woraufhin ein Teil der Anspannung aus ihrem Nacken und ihren Schultern wich. „Ich werd’s überleben.“

„Es hört sich so an, als fiele meterweise Schnee.“

„Es ist kalt, Leigh. Wir müssen etwas Schlaf bekommen. Ich habe keine Ahnung, wann wir wieder in der Lage sein werden zu schlafen.“

Sie wusste, was er meinte und worum er bat. Er fragte nicht um Erlaubnis, als er sich neben sie setzte. Sie erkannte die Absicht in seinen Augen, hielt ihn aber nicht auf, als er seinen Arm um sie legte und die Decke über sie beide zog.

„Leg dich mit mir hin“, sagte er weich. „Zusammen halten wir uns viel wärmer, als wir es alleine könnten.“

Der Protest erstarb auf ihren Lippen, als er sie zu Boden zog. Es schien das Natürlichste von der Welt zu sein, ihren Kopf auf seine Schulter zu legen. Zum ersten Mal seit viel zu vielen Monaten fühlte Leigh sich sicher – und war auf eine merkwürdige Art zufrieden. Sie hatte das Gefühl, dass solange sie mit Jake zusammen war, Ian Rasmussen und sein Gesindel sie nicht berühren, sie nicht verletzen konnten. Jake Vanderpol war ein Krieger. Der fähigste Mann, den Leigh je kennengelernt hatte.

Dass sie nach allem, was er getan hatte, so für ihn empfinden konnte, machte ihr Angst. Machte sie verletzlich. Dass sie ihre Entscheidungen wieder einmal nicht mit dem Kopf, sondern mit dem Herzen traf.

„Besser?", fragte er nach einem Moment.

„Viel besser. Danke."

Sie drehte sich um, sodass sie mit dem Rücken zu ihm lag. Er schmiegte seinen Körper an den ihren – warm, fest und so tröstlich, dass sie spürte, wie all ihre Ängste und Unsicherheiten von ihr wichen. In einer beschützenden Geste legte er den Arm um sie. Eine beunruhigende Anspannung stieg in ihrem Körper auf. Sie war sich seiner Gegenwart nur allzu bewusst. Ihre Nervenenden glühten überall dort, wo sein Körper den ihren berührte.

Er rückte näher. Obwohl die Bewegung nicht sexueller Natur war, spürte sie, wie ihr Körper auf seine Nähe reagierte. Ihre Brüste fühlten sich schwer und groß an. Sie verspürte ein inneres Beben, ein Verlangen, von dem sie nicht wollte, dass es an ihr nagte.

Jake war erst der zweite Mann gewesen, mit dem sie geschlafen hatte. Die Erfahrung war so intensiv und atemberaubend gewesen, dass Leigh sich mit Haut und Haar in ihn verliebt hatte. Sie war nur so naiv gewesen zu glauben, dass er das Gleiche für sie empfand.

„Du zitterst immer noch", flüsterte er.

Leigh schloss die Augen. „Mir ist noch immer kalt."

„Ich glaube nicht, dass das der Grund für dein Zittern ist." Als sie nicht antwortete, legte er ihr eine Hand auf die Schulter und rollte sie herum, sodass sie einander ins Gesicht sahen. „Wir müssen über das reden, was beim letzten Mal geschah“, sagte er.

Im Schein des Feuers wirkten seine Augen dunkel. Doch selbst in dem schwachen Licht erkannte sie die Eindringlichkeit darin. Mein Gott, dachte sie, wie konnte eine Frau diesem Mann nicht verfallen?

„Es tut mir leid, dass du verletzt wurdest“, sagte er. „Ich weiß, du glaubst, dass ich dich benutzt habe, aber das habe ich nicht.“

„Du hast bekommen, was du wolltest.“ Doch sie war so verletzt gewesen, dass sie nur noch wegwollte von Jake und dem Schmerz, den er verursacht hatte. Sie war mit seinem Plan zu seinen Vorgesetzten gegangen, und diese hatten ihn ausgeführt. Hatten sie als Bauernopfer eingesetzt.

Und sie hatte einen furchtbaren Preis bezahlt.

Seit sechs Jahren fragte sich Jake, was sie hatte tun müssen, um Rasmussens Geständnis auf Band zu bekommen. Seine Vorgesetzten bei der MIDNIGHT Agency hatten sie zu Rasmussen zurückgeschickt. Bei dem Treffen in seinem Penthouse in der North Michigan Avenue hatte sie ein Mikrofon getragen. Und dann hatte sie ihm Informationen entlockt über eine Schiffsladung Waffen, die an eine terroristische Gruppe geliefert werden sollten. Es war Leigh zu verdanken, dass die MIDNIGHT Agency schon auf sie gewartet hatte, als Rasmussen und seine Männer die Waffen lieferten.

Sean Cutter, Jakes direkter Vorgesetzter, hatte Jake verboten, die Bänder abzuhören, die man von ihrem Treffen mit Rasmussen mitgeschnitten hatte. Er sei persönlich zu sehr involviert. Doch Jake hatte immer den Verdacht gehegt, dass sie einen Teil ihrer Seele hatte verkaufen müssen, um sich selbst zu retten. Die Ungewissheit fraß ihn seit sechs unerträglichen Jahren förmlich auf.

„So war es nicht, Leigh. Ich benutze die Menschen nicht, an denen mir etwas liegt."

„So hat es sich aber angefühlt."

Weil er wollte, dass sie ihm glaubte, und das Misstrauen in ihren Augen hasste, legte er eine Hand auf ihre Wange. „Du und ich waren zusammen. Ob richtig oder falsch, es ist eben geschehen. Ich schlafe nicht mit jemandem, weil ich einen Plan im Kopf habe. Und ich teile diesen jemand weiß Gott nicht mit einem verdammten Killer."

Er erblickte winzige Lichtpünktchen in ihren Augen, in denen sich das Feuer spiegelte. Sie war so schön. Er fand es entsetzlich, dass sie ihn für fähig hielt, sie auf eine solch schreckliche Art und Weise zu benutzen. Dass sie so gering von ihm dachte.

„Leigh, du musst mir glauben. Ich hätte dich niemals auf diese Weise benutzt. Ich hätte Rasmussen eher laufen lassen, als dich einem solchen Risiko auszusetzen."

„Du hast mich in eine schreckliche Situation gebracht."

Das Verlangen, sie in seine Arme zu schließen und an sich zu ziehen, war geradezu überwältigend, doch er tat es nicht. Er konnte es nicht. Nicht solange sie glaubte, dass er sie benutzen könnte, dass er sie in Gefahr bringen würde.

„Das habe ich nicht. Verdammt noch mal, ich hätte einen anderen Weg gefunden.“ Die Erinnerung an jene dunklen Tage, nachdem sie im Zeugenschutzprogramm verschwunden war, holte ihn wieder ein. „Meine Vorgesetzten hatten kein Recht, dich das tun zu lassen. Wenn Rasmussen herausbekommen hätte, was du da tatest, hätte er dich an Ort und Stelle umgebracht. Als ich erfuhr, was geschehen war, habe ich ihnen ziemlich klar gesagt, was ich davon halte, eine Zivilistin so zu benutzen, wie sie dich benutzt haben.“ Bei dem Gedanken daran verzog er das Gesicht. „Ich erhielt eine Disziplinarstrafe und hätte beinahe meinen Job verloren. Ich habe sowieso nicht viele Punkte bei der Agency gemacht und schätze mal, dass das der Anfang vom Ende meiner Karriere war.“

„Es tut mir leid, dass das so gelaufen ist. Nur wegen mir.“

„Wegen Rasmussen. Nicht wegen dir.“

„Sieht so aus, als hätten wir beide einen Preis zahlen müssen.“

Zum ersten Mal sah sie ihn an, als ob sie zumindest in Erwägung zog, dass er die Wahrheit sagte. Als ob sie ihm glauben wollte. Ihm verzeihen wollte.

Das war alles, was er brauchte. Jakes Selbstbeherrschung fiel in sich zusammen. Er zog sie an sich. Ein Stöhnen entfuhr ihm, als er die weichen Kurven ihres Körpers an dem seinen spürte. Seit er sie in der Badewanne gesehen hatte, war er schon den ganzen Abend immer wieder erregt gewesen. Doch nun, da er sie fest an sich presste, ihre Wärme spürte und den süßen Duft ihrer Haut einsog, prickelte jedes Nervenende in seinem Körper vor Erwartung.

Sie keuchte auf, als seine Hände durch ihr Haar fuhren. Er staunte, wie seidig es sich zwischen seinen Fingern anfühlte. Er hörte ihr leises Stöhnen und wusste, dass sie mindestens ebenso erregt war wie er. Er hätte schwören können, dass die Raumtemperatur um zehn Grad gestiegen war.

Eine Art Elektrizität schien sie zu verbinden, als er mit seinen Lippen ihren Mund berührte. Es schien eine Ewigkeit her zu sein, seit er sie das letzte Mal geküsst hatte, doch der jetzige Kuss war Entschädigung für jeden qualvollen Moment dieser langen Wartezeit. Sie unternahm einen halbherzigen Versuch, ihr Gesicht abzuwenden, doch er folgte ihr und nahm ihren Mund wieder in Besitz. Dieses Mal ließ sie ihn gewähren.

Er hatte nicht damit gerechnet, dass sich die Dinge so entwickeln würden. Er hatte sich selbst versprochen, dass es ihm genügen würde, wenn er sie davon überzeugen konnte, sie nicht benutzt zu haben. Doch als er sie berührt und dann geküsst hatte, konnte Jake einfach nicht wieder aufhören. So war es schon immer zwischen ihnen gewesen.

Er hätte wissen sollen, dass sie wieder zur Besinnung kommen würde.

Ohne Vorwarnung entzog sie sich ihm und setzte sich auf. Einige endlose Sekunden starrten sie einander nur an.

Dann richtete Jake sich auf und fuhr sich mit der Hand über den Kiefer. „Es tut mir leid", sagte er. „Ich hätte das nicht tun sollen."

Leigh sah ihn nicht an. Sie hatte die Decke um sich geschlungen, als ob es sie vor ihm schützen würde. Sie blickte überallhin, nur nicht in seine Augen. „Du hättest eine Menge Dinge nicht tun sollen."

„Irgendwann werden wir darüber sprechen müssen, was das zwischen uns ist", entgegnete Jake. „Es wird nicht einfach verschwinden."

Leigh schlang die Arme um sich, als ob sie plötzlich frösteln würde. „Wer zweimal auf den gleichen Trick hereinfällt, ist selber schuld." Sie sah ihn direkt an. „Ich werde nicht zulassen, dass du mir noch einmal wehtust, Jake."

Bevor er antworten konnte, wandte sie sich ab und ging hinüber zum Kamin, wo sie sich hinsetzte und in die Flammen starrte.

Leigh wusste nicht genau, was sie geweckt hatte. Gerade hatte sie noch in einem erschöpften Schlummer auf der Seite gelegen. Im nächsten Moment war sie hellwach.

Sie setzte sich auf, schlang die Decke um die Schultern und sah sich um. In dem gedämpften Licht, das durch das Fenster fiel, erblickte sie Jake. Er lag nur einen halben Meter vor dem dickbauchigen Ofen. Sie hörte sein rhythmisches Atmen – ein Geräusch, das sie beruhigte. Das Holz im Kamin war zu Asche hinuntergebrannt und der Raum so kalt, dass ihr Atem weiße Wölkchen vor ihrem Mund bildete.

Um Jake nicht zu wecken, stand sie vorsichtig auf und tapste zu dem Holzstapel, den er an der Tür errichtet hatte. Wenn sie schon nicht schlafen konnte, wollte sie wenigstens das Feuer in Gang halten. Das war das Mindeste, was sie tun konnte. Sie nahm zwei Scheite und ging Richtung Kamin. Durch das Fenster sah sie, dass es draußen noch immer schneite.

Als ein Schatten an dem Fenster vorbeihuschte, zuckte Leigh zusammen und hätte fast das Holz hinunterfallen lassen. Sie zitterte am ganzen Körper, legte die Scheite zu Boden und lief zu Jake.

„Jake“, flüsterte sie.

Im nächsten Augenblick war er auf den Beinen, seine Waffe in der Hand. „Was ist los?“

„Ich habe jemanden draußen vor dem Fenster gesehen.“

Er legte den Finger auf die Lippen, schlich auf Zehenspitzen zum Fenster und spähte hinaus. „Zieh deine Jacke an“, sagte er und ging in die Küche.

Leigh folgte seiner Anweisung und wartete völlig verängstigt. Sie wünschte verzweifelt, dass sie ihre Waffe nicht im Motel zurückgelassen hätte.

Wenige Sekunden später erschien Jake, der ein paar Vorräte zusammengerafft hatte. „Drei von ihnen befinden sich vor dem Haus. Wir müssen zur Hintertür hinaus.“

„Was ist mit dem Hummer?“

„Da werden wir es nicht hinschaffen.“ Er fuhr mit den

Armen in seinen Mantel und verstaute die Vorräte in den Taschen. „Geh. Jetzt."

Leigh konnte sich nicht erinnern, wann sie zuletzt so viel Angst gehabt hatte. Sie waren in der Minderzahl und nahezu unbewaffnet.

Wie hatte Rasmussen sie gefunden?

Jake riss sie aus ihren Gedanken, indem er ihren Arm nahm, sie in die Küche und zur Hintertür schob. Ruhig und still hantierte er an dem Schloss. Und dann waren sie draußen.

„Ich möchte, dass du so schnell, wie du kannst, zum nächsten Farmhaus läufst. Was auch immer geschieht, bleib nicht stehen, lauf unter allen Umständen weiter. Wenn du dort bist, ruf den örtlichen Sheriff an. Falls mir irgendetwas geschehen sollte, läufst du weiter. Hast du das verstanden?"

Leigh nickte. Doch in ihrem Herzen wusste sie, dass wenn Jake irgendetwas geschehen sollte, sie ihn nicht verlassen würde.

Sie erblickte durch den nicht mehr ganz so dicht fallenden Schnee entfernte Lichter vor sich. Die Nachbarfarm musste mindestens zwei Meilen weit weg sein.

„Los", sagte er und zog sie mit sich in einem mörderischen Sprint.

7. KAPITEL

Jake rannte, so schnell er konnte. Er wusste, dass er Leigh an die Grenzen ihrer körperlichen Belastbarkeit brachte. Doch er wusste auch, was geschehen würde, wenn Rasmussen sie in die Finger bekam. Er hatte die Handarbeit dieses Mannes gesehen und schwor, dass er das niemals zulassen würde.

Es schien ewig zu dauern, bis sie die Nachbarfarm erreichten. Sie pflügten durch hohes Gras, trockenen Mais und Schnee. Die eisige Luft brannte in seinen Lungen, als hätte ihm jemand Säure in den Hals geschüttet. Als er spürte, dass Leigh zurückblieb, nahm er ihre Hand und zog sie mit sich, wobei er betete, dass sie nicht stürzen würde.

„Was sollen wir ohne Auto tun?“, keuchte sie. „Wir werden nicht viel weiter laufen können.“

„Wir hoffen einfach, dass wir eins finden, das wir uns leihen können.“

Sie näherten sich der Farm von der Rückseite, indem sie zwischen Scheune und Kornsilo hindurchliefen. Ein alter Chevy Pick-up stand in der Auffahrt. Nicht die erste Wahl für einen Fluchtwagen, doch sie waren nicht in der Position, wählerisch zu sein. Er lief zu dem Pick-up. Erleichterung durchströmte ihn, als er die Fahrertür offen vorfand. Er fingerte hinter der Sonnenblende nach Schlüsseln, fand aber keine und fluchte.

In der Nähe fing ein Hund an zu bellen.

Jake schlug mit dem Kolben seiner Pistole die Plastikummantelung der Lenkradsäule kaputt. Er ging auf die Knie, fand die Zündkabel und steckte sie zusammen. Der Motor stotterte. „Diese verdammte Kälte macht die Sache nicht besser.“

„Im Haus sind gerade weitere Lichter angegangen“, sagte Leigh.

Keine Zeit, sich darum zu kümmern. Er versuchte es wieder mit den Kabeln. Der Pick-up hustete wie eine kranke Kuh. Jake war sich nur allzu bewusst, dass der Hund jetzt wie verrückt bellte. Dass Leigh auf ihn einredete. Dass Angst in ihrer Stimme lag. Die gleiche Angst, die in ihm hochkroch. Nicht um sich, sondern um sie. Wenn Rasmussen sie in die Finger bekam, würde keiner von ihnen überleben, doch es würde ein langsamer und qualvoller Tod werden.

Endlich sprang der Motor an. Eine weiße Rauchwolke schoss aus dem Auspuff. „Steig ein.“

Er schob sie auf den Sitz und kletterte dann hinters Steuer. Er legte einen Gang ein und trat aufs Gaspedal. Der Wagen schlingerte nach vorn. Mehr Lichter gingen an. Aus den Augenwinkeln sah Jake einen alten Mann mit einer Schrotflinte, der aus dem Haus gestürmt kam.

„Verdammt!“

Ein Schuss unterstrich den Ausruf. Die Heckscheibe zerbarst. Leigh kreischte auf. „Runter!“, rief Jake und drückte ihren Kopf hinunter.

Er verließ die Auffahrt und fuhr auf das gepflügte Feld,

wo der Pick-up wild auf- und abhüpfte. Er war zu schnell, doch Jake wusste, dass sie im Schnee stecken bleiben würden, wenn er langsamer fuhr. In der Ferne sah er Scheinwerfer bei dem leeren Haus, wo sie sich versteckt hatten. Mehrere Wagen.

Der Pick-up geriet auf der einen Seite in einen Bewässerungsgraben. Der Unterboden kratzte über die vereiste Erde. Als sie auf eine Straße trafen, bog Jake scharf ein und orientierte sich an den Telegrafenmasten, die zu beiden Seiten der Straße standen.

„Warum verfolgen sie uns nicht?“

Er blickte hinüber zu Leigh. Sie hatte sich auf ihrem Sitz umgedreht und fixierte die Straße hinter ihnen. Sogar in dem spärlichen Licht, das die Instrumententafel verbreitete, sah er, dass sie zitterte. Ob vor Kälte oder Angst oder beidem, wusste er nicht. Eisige Luft drang durch das zerschossene Fenster herein. Er griff nach unten und stellte die Heizung an.

„Ich weiß es nicht.“ Dann betete er innerlich, dass Rasmussens Männer den alten Farmer nicht verletzen würden. Er blickte in den Rückspiegel. „Wir haben Glück, dass wir hier wegkommen.“

„Der Farmer hat uns gesehen. Er wird die Polizei rufen, nicht wahr?“

„Wenn Rasmussens Männer ihn nicht umbringen.“

Sie schlug erschrocken die Hand vor den Mund. „Oh nein!“

„Wenn der alte Mann ans Telefon gelangt, wird die

Polizei nach diesem Pick-up fahnden." Er erwähnte nicht, dass die lokalen Gesetzeshüter unabhängig von ihrer Ausbildung und Ausrüstung keine Chance gegen Rasmussens Männer haben würden. Letztere hatten nicht nur Sturmgewehre, sondern auch keinerlei Skrupel.

„Jake, woher wussten sie, wo wir sind?"

Die Frage nagte schon die ganze Zeit an ihm wie ein hartnäckiger Zahnschmerz. Woher hatten sie es gewusst? Sollte er ihr von seinen Bedenken erzählen? Doch er wusste, dass dies nicht die richtige Zeit für Geheimniskrämerei war. Falls ihm etwas zustieß, wäre sie auf sich allein gestellt. Sie würde jede Information brauchen, um zu überleben.

„Das ist die Zehntausend-Dollar-Frage", sagte er.

Ihre Augen suchten die seinen. „Sie können uns nicht gefolgt sein. Aber wie konnten sie dann wissen, dass wir in diesem Farmhaus waren?"

„Ich kann mir zwei Erklärungen vorstellen", sagte er. „Rasmussen kann mit dem Anruf das Handy geortet haben."

„Ist das nicht ein bisschen zu kompliziert für ihn?"

„Nicht für Rasmussen. Er hat seine Verbindungen. Diese Gegend ist verlassen. Mit einer Dreipunktmessung könnte er den entsprechenden Funkmast geortet haben."

Sie schien über seine Worte nachzudenken. „Und was ist die andere Erklärung?"

Er wollte nicht denken, was er dachte. Doch der Gedanke befand sich in seinem Kopf und wucherte dort wie

Krebs. „Es gab nur einen Menschen, mit dem ich gesprochen habe."

„Mein Gott. Du hast mit einem Agenten von MIDNIGHT gesprochen."

„Genau." Bitterkeit lag in seiner Stimme. Er hatte Mike Madrid sein Leben anvertraut. Und das Leben von Leigh. War es möglich, dass Ian Rasmussen ihn in der Hand hatte? Dass er ihn irgendwie bedroht hatte, um ihn zur Kooperation zu bewegen? Oder hatte Madrid ihn und seinen Diensteid um Geldes willen verraten?

„Warum sollte jemand bei der Agency dich verraten?"

„Vielleicht hat Rasmussen ihn in der Hand, bedroht ihn in irgendeiner Art und Weise. Bedroht vielleicht seine Familie." Doch schon als die Worte aussprach, schienen sie falsch zu sein. Madrid war nicht der Typ Mann, den man auf diese Weise benutzen konnte. Außer er beschützte jemanden. Doch Madrid hatte weder Frau noch Kinder. Wen sollte er beschützen?

„Rasmussen könnte ihn mit Geld bestochen haben."

Das wollte Jake nicht glauben, wusste aber, dass er es zumindest in Erwägung ziehen musste. „Wir sind auf uns allein gestellt", sagte er.

Ihm entging nicht der kurze Schauer, der ihren Körper durchlief. Zu gern hätte er den Arm um sie gelegt und sie an sich gezogen, um sie zu beschützen. Zumindest bis Rasmussen wieder hinter Gittern war. Doch in seinem Innersten wusste Jake, dass das nicht reichen würde. Leigh war ihm tief unter die Haut gedrungen. Die Zeit hatte seine Gefühle für sie und die Anziehung, die sie auf ihn ausübte, kein bisschen gedämpft. Wie auch immer die Sache hier ausgehen würde, er wusste, dass er Leigh niemals aus seinen Gefühlen, seinem Körper verbannen könnte.

Jake rief sich den Kuss im Farmhaus in Erinnerung, wobei er sich unwillkürlich anspannte. Während er sein Gewicht im Sitz verlagerte, fragte er sich, ob sie ebenfalls so tief berührt gewesen war. Vermutlich nicht, dachte er und rief sich in Erinnerung, dass sie aus unzähligen Gründen tabu war. Ganz abgesehen davon, dass sie ihn beschuldigte, sie zur Überführung Rasmussens benutzt zu haben. Doch nicht einmal das Wissen um all diese Dinge konnte verhindern, dass ihre körperliche Nähe eine qualvolle Sehnsucht in ihm weckte.

„Wie konnten sie entkommen?"

Obwohl er die Frage betont ruhig stellte, war Ian Rasmussen Lichtjahre davon entfernt, ruhig zu sein.

„Der Plan sah vor, dass wir zuschlagen, wenn sie schlafen, und sie so zu überraschen." Derrick LeValley zuckte mit den Schultern. „Sie sind durch die Hintertür entkommen und haben es irgendwie zur Nachbarfarm geschafft."

„Sind sie zu Fuß geflohen?"

„Sie haben einen Wagen gestohlen."

„Ihr hättet sie umzingeln sollen."

„Wir haben das Haus gestürmt. Der Plan sah vor, sie rasch zu überwältigen ..."

„Ich habe Ihre Ausflüchte satt." Rasmussen schüttelte verärgert den Kopf. „Ich toleriere kein Versagen."

„Wir kriegen sie, Mr Rasmussen. Vanderpol mag gut sein, doch er kann uns nicht viel länger entkommen."

„Je länger ich mich auf diesem Kontinent aufhalte, desto größer ist das Risiko, dass ich von der Polizei gefasst werde." Rasmussen knirschte mit den Zähnen. „Ich werde nicht ins Gefängnis zurückgehen. Und ich werde das Land nicht verlassen, bevor ich mich um die beiden gekümmert habe."

„Ich kann Ihnen versichern, wir werden …"

Rasmussen schnitt ihm mit einer entschiedenen Handbewegung das Wort ab. Er hatte das Gerede satt, die Versprechen, die dann doch nicht eingehalten wurden. Was noch wichtiger war: Er hatte es satt, auf der Flucht zu sein. Ähnlich wie das Gefängnis, dem er gerade entkommen war, vertrug sich die Flucht nicht mit dem Lebensstil, den er gewohnt war. Ursprünglich hatte er geplant, sich jetzt schon in seiner geheimen Villa an der Küste Marokkos zu befinden. Doch wegen Leigh Michaels und Jake Vanderpol hatte er seine Pläne ändern müssen.

„Haben Sie vielleicht eine entfernte Idee, wo die beiden sind?", fragte er.

„Wir wissen, dass sie sich in Missouri aufhalten. Vielleicht Illinois."

Er wandte sich von LeValley ab und ging zum Fenster, wo er auf die schneebedeckte Straße hinuntersah. In der

Nacht war es ihm gelungen, die Grenze nach Kanada zu überqueren. Es hatte ihn zwanzigtausend Dollar gekostet, doch dafür hatte der Grenzbeamte sie passieren lassen. Ian hätte den Hurensohn umbringen können, weil er ihm so viel abgeknöpft hatte. Doch er hatte keine Aufmerksamkeit auf sich lenken wollen. Eine Gelegenheit zur Rache würde sich später finden.

Er ging hinüber zum Tisch und goss sich Tee in die erlesene Wedgwood-Tasse. Das King Edward Hotel war eines der besten in Toronto. Doch er hatte kein Auge für das feine Porzellan oder die eleganten Möbel. Ihn beschäftigte nur, dass er Leigh Michaels und diesen Bastard Vanderpol in seine Gewalt bringen musste. Er musste diese Sache einfach erledigen. Er konnte nicht in dem Wissen verschwinden, dass die beiden zusammen waren. In dem Wissen, dass Leigh ihn nicht nur einmal, sondern sogar zweimal verraten hatte. Dass sie hinter seinem Rücken über ihn lachten …

Der Gedanke daran ließ eine solche Wut in ihm aufsteigen, dass ihm alles vor seinen Augen verschwamm. Er schleuderte Tasse samt Untertasse quer durch den Raum. „Ich will, dass sie gefasst werden! Und ich will, dass das schon gestern erledigt ist. Der Nächste, der versagt, stirbt.“ Er drehte sich zu LeValley. „Ist das klar?“

LeValley trat unbehaglich von einem Bein aufs andere. „Glasklar.“

Eine Minute voller Anspannung verstrich. LeValley räusperte sich und deutete auf das Handy, das er an diesem

Morgen gekauft hatte. „Unser Kontaktmann bei der Telefongesellschaft steht bereit."

„Ich werde anrufen." Rasmussen starrte seinen Untergebenen eindringlich an. „Verlassen Sie sich nicht allein auf diese Spur, um sie zu finden. Ich möchte, dass Sie so viel wie möglich über die beiden in Erfahrung bringen. Finden Sie heraus, wer ihre Freunde sind. Wo ihre Familien leben. Wo sie hingehen könnten. Tun Sie, was auch immer nötig ist. Scheuen Sie keine Umstände und Kosten. Ich will, dass sie gefunden werden."

„Sie werden uns nicht wieder entkommen."

„Das glaube ich erst, wenn ich Jake Vanderpols Blut an meinen Händen habe."

Leigh wusste nicht, wie es ihr gelungen war einzuschlafen. Es war viel zu kalt, um irgendetwas anderes zu tun, als zu zittern. Doch irgendwie war sie eingedöst. Sie träumte gerade von Jake, als das Klingeln ihres Handys sie plötzlich weckte. Erschrocken setzte sie sich auf und sah sich um. Der Morgen dämmerte, und sie standen an einer Tankstelle, die sich irgendwo im Nichts inmitten von vertrocknetem Mais und dürren Bäumchen befand. Jake füllte gerade Benzin in den Tank.

Sie holte das Handy aus der Gürtelhalterung. Ihre Verwirrung wurde noch größer, als sie auf dem Display die Nummer einer ihrer Kolleginnen erkannte. „Hallo?"

„Wenn du überleben willst, hörst du dir an, was ich dir zu sagen habe."

Beim Klang von Rasmussens Stimme verspürte sie ein Frösteln, das nichts mit der Temperatur zu tun hatte. „Du hast letzte Nacht versucht, uns umzubringen", sagte sie. „Aus welchem Grund sollte ich dir zuhören?"

„Du bist es, die ich will, Leigh, nicht Vanderpol."

Sie zitterte so stark, dass sie ihn kaum verstehen konnte. Im Hinterkopf erinnerte sie sich, dass Jake ihr gesagt hatte, sie solle nicht mit Rasmussen am Telefon sprechen. Doch wie war er an das Telefon ihrer Kollegin gekommen?

„Wenn du sein Leben retten willst, kommst du zu mir. Du weißt, dass ich dir nicht wehtun werde. Das ist der einzige Weg, damit ich ihn am Leben lasse."

„Ich glaube dir nicht."

„Wenn ich euch zusammen finde, wirst du jeden einzelnen seiner Schreie hören, während er einen langsamen und qualvollen Tod stirbt. Ist es das, was du willst?"

„Ich will, dass du uns in Ruhe lässt."

„Du und ich haben noch etwas miteinander zu klären. Mit Vanderpol habe ich keinen Streit. Wenn du willst, dass er am Leben bleibt, triffst du dich mit mir."

Ihre Hand zitterte so stark, dass ihr das Handy gegen das Ohr schlug. Sie spürte, wie das Hämmern ihres Herzens den ganzen Körper erfüllte.

„Hast du mit ihm geschlafen?", flüsterte Rasmussen.

Leigh legte auf und sackte in den Sitz zurück.

„Mit wem zum Teufel hast du telefoniert?"

Irgendwie fand sie ihre Stimme wieder. „Rasmussen hat gerade angerufen."

„Verdammt, ich habe dir doch gesagt, du sollst nicht mit ihm sprechen."

„Das Display zeigte die Nummer einer meiner Kolleginnen in Denver", erklärte sie. „Wie hat er das geschafft?"

Der düstere Blick, den Jake ihr zuwarf, sagte alles.

Leigh fühlte Übelkeit in sich aufsteigen. „Bitte sag mir, dass er ihr nichts getan hat."

„Wir wissen es nicht", sagte Jake. „Vielleicht hat er das Handy durch einen seiner Handlanger stehlen lassen." Er griff nach dem Telefon. „Wie lange habt ihr gesprochen?"

„Weniger als eine Minute."

„Er könnte den Anruf verfolgt haben." Seine Augen verengten sich. „Was hat er gesagt?"

„N…nichts."

„‚Nichts' scheint dich ziemlich aus der Fassung gebracht zu haben." Nach einer kurzen Pause fragte er erneut: „Was hat er gesagt?"

„Er sagt, wenn ich mich mit ihm treffe, lässt er dich am Leben."

Jake ließ ihr Handy auf den Boden fallen und zertrat es auf dem Asphalt mit seinem Stiefel.

Leigh bekam Rasmussens Stimme nicht aus dem Kopf. *Wenn ich dich mit ihm finde, wirst du jeden einzelnen seiner Schreie hören, während er einen langsamen und qualvollen Tod stirbt.*

„Leigh."

Er schüttelte sie am Arm. Sie blickte ihn an. Er war auf den Sitz neben ihr geglitten und sah sie voller Mitgefühl an. „Er würde alles sagen, um das zu bekommen, was er will. Glaub nichts davon."

„Er will mich, Jake. Nicht dich."

„Er will uns beide."

„Er sagte …" Ihre Stimme brach. „Er sagte, wenn ich nicht zu ihm gehe, wird er dich umbringen."

Jake streichelte beruhigend ihren Arm. „Er wird keinen von uns beiden umbringen. Rasmussen ist ein international gesuchter Krimineller. Er kann sich nicht ewig verstecken. Er wird einen Fehler machen, und irgendjemand wird ihn zur Strecke bringen."

„Er verfügt über ein unglaubliches Netzwerk und ein riesiges Vermögen. Beides wird er einsetzen und sich seinen Willen erkaufen."

„Nicht jeder lässt sich kaufen."

So wie du, dachte sie mit einem Anflug von Stolz.

Er löste die Hand von ihrem Arm. „Wir müssen weiter, müssen in Bewegung bleiben."

„Wohin fahren wir?"

„Zu dem einzigen sicheren Ort, den ich mir vorstellen kann."

Während Leigh sich frisch machte und Kaffee besorgte, tätigte Jake den Anruf, vor dem ihm gegraut hatte. Er wählte Sean Cutters Privatnummer. Eine geheime Nummer, wie er wusste.

„Hier ist Vanderpol."

Kurzes Schweigen. „Wo ist meine Zeugin?"

„Bei mir. In Sicherheit."

„Das entspricht nicht dem, was ich von der Kansas State Police höre."

Verdammt. Cutter wusste von dem Überfall bei dem Farmhaus. „Mike Madrid ist der einzige Mensch, der wusste, wo wir waren."

Wieder ein kurzes Schweigen. „Was wollen Sie damit sagen?"

„Ich sage nur, dass Sie Ihre eigenen Schlüsse ziehen sollen."

„Sie glauben, dass Madrid Sie verraten hat?"

Jake seufzte. „Ich möchte das nicht glauben, doch wie zum Teufel hat Rasmussen uns sonst gefunden? Dieses Haus befand sich mitten in der Einöde."

„Er hat viele Ressourcen, Jake."

„Ja, nun, die habe ich auch." Jake seufzte besorgt. „Rasmussen hat zweimal Kontakt mit ihr aufgenommen."

„Möglich, dass er den Anruf nachverfolgt hat."

„Dann müsste er jemanden bei der Telefongesellschaft kennen."

„Ich werde sehen, was ich herausbekomme. Wenn er wieder anruft …"

„Ich habe das Telefon zerstört."

„Wir hätten es gebrauchen können."

„Nicht wenn das Risiko besteht, dass er sie darüber findet."

Cutter seufzte. „Jake, bringen Sie sie hierher. Lassen Sie uns für ihren Schutz sorgen, bis dieser Mistkerl gefasst ist."

Das war der logischste Schritt in dieser Situation. Doch Jake hatte noch nie logisch gehandelt, wenn es um Leigh ging. Er wusste, was geschehen würde, wenn er sie zur Agency brachte. Sie würden sie an einen geheim gehaltenen Ort bringen. Ihn würde man von der Sache ausschließen, weil er wegen seines gestrigen Auftritts kein Agent mehr war. Ihre Sicherheit läge außerhalb seiner Kontrolle …

„Irgendjemand hat das System infiltriert, Cutter. Sie ist sicherer, wenn sie bei mir ist."

„Verdammt noch mal, Rasmussen riecht Blut."

„Ich werde das schon hinkriegen."

„So, wie Sie es das letzte Mal hingekriegt haben?", fragte Cutter.

Die Welle von Schuldgefühl erfasste ihn rasch und heftig. „Ich habe Ihnen Rasmussen geliefert." Zu welchem Preis? fragte eine hartnäckige leise Stimme in ihm.

„Kommen Sie, Jake. Bringen Sie sie her. Lassen Sie uns für ihre Sicherheit sorgen."

Jake unterbrach die Verbindung, ohne eine Antwort zu geben.

8. KAPITEL

Jake hielt sich auf den Nebenstraßen, und am späten Nachmittag passierten sie die Staatsgrenze nach Illinois. Leigh hatte keine Ahnung, wohin er sie brachte. Zu diesem Zeitpunkt spielte es auch keine Rolle, dachte sie. Solange Rasmussen sie dort nur nicht aufspüren konnte.

Doch sie wusste, dass sie lediglich Zeit schindeten. Rasmussen würde niemals aufhören, sie zu suchen.

Wenn ich dich mit ihm finde, wirst du jeden einzelnen seiner Schreie hören, während er einen langsamen und qualvollen Tod stirbt.

Sie bekam diese Worte einfach nicht aus dem Kopf. In den Jahren nach Rasmussen hatte sie Nachforschungen über ihn angestellt. Was sie erfahren hatte über den Mann, von dem sei einst geglaubt hatte, dass sie ihn liebte, ließ Übelkeit in ihr aufsteigen. Hinter seinem charismatischen Charme lauerte ein blutdürstiges Monster mit einem schwarzen Herzen. Er machte Geschäfte mit dem Tod. Verkaufte Waffen an den höchsten Bieter, egal, welche Ziele dieser verfolgte.

„Wir müssen darüber sprechen, was vor sechs Jahren geschehen ist."

Es war das Letzte, was sie von Jake in dieser Situation erwartet hatte. Und es war das Letzte, worüber sie reden wollte. Nicht wenn sie wie jetzt körperlich wie seelisch völlig ausgelaugt war. „Ich habe das hinter mir gelassen, Jake. Vielleicht solltest du das auch."

„Ich möchte, dass du verstehst, warum ich tat, was ich getan habe."

„Ich verstehe nur zu gut, was da alles geschah."

„Wenn du das tätest, würdest du mich nicht so ansehen, wie du es gerade tust."

„Wie denn?"

„Als ob ich dir jeden Moment ein Messer in den Rücken rammen würde."

„Ist das nicht das, was du getan hast? Mir ein Messer in den Rücken rammen?"

Seine Hände umklammerten das Steuer. „Auf keinen Fall."

„Du hast mich manipuliert."

„Ich habe dich nicht manipuliert. Und ich habe dich auch ganz sicher nicht benutzt."

„Du hast mit mir geschlafen. Du hast mich glauben lassen, dir liege etwas an mir. Und später habe ich herausgefunden, dass du die ganze Zeit plantest, mich zu verkabeln und zurück zu Ian zu schicken. Wie würdest du das sonst nennen?"

„Ich hatte mir diesen Plan ausgedacht, bevor …" Er verbiss sich den Rest des Satzes und presste die Kiefer zusammen. „Bevor ich … bevor wir etwas miteinander hatten."

„Und das macht die Sache besser?" Sie senkte ihre Stimme, um ihn zu imitieren. „Oh, ich habe mit ihr geschlafen, ich kann sie nicht in den Käfig des Löwen schicken. Aber wenn ich nicht mit ihr geschlafen habe, ist es okay, das Leben einer Frau zu riskieren. Hauptsache, ich kriege meinen Verbrecher."

„Wie oft muss ich es dir noch sagen? Ich habe versucht, den Einsatz zu verhindern", sagte er. „Aber du hattest ja deine eigenen Vorstellungen, nicht wahr?"

„Ich wusste, dass man ihn auf diese Weise am besten drankriegen würde. Aber ich habe dich gehasst, dass du daran gedacht hast, mich so zu benutzen. Erst recht nach …" Allem, was wir geteilt haben, beendete eine grausame kleine Stimme in ihr den Satz. Doch Leigh konnte die Worte nicht aussprechen. Sie wollte nicht, dass Jake sah, wie tief er sie berührt hatte in diesen wenigen Tagen, die sie miteinander verbracht hatten. Niemals wieder würde sie sich jemandem so sehr öffnen.

„Ich kannte dich nicht, als ich den Plan ausgearbeitet hatte. Ich dachte, du wärst …" Er blickte zu ihr hinüber. „Ich dachte, du wärst wie er. Ich dachte, dass du zu seiner Organisation gehörst. Und dass du damit umgehen könntest. Außerdem standen Agenten bereit. Wenn du Ärger bekommen hättest, wären sie innerhalb von zwei Minuten bei dir gewesen."

„In zwei Minuten kann viel passieren."

Ein merkwürdiger Ausdruck trat in seine Augen, den sie nicht recht zu deuten wusste. „Du warst verdammt viel länger bei ihm als zwei Minuten."

Leigh spürte, wie ihr das Blut in die Wangen stieg, und wendete den Blick ab. Sie hatte Jake niemals erzählt, was in jener Nacht geschehen war, als Sean Cutter sie verkabelt und zu Ian Rasmussen in das Penthouse in der North Michigan Avenue geschickt hatte. Sie hatte es niemandem erzählt. Doch ihr war klar, dass einige Agenten der MIDNIGHT Agency Bescheid wussten. Schließlich hatten sie zugehört, während sie ihre Seele verkauft hatte. Während sie Rasmussen dazu gebracht hatte, sich selbst zu beschuldigen. Doch es hatte sie etwas sehr Wertvolles gekostet. Ein Stück ihrer selbst, das sie nie wieder ersetzen konnte …

„Wage es ja nicht, mich für das zu verurteilen, was ich getan habe.“ Ihre Stimme zitterte vor Wut. Scham und Schuldgefühle wallten in ihr auf. Sie hatte sechs Jahre gebraucht, um zu erkennen, dass die Wunden, die Ian Rasmussen ihr zugefügt hatte, niemals richtig verheilen würden. Sie hatte begriffen, dass sie im besten Fall nur hoffen konnte, eines Tages damit leben zu lernen.

Jake war nicht sicher, was schlimmer war: das Wissen, dass sie mit Rasmussen geschlafen hatte, um ihn zu dem Schuldeingeständnis zu bringen, oder das Wissen, dass er mitverantwortlich dafür war.

Er war niemals ein eifersüchtiger Mann gewesen. Doch der Gedanke an Leigh, die mit Rasmussen im Bett lag, sorgte dafür, dass er rotsah. Und dass er sich wie der letzte Mistkerl fühlte, denn der Einsatz war *seine* Idee gewesen. Schließlich bekam Jake Vanderpol immer den Mann, den er jagte. Egal, was es kostete. Egal, wer dabei zu Schaden kam. In diesem Fall ging er davon aus, dass jeder, der in die Sache involviert war, viel leiden musste – vor allem Leigh.

„Es tut mir leid“, sagte er nach einer Pause.

Bebend atmete sie hörbar aus. Als sie sich ihm zuwandte, lag ein so gequälter Ausdruck in ihren Augen, dass es ihn schmerzte, sie anzusehen. „Es ist erledigt“, sagte sie. „Vorbei. Vergangenheit. Ich habe getan, was ich getan habe. Aber das Gleiche gilt für dich, Jake.“

Nach dem Schmerz zu urteilen, der sich in ihren Gesichtszügen abzeichnete, ging er davon aus, dass die Qualen für sie noch lange nicht vorbei waren. „Du hast etwas unglaublich Mutiges getan, Leigh. Es tut mir leid, dass du das tun musstest, aber dass du zu Rasmussen zurückgegangen bist, war sehr tapfer.“

„Ich weiß nicht, was ich mir dabei gedacht hatte, mich überhaupt mit ihm einzulassen.“ Sie schüttelte den Kopf. „Ich war unglaublich dumm.“

„Du warst erst einundzwanzig Jahre alt. Und warst wie lange in Chicago? Seit einem Monat? Du hattest nicht allzu viel Lebenserfahrung, auf die du zurückgreifen konntest.“ Er musste es wissen. Er war derjenige gewesen, der ihr Profil erstellt hatte, als er den Einsatz plante. Sie war ideal gewesen.

Bei der Erinnerung daran seufzte Jake. Gerade erst von der Farm ihrer Familie in Iowa nach Chicago gekommen, hatte sie vor sechs Jahren das College besucht und in Rasmussens Restaurant in der North Michigan Avenue gearbeitet. Schon in der ersten Woche hatte Rasmussen angefangen, sie zu umwerben. Er machte ihr teure Geschenke. Schickte ihr Blumen. Zeigte ihr das extravagante Nachtleben in der Stadt. Damals hatte Leigh keinen Grund, an dem charismatischen Gastronom zu zweifeln. Zwei Monate später wohnte sie in seinem luxuriösen Penthouse. Als sie entdeckte, dass ihr Freund ein international tätiger Waffenhändler war, brach ihre schöne Welt zusammen. Sie benachrichtigte die Polizei, wo man sie später an das FBI weiterverwies. Schließlich wurde die MIDNIGHT Agency eingeschaltet. Jake hatte den Fall übernommen. Er war nicht darauf gefasst gewesen, dass er sich in die Frau, die er beschützen sollte, auch verlieben würde …

Um sich von den quälenden Gedanken abzulenken, konzentrierte er sich wieder aufs Fahren. Irgendwann hatte es angefangen zu schneien. Nur ein leichtes Schneegestöber, doch Jake wusste, dass es an den Great Lakes im Norden ohne größere Vorwarnung zu Schneestürmen und Blizzards kommen konnte.

Er blickte hinüber zu Leigh und war wie immer gefangen von ihrer Schönheit. Er verstand nur zu gut, warum ein Mann wie Rasmussen besessen von ihr war. Sie war schön, herzensgut und hatte eine starke Ausstrahlung. Vor sechs Jahren war Jake schon nach wenigen Tagen rettungslos in sie verliebt gewesen. Der einzige Fall, bei dem er seine Objektivität verloren hatte. Die einzige Zeugin, bei der er eine Grenze überschritten hatte. Der Auftrag hatte ihn fast um seinen Job gebracht. Und er hatte ihn eindeutig um seine Seelenruhe gebracht.

„Wir halten in der nächsten Stadt, um etwas zu essen zu besorgen und zu tanken."

Er hatte die Worte kaum ausgesprochen, als er im Rückspiegel einen Blick auf einen weißen SUV erhaschte, der sich ihnen ohne Scheinwerferlicht in rasendem Tempo näherte.

„Halt dich fest!", rief er.

Einen Augenblick später fuhr der SUV in die hintere Stoßstange des Pick-ups. Der Wagen schleuderte zur Seite. Jake kämpfte mit dem Steuer und schaffte es, ihn zurück auf die Straße zu lenken.

„Wo kam der her?", schrie Leigh, die sich umgedreht hatte und durch die Heckscheibe sah.

„Durch den Schneefall war er nicht zu sehen." Jake hatte kaum Zeit, sich zu zu besinnen, bis der SUV ein zweites Mal in sie hineinfuhr. Erneut kam er ins Schleudern, gewann aber wieder die Kontrolle über den Wagen. Eine dünne Schicht Schnee bedeckte die Straße und machte den Asphalt extrem rutschig. Jake blickte auf die Geschwindigkeitsanzeige, doch bevor er den Fuß vom Gas nehmen konnte, rammte der SUV sie ein drittes Mal. Der Aufprall sorgte dafür, dass sich der Pick-up um sich selbst drehte. Leigh schrie auf, als der Wagen in den Seitengraben schlingerte und dort zum Stehen kam.

Jake blickte hinüber zu Leigh. „Bist du in Ordnung?"

Ihr Gesicht war weiß wie der Schnee, doch sie nickte. „Es geht mir gut."

Als er durch das Seitenfenster hinausblickte, sah er, dass

der SUV in knapp hundert Metern Entfernung wendete. Er kommt zurück, um uns zu erledigen, dachte er und schwor sich, dafür zu sorgen, dass Rasmussen keinesfalls Leigh in seine Gewalt bekam.

Der Motor war ausgegangen. Jake rutschte nach unten und verband die Zündungskabel. Der Motor keuchte und spuckte und sprang schließlich an. Jake legte den Rückwärtsgang ein und trat aufs Gas, um den Pick-up in Bewegung zu setzen. Doch seine Bemühungen waren vergeblich.

Er schlug aufs Armaturenbrett. „Wir stecken fest."

„Sie kommen zurück", sagte Leigh.

Er zog seine Waffe aus dem Halfter. „Nimm die hier."

Leigh blickte erschrocken, als er ihr die Waffe in die Hand gab. „Jake, mein Gott ..."

„Ich will, dass du das ganze Magazin durch die Frontscheibe auf der Fahrerseite jagst. Du hast elf Schuss. Zähl nicht. Zieh den Abzug immer wieder durch, bis du keine Munition mehr hast." Er nahm ihre rechte Hand in seine und zielte mit der Waffe auf den SUV, der jetzt auf sie zuraste. „Das ist unsere einzige Chance."

Sie nickte knapp.

Nachdem er den Sicherheitsgurt gelöst hatte, riss Jake die Fahrertür auf und taumelte aus dem Truck. „Feuer!", schrie er. „Los!"

Schüsse krachten, während er sich die Jacke vom Körper riss, sie unter den Hinterreifen des Wagens legte und wieder hinters Steuer kroch.

„Da ist ein zweiter SUV!“ Panik lag in Leighs Stimme.

Jake sah im Rückspiegel, dass der erste SUV im Straßengraben gelandet war. In der entgegengesetzten Richtung schoss in etwa fünfzig Metern Entfernung ein zweiter SUV heran.

„Verdammt!“ In der Hoffnung, dass der Trick mit seiner Jacke funktionieren möge, legte Jake wieder den Rückwärtsgang ein und trat aufs Gas. Die Räder drehten einen Moment lang durch und fanden dann Halt. Der Wagen machte einen Satz nach hinten.

Doch der zweite SUV hatte sie bereits eingeholt. Er hörte Schüsse. Zuerst dachte er, dass Leigh noch Munition übrig hatte und sie gut verwendete. Dann riss eine Kugel ein faustgroßes Loch in den Kotflügel links vorne.

„Runter!“

Er wartete nicht, bis Leigh reagierte, sondern drückte sie mit der rechten Hand nach unten. Dann griff er nach seiner Pistole auf dem Sitz und zielte. Der erste Schuss verfehlte sein Ziel. Der zweite zerschmetterte die Windschutzscheibe. Der dritte Schuss zerfetzte den rechten Vorderreifen.

Er ließ die Waffe fallen, riss das Lenkrad herum und trat das Gaspedal voll durch.

Als er zu Leigh hinüberblickte und Blut sah, blieb ihm fast das Herz stehen.

9. KAPITEL

„Leigh!“

In den Jahren, seit er bei der MIDNIGHT Agency war, hatte Jake in vielen brenzligen Situationen gesteckt. Doch nichts, was er je erlebt hatte, ließ sich mit der Angst vergleichen, die er jetzt verspürte. Als er den immer größer werdenden Blutfleck auf ihrem Mantel sah, krampften sich seine Eingeweide zusammen.

Sie kniete auf dem Boden und stöhnte vor Schmerz, als sie wieder auf den Sitz kletterte. Ein Blick in ihr Gesicht, und ihm wurde ganz flau. Sie war blass. Zu blass. Er konnte an nichts anderes mehr denken als daran, dass sie ernsthaft verletzt war und vor seinen Augen verbluten würde.

„Mein Gott, wie schlimm ist es?“

Ohne auf eine Antwort zu warten, beugte er sich hinüber und legte ihr die Hand auf den Rücken. Voller Panik starrte er auf das viele Blut auf ihrem Mantel, auf seiner Hand, auf den hellroten Fleck, der sich ausbreitete. Lieber Gott, es musste eine schwere Verletzung sein.

„Oh, Kleine.“ Jake blickte gerade rechtzeitig wieder auf, um den Wagen vom Seitenstreifen auf die Straße zurückzulenken.

„Jake, ich glaube nicht, dass es schlimm ist.“

Er glaubte ihr nicht. Schusswunden konnten täuschen, erst recht, wenn man unter Schock stand. Er hatte sich geschworen, dass ihr nichts geschehen würde.

Hast es wieder einmal verbockt, nicht wahr, du Überflieger?

Er musste anhalten und sie untersuchen, musste sicherstellen, dass sie nicht lebensgefährlich verletzt war. Doch er wusste, dass die ganze Situation noch tödlicher wurde, wenn Rasmussens Männer sie erwischten. Ein platter Reifen würde ihnen nur einen kleinen Zeitvorsprung gewähren. Er hatte vor, das Beste daraus zu machen.

„Wo bist du getroffen?“, fragte er.

„Hinten an der Schulter.“

Er blickte sie an. Sein Magen revoltierte angesichts des Blutes. *Ihres* Blutes. „Wie fühlst du dich. Ist dir schwindlig? Heiß?“

„Ich habe eine Scheißangst.“

„Es wird alles gut. Ich verspreche es dir.“ Er umklammerte das Lenkrad fester. „Hast du Schmerzen?“

„Es fängt an, aber es wird noch dauern.“

Das glaubte er nicht. „Ich suche uns was, wo wir anhalten können.“

„Wenn du anhältst, erwischen sie uns.“

Angesichts des Schneegestöbers lächelte er fast. „Nein, das werden sie nicht.“

Es dauerte fast eine Stunde, bis er einen geeigneten Ort für einen Stopp fand. Wobei *geeignet* ein relativer Begriff war. Es handelte sich um einen verlassenen Getreidespeicher außerhalb von Decatur, Illinois. Jake hatte ihn ausgewählt, weil es dort eine versteckte Ladezone gab, wo die Trucks beladen und gewogen wurden. Von der Straße aus war sie nicht einzusehen. Und sie bot Schutz vor dem Sturm. Mit ein wenig Glück würden sie hier die Nacht überleben.

Er fuhr den Wagen auf den Parkplatz und bog in die Ladezone ein, wo er anhielt. Leigh neben ihm saß still da. In der Stunde, die er gebraucht hatte, um den Speicher zu finden, war sie die ganze Zeit ruhig und optimistisch geblieben. Er wusste, dass sie ihn nicht beunruhigen wollte. Doch in ihrem Gesicht las Jake, dass sie Schmerzen hatte und sich Sorgen machte. Und es zerriss ihn innerlich, weil dies alles sein Fehler war.

Vielleicht hätte er sie MIDNIGHT übergeben sollen, anstatt die Sache eigenmächtig zu übernehmen. Doch er bezweifelte, dass sie dort in Sicherheit war. Rasmussen hatte sich in das Zeugenschutzprogramm eingehackt. Etwas, das Jake und jeder andere immer für unmöglich gehalten hatten. Und falls Mike Madrid Jakes Versteck verraten hatte, wem konnte er dann bei der Agency überhaupt noch trauen?

Die Frage nagte noch immer an ihm, während er von seinem Sitz hinunterglitt, ausstieg und Leigh die Beifahrertür öffnete. Er brauchte nur einen Blick in ihr Gesicht zu werfen, um zu begreifen, dass sie große Schmerzen hatte. Dass sie verängstigt war. Er betete, dass ihr blasser Teint kein Anzeichen einer starken Blutung oder eines ernsten Schocks war.

„Komm her, Kleine.“ Noch bevor er registrierte, dass er nach ihr griff, lag sie schon in seinen Armen.

„Du musst mich nicht tragen“, sagte sie.

„Es ist besser, wenn du dich nicht zu viel bewegst, bevor ich diese Wunde untersucht habe.“

Obwohl es noch keine fünf Uhr war, herrschte draußen bereits fast Dunkelheit. Der Schnee fiel immer dichter vom grauen Himmel. Der Wind war stärker geworden, und Jake hörte ihn um das alte Getreidesilo heulen. Sie brauchten Schutz vor der Kälte, dem Sturm und dem Schnee. Er erblickte die Tür zu dem ehemaligen Büro und steuerte darauf zu.

Zu seiner Überraschung war die Tür nicht abgeschlossen. Er drückte sie mit seinem Stiefel auf. Zu seiner Linken befand sich ein staubiger Tresen. Direkt vor ihnen bedeckten vom Alter verkrümmte hölzerne Regalbretter die Wand. Ein Fenster mit einem Riss in der Mitte zeigte zu der Ladezone, wo man die Laster früher beladen und gewogen hatte.

„Lass den Pagen unsere Sachen hereinbringen.“

Er sah sie besorgt an. War sie etwa schon ins Delirium gefallen?

„Das war ein Witz“, erklärte sie.

Jake lachte nicht. „Kannst du stehen?“

„Natürlich kann ich das.“

In ihr Gesicht war ein bisschen Farbe zurückgekehrt. Bis zu diesem Moment war er wegen ihres gesundheitlichen Zustands viel zu besorgt gewesen, um zu registrieren, wie gut sie sich in seinen Armen anfühlte. Doch als er in ihre kristallblauen Augen sah, traf ihn die Erkenntnis mit voller Wucht.

Sie war klein und anschmiegsam, und sein Körper reagierte auf ihre Nähe, wie er es immer getan hatte. Vor sechs Jahren war er nicht in der Lage gewesen, ihr zu widerstehen. Während sie tagelang in ihrem Versteck ausharren mussten, war die gegenseitige Anziehung rasch außer Kontrolle geraten – und hatte sich in etwas Magisches verwandelt. Er wusste, dass sie ihm nicht vergeben hatte. Doch ob richtig oder falsch – die starke Anziehung bestand noch immer. Und ebenso die Magie.

Statt sich in einer Situation zu verfangen, die sie beide nur verletzen würde, trug er Leigh zu dem Tresen und setzte sie vorsichtig ab, sodass sie auf die Füße kam. Argwöhnisch wartete er auf ein Schwanken oder Taumeln, doch sie stand mit gestrafften Schultern und erhobenem Kinn da.

„Falls du darauf wartest, dass ich zusammenbreche – das wird nicht geschehen", sagte sie.

„In dem Fall lasse ich dich hier jetzt stehen und hole den Erste-Hilfe-Kasten."

„Jake, es geht mir gut."

Er nahm an, dass ihr nicht klar war, wie viel Blut sie verloren hatte, weil sich die Schusswunde am Rücken befand. „Wenn eine Kugel in dir steckt, fahren wir ins Krankenhaus."

„Dann könnten wir Rasmussen auch gleich eine Einladung schicken, uns umzubringen."

„Man darf Schusswunden nicht unterschätzen, Leigh. Das weißt du."

Sie wandte sich von ihm ab, doch er hatte gesehen, dass sie erneut blass geworden war. „Zieh deine Jacke aus“, sagte er. „Leg sie dir über die Schultern, damit du nicht auskühlst. Ich komme gleich mit dem Kasten zurück.“

Als Jake zum Wagen lief, um den Erste-Hilfe-Kasten zu holen, blies ihm der Sturm den Schnee von der Seite entgegen. Das schlechte Wetter war ein zweifelhafter Segen. Einerseits würde es ihre Reifenspuren verdecken und Rasmussens Männer bei deren Suche behindern. Andererseits, falls er Leigh ins Krankenhaus bringen musste oder sie gezwungen wären, den Ort rasch zu verlassen, würde der Schnee auch ihre Fahrt erschweren.

Mit dem Erste-Hilfe-Kasten, einer Decke, den letzten beiden Flaschen Wasser und einer Taschenlampe kehrte Jake zurück. Als er das ehemalige Büro betrat, hatte Leigh gerade den Tresen abgeräumt und drehte sich zu ihm um.

Bei ihrem Anblick fiel ihm ein, dass sie ihr Shirt würde ausziehen müssen, damit er sich die Wunde anschauen konnte. Nun, da die Rollen vertauscht waren und Leigh die Verletzte war, verursachte ihm der Gedanke, dass sie sich vor ihm ausziehen musste, ebenso viel Unbehagen, wie als er das Gleiche vor ihr tun musste. Er schwor sich, dass der Anblick ihres Körpers ihn nicht aus der Fassung bringen würde.

Dennoch errötete er, als er den Erste-Hilfe-Kasten auf den Tresen stellte.

„Setz dich doch oben auf den Tresen. Ich werde mir die Wunde mit der Taschenlampe genauer ansehen.“

Sie sah aus, als ob sie ihm widersprechen wollte. Doch auch wenn Leigh zuweilen stur und widerspenstig sein konnte, war sie nicht dumm. „Okay.“

Jake kam ihr zuvor, indem er sie hinaufhob. Sie schien federleicht in seinen Armen zu sein. Trotz seines Schwurs, dass sie ihn nicht aus der Fassung bringen würde, kitzelte der süße Duft ihres Haares seine Sinne, und sein Herzschlag beschleunigte sich. Ihre Blicke trafen sich kurz – für ihn lange genug, um die ansteigende Hitze zwischen ihnen zu registrieren.

Er legte die Taschenlampe auf das Regal und richtete sie so aus, dass der Lichtkegel auf ihre Schulter traf. Dann wandte er sich zu ihr um. „Du wirst dein Shirt ausziehen müssen.“

Sie sah ihn an, als hätte er sie gebeten, ihren Kopf unter eine Guillotine zu legen. Dann wandte sie den Blick ab und vermied jeden weiteren Augenkontakt mit ihm.

„Ich drehe mich um“, sagte er. „Und du kannst dir die Decke über die Schultern legen.“

„Okay.“

Er wandte sich ab. Stoff raschelte, als sie ihr Shirt auszog. Er schloss die Augen, um das rasche Aufwallen von Begehren zu unterdrücken. Vor seinem geistigen Auge sah er sie so wie vor sechs Jahren. Sie war Unschuld und Leidenschaft und Hitze in einem, wie er es noch nie zuvor erlebt hatte. Sie hatte sich ihm mit jedem

Zentimeter ihres Körpers hingegeben. Da war kein Zögern gewesen, keine Unentschlossenheit. Als ob sie gewusst hätten, dass ihnen nur begrenzte Zeit zur Verfügung stand.

Das Bedauern hatte sich erst später eingestellt, dachte er.

„Okay."

Jake wappnete sich innerlich und drehte sich langsam um. Doch nichts konnte ihn auf ihre Schönheit vorbereiten. Sie saß auf dem Tresen und blickte ihn an. Die Decke hatte sie sich um die Schultern gelegt, wobei sie die Zipfel über ihrer Brust so fest zusammenzog, dass ihre Fingerknöchel weiß wurden. Sein Blick wurde wie magisch von dem zarten Dreieck ihres Halses angezogen. Den Rest komplettierte seine Vorstellungskraft.

Sofort wurde er hart. Sein Schwur verpuffte im Nichts. Das Blut schoss ihm so rasch und mächtig in die Leistengegend, dass ihm ganz heiß und schwindlig wurde und er einen Augenblick lang überlegte, ob er eine Krankheit ausbrütete. Doch dann erinnerte er sich daran, dass es zwischen ihnen immer so gewesen war. Na ja, jedenfalls als sie ihn noch nicht gehasst hatte.

Jake räusperte sich und verlagerte sein Gewicht, um seiner Erektion etwas Platz zu verschaffen. „Dreh dich ein bisschen seitwärts, damit ich mir den hinteren Teil deiner Schulter ansehen kann."

Sie zuckte zusammen, als sie sich bewegte, und Jake half ihr dabei, zur Seite zu rutschen. Als er ihren Rücken vor sich hatte, nahm er den Zipfel der Decke und zog sie vorsichtig nach unten.

Sie hatten einen schönen Rücken. Mit goldener Haut und seidigen schmalen Schultern. Dann erblickte er die Schusswunde, und ihm wurde flau.

„Ach je, Leigh." Spontan strich er ihr mit der Hand über die Schulter und drehte sie dann leicht, sodass die Taschenlampe die Wunde beleuchtete.

„Ist es schlimm?", fragte sie.

„Das werde ich sehen, sobald ich die Wunde gesäubert habe." Mit einem Finger streifte er ihr vorsichtig den Träger ihres BHs von der Schulter. „Das wird jetzt wehtun."

„Ich werd's aushalten."

Er tränkte einen Wattebausch mit Wasserstoffperoxid und wischte das Blut rund um die Wunde fort. „Es hat stark geblutet", sagte er.

Ein scharfes Einatmen von ihr zeigte ihm an, dass die Berührung der Wunde sie schmerzte. „Tut mir leid. Ich muss das tun."

„Sadist."

Er befeuchtete einen frischen Wattebausch. Erleichterung durchströmte ihn, als er begriff, dass die Kugel sie nur gestreift hatte. „Es ist nur ein Kratzer." *Gott sei Dank.*

„Wenn ein Streifschuss schon solche Schmerzen verursacht, möchte ich nicht wissen, wie es sich anfühlt, wenn man die Kugel richtig abbekommt."

„Das werde ich niemals zulassen."

Sie sah ihn über die Schulter an, und Jake bemerkte, wie in ihm sofort das Verlagen aufstieg, sie an sich zu ziehen und Versprechungen zu machen, von denen er wusste, dass er sie vielleicht nicht halten konnte. „Du könntest vermutlich ein paar Stiche gebrauchen."

„Tut mir leid, Vanderpol, aber bei der Vorstellung, dass du mir eine Nadel in den Körper steckst, ist bei mir Schluss. Ich schätze, diesmal bin ich dran mit dem Klammerpflaster. Kannst du das bitte rasch erledigen? Es zieht hier, und mir wird allmählich kalt."

Jake, der die seidige Haut des vermutlich schönsten Frauenrückens vor sich hatte, den er je zu Gesicht bekommen hatte, empfand das komplette Gegenteil. Soweit es ihn betraf, wurde es unerträglich heiß.

Bei dem Gedanken schoss ihm erneut das Blut südwärts, und er hätte fast aufgestöhnt vor Frustration. Wieder verlagerte er sein Gewicht und griff dann nach einer kleinen Tube mit antibakterieller Creme. „Du hast ein paar Prellungen", sagte er rau. „Die werden dir vermutlich noch ein paar Tage lang Schmerzen bereiten."

„Wir beide werden noch weitaus mehr Schmerzen erleiden, wenn Rasmussen uns noch einmal so nah kommt", sagte sie.

„Ich habe nicht vor, das zuzulassen."

„Du hattest schon beim ersten Mal nicht vor, es zuzulassen."

Sie zuckte zusammen, als Jake den Verband mit dem Klammerpflaster fixierte. „Tut mir leid."

„Jake, wir können nicht einfach weiter so davonlaufen. Wir brauchen einen Plan."

Er rang mit sich, ob er ihr von seinem Verdacht bezüglich Mike Madrid und der MIDNIGHT Agency erzählen sollte. Er wollte sie nicht ohne Grund verängstigen. Doch Jake war Realist und wusste, dass sie allen Grund hatte, Angst zu haben. Sie verdiente die Wahrheit. Wenn ihm irgendetwas zustieß, konnte das vielleicht ihr Leben retten.

„Mir sind die Pläne leider gerade ausgegangen, Leigh."

„Uns werden auch die Verstecke ausgehen. Die Kugeln kommen ein bisschen zu nah für meinen Geschmack. Erst du, jetzt ich."

„Im Moment ist Flucht die einzige Möglichkeit, um am Leben zu bleiben. Wir können uns nicht auf das Zeugenschutzprogramm verlassen. Zumindest so lange nicht, bis wir herausgefunden haben, was passiert ist."

„Jake, ich verstehe nicht, warum du deine Leute bei der MIDNIGHT Agency nicht kontaktiert hast."

„Das habe ich dir doch gesagt. Ich habe die Agency verlassen. Sie wollten, dass ich dich einer anderen Behörde übergebe, und ich habe ihnen gesagt, dass sie mich mal können." Auch wenn er zugeben musste, dass er seinen Job bislang nicht gerade brillant gemeistert hatte …

„Das verstehe ich. Aber das heißt nicht, dass die Männer und Frauen, mit denen du arbeitest, nicht gut sind. Ich fühle mich ebenfalls nicht wohl bei dem Gedanken, mein Schicksal in die Hände eines anderen zu geben, Jake, doch welche Wahl haben wir?“

„Ich glaube noch immer, dass irgendjemand bei der Agency unseren Aufenthaltsort verraten hat“, sagte er.

Sie drehte sich zu ihm um. „Aber wer würde so etwas tun?“

„Ich bin mir wirklich nicht sicher … Deinem Gesichtsausdruck nach zu urteilen, hast du aber zumindest jemanden in Verdacht.“

Jake blickte zur Seite. „Mike Madrid.“

Sie blinzelte irritiert. „Er ist dein Freund.“

„Das ist es ja, was es so verdammt schwierig macht.“

„Jake, vor vierundzwanzig Stunden habe ich noch gedacht, ich würde mit der Sache allein klarkommen. Ich dachte, ich könnte verschwinden. In eine neue Stadt. Mir eine neue Identität zulegen. Ein neues Leben führen. Aber nach allem, was inzwischen geschehen ist, bin ich mir nicht mehr so sicher.“

„Ich wusste vom ersten Augenblick an, dass wir bis zum Hals drinstecken. Hast du eigentlich eine Ahnung, wie schwierig es gewesen sein muss, sich in das Zeugenschutzprogramm einzuhacken?“

„Wenn irgendjemand es fertigbringt, dann Rasmussen. Er ist Multimillionär, Jake. Er hat die Mittel und er hat die Macht. Wenn irgendjemand die Zusammenarbeit verweigert, kauft er ihn oder bringt ihn um.“

„Oder seine Familie.“ Frustriert und besorgter, als er es zugeben wollte – nicht seinetwegen, sondern wegen

Leigh –, sagte er: „Wenn er Mike in der Hand hat, bekommt er jeden in die Hand. Ich kenne Mike. Er ist nicht käuflich. Damit er uns verrät, müsste es wirklich schlimm um ihn stehen."

„Hat er Familie?"

„Er spricht nie über seine Familie oder über seine Vergangenheit."

„Warum glaubst du, dass er dich verraten hat?"

„Er ist der einzige Mensch, der wusste, wo wir letzte Nacht waren."

Sie dachte einen Moment darüber nach. „Ian hat mich angerufen, Jake. Vielleicht hat er den Anruf doch nachverfolgen lassen."

„Das ist möglich, doch ihm müsste praktisch die ganze Telefongesellschaft gehören, um das zu tun."

„Vielleicht ist das so."

„Trotzdem glaube ich, dass wir uns nicht darauf verlassen sollten, dass MIDNIGHT uns aus dieser Misere hilft."

„Und aus diesem Grund brauchen wir einen Plan."

Damit waren sie also wieder beim Plan. Jake musste ihre Kraft bewundern. Sie war bedroht und beschossen worden, befand sich seit Tagen auf der Flucht. Und dennoch brach sie nicht zusammen. „Was hast du im Sinn?"

„Wir wissen, was er will. Also sollten wir es ihm vor die Nase halten und schauen, ob er zuschnappt."

Jake spürte, wie sich etwas in seinem Bauch zusammenzog. „Denk nicht einmal daran, Leigh."

„Nimm mich als Köder."

„Nein." Er hatte das Wort ausgesprochen, bevor er überhaupt darüber nachdenken konnte. Eine Entscheidung aus dem Bauch heraus, etwas, was er nur einmal in seinem Leben getan hatte. Die Ironie bestand darin, dass das einzige Mal, dass er aus dem Bauch heraus gehandelt hatte, wegen genau dieser Frau geschehen war.

„Es hat vor sechs Jahren funktioniert, warum sollte es also dieses Mal nicht funktionieren?", fragte sie.

„Die Situation vor sechs Jahren war eine völlig andere."

„Du willst immer noch Rasmussen schnappen. Er will immer noch mich. Ich kann keine wesentliche Veränderung der Situation erkennen."

Außer dass ich den Gedanken nicht ertragen kann, dass dir vielleicht etwas zustößt. Er behielt den Gedanken für sich. „Er will dir wehtun, Leigh."

„Er hat mir vor sechs Jahren ebenfalls wehgetan, und das hat dich auch nicht abgehalten."

Jake war nicht stolz darauf, wie sich die Dinge vor sechs Jahren entwickelt hatten. Wenn er daran dachte, was er sie hatte durchmachen lassen, wurde er jedes Mal von Schuldgefühlen überwältigt. Er schwor sich, dass er den gleichen Fehler nicht zweimal begehen würde.

„Es tut mir leid, dass du das damals durchmachen musstest."

„Bedauern hilft uns in dieser Situation nicht weiter."

Er fasste sie an der Schulter und zog sie sanft zu sich herum, damit sie ihm in die Augen sah und ihn verstand.

Fast hatte er vergessen, dass sie kein Shirt trug. Doch sie hielt die Decke über ihrer Brust so fest, als wäre sie eine Rettungsleine.

„Vor sechs Jahren drehte sich alles um den Job", sagte er. „Es ging um mich und darum, dass ich meinen Verbrecher schnappe. Du warst mit ihm zusammen. Ich dachte, du wärst genauso wie er." Während er ihr in die Augen sah, konnte er sich nicht mehr vorstellen, wie er das je hatte denken können. „Und als ich dann beauftragt wurde, deinen Personenschutz zu übernehmen, und wir uns fünf Tage lang in dem Versteck aufhielten …" Er blickte zur Seite und zwang sich dann wieder, ihr in die Augen zu sehen. „Als ich dich dann richtig kennenlernte, hat sich alles verändert."

Sie sah ihn durchdringend an. Tränen schimmerten in ihren Augen, doch sie drängte sie zurück. Wenn sie sich ihm nur öffnen und ihm glauben würde. Ihm vergeben würde.

„Du hast mit mir geschlafen", sagte sie. „Dann hast du mich zu Rasmussen zurückgeschickt. Du wusstest, was ich würde tun müssen, aber es war dir egal."

„Das ist nicht wahr", protestierte Jack. „Ich wollte nicht, dass die Dinge zwischen uns kompliziert werden."

Sie kämpfte mit den Tränen. „Ich musste mit ihm schlafen." Ein Schluchzen entrang sich ihr. „Es war das Schlimmste, was ich je in meinem Leben habe tun müssen."

Jake trafen ihre Worte wie ein Faustschlag auf den Solarplexus. Sechs unerträgliche Jahre hatte er damit verbracht, sich zu fragen, was sich in jener Nacht zugetragen hatte.

Die brutale Realität dessen, was sie hatte tun müssen – und wofür er teilweise verantwortlich war –, schmerzte ihn mehr, als er sich das jemals vorgestellt hatte.

10. KAPITEL

Leigh hatte Jake niemals vergeben. Sie hatte ihm ihren Körper geschenkt und ihr Herz. Sie war in ihn verliebt gewesen. Im Gegenzug hatte er sie so tief verletzt, dass sie glaubte, sich nie wieder davon erholen zu können.

Doch er war nicht der Einzige, den Schuld traf. Sie hatte den Plan von einem anderen Agenten erfahren, der ihr erzählt hatte, dass der Einsatz auf Jakes Idee zurückging. Sie hatte sich damals entschieden, dem Plan zu folgen, weil sie wusste, dass es keine andere Möglichkeit gab, Rasmussen aufzuhalten. Doch mit der Zeit musste sie sich eingestehen, dass ein Teil von ihr Jake hatte bestrafen wollen, weil er den Plan entwickelt hatte. War es also nicht doch ein bisschen unfair, ihm weiterhin die Schuld zu geben?

„Als ich herausfand, dass Cutter den Einsatz wirklich durchziehen wollte, warst du bereits verkabelt und auf dem Weg zu Rasmussens Penthouse“, sagte Jake.

Er griff ihre Arme und zwang sie, ihm direkt in die Augen zu sehen. „Ich habe versucht, die Sache aufzuhalten, Leigh, doch Cutter wollte dich nicht zurückrufen.“ Er seufzte. „Wir sind darüber in Streit geraten und haben uns sogar geschlagen. Zwei Agenten mussten mich zurückhalten. Ich bin knapp daran vorbeigeschrammt, meinen Job bei der Agency zu verlieren.“

„Jake, ich habe mich in meinem ganzen Leben niemals so … benutzt gefühlt. So völlig allein.“

Er konnte sich nur vorstellen, wie furchtbar es für sie gewesen sein musste, mit einem Killer allein zu sein. Die Wanze, mit der die Agency sie ausgestattet hatte, war nur so groß wie ein Stecknadelkopf und in ihrem Ohrring versteckt gewesen. Doch wenn Rasmussen herausbekommen hätte, was sie da tat, hätte er sie umgebracht, noch bevor irgendein Agent sie hätte retten können.

„Du warst fünf Stunden in diesem Penthouse.“ Er war jede einzelne Sekunde dieser quälend langen fünf Stunden außer sich gewesen vor Angst um ihre Sicherheit.

„Es schien eine Ewigkeit zu sein“, sagte sie.

Er fuhr mit den Händen über ihre Arme. „Cutter hatte mich suspendiert. Deshalb wusste ich nicht, wo du bist. Ich durfte nicht mithören und war verrückt vor Sorge.“ Er suchte ihren Blick. „Und krank vor Schuldgefühlen.“

Der Gedanke daran, dass sie mit Rasmussen zusammen gewesen war, erfüllte ihn auch jetzt noch mit einer so finsteren Wut, dass er kaum an sich halten konnte. „Es tut mir leid, dass du das alles durchmachen musstest“, sagte er. „Es tut mir leid, dass ich dich verletzt habe. Doch eins kann ich dir sagen, Leigh: Das Wissen, dass du mit ihm zusammen bist, hat mich fast umgebracht. Dass du dein Leben aufs Spiel setzt.“

Dass sie nun vor der gleichen Situation standen, erfüllte ihn mit Furcht.

„Ich werde dich das nicht noch einmal tun lassen“, flüsterte er.

„Es ist nicht an dir, diese Entscheidung zu fällen.“

„Solange ich lebe, ist es meine Entscheidung.“

„Du weißt, dass wir ihn nur auf diese Weise aufhalten können.“

„Es ist zu gefährlich. Ich werde nicht zulassen, dass du dein Leben riskierst.“

„Und ich werde nicht zulassen, dass er das, was von meinem Leben übrig geblieben ist, auch noch zerstört.“ Sie wandte sich ab und rutschte vom Tresen. Mit zwei Schritten hatte Jake sie eingeholt.

„Lauf nicht einfach weg“, knurrte er und hielt sie an ihrem gesunden Arm fest.

„Und du versuch nicht, über mein Leben zu bestimmen und mir zu sagen, was ich tun soll. Ich weiß, dass diese Sache nicht einfach wird. Dass sie gefährlich ist. Doch welche Alternative gibt es?“

Als er sie an sich zog, wurde er sich plötzlich ihrer Wärme, ihrer Kurven und der sanften Berührung ihres Körpers bewusst. Versuchung erfüllte ihn. Während er in ihre Augen sah, spürte er, dass die letzten sechs Jahre wie ausradiert waren. Sechs Jahre, in denen er sie vermisst und sich gefragt hatte, wo sie sein mochte. Sich fragte, ob sie jemals an ihn dachte und an die magischen Momente, die sie geteilt hatten.

Jake hatte nicht vor, sie zu küssen. Doch ihr so nahe zu sein, während seine alten Gefühle aufflammten und sein Körper geradezu glühte, hatte in etwa die Wirkung, als werfe man ein brennendes Streichholz in ein Pulverfass. Und obwohl er wusste, was alles auf dem Spiel stand – ihre

Sicherheit, ihr Leben –, konnte er ihr jetzt genauso wenig widerstehen wie vor sechs Jahren.

In dem Wissen, dass sein Schicksal besiegelt war, senkte er seinen Mund auf den ihren.

Als Jakes Mund ihre Lippen berührte, hatte sie das Gefühl, als ob elektrischer Strom zwischen ihnen fließen würde. Jedes Nervenende in ihrem Körper vibrierte geradezu vor Wonne.

Leigh wusste, dass sie sich von dem Gefühl nicht überwältigen lassen durfte. Doch Jake Vanderpol war eine persönliche Schwäche, der sie noch nie hatte widerstehen können.

Während sein Mund sie entflammte, konnte sie nur daran denken, dass sie sich ihm bezüglich geirrt hatte. Bezüglich dessen, was er angeblich getan hatte. Eine Tür, die sie zugeschlagen und fest verriegelt hatte, sprang plötzlich auf. Sie vergaß ihre Schusswunde, schob die Vergangenheit zur Seite und legte die Arme um ihn. Seine Schultern fühlten sich unter ihren Händen wie Felsen an. Sie spürte, wie seine Muskeln vor Anspannung bebten. Wie die Wärme seiner Haut dic Kälte weichen ließ, die sie bis ins Innerste erfasst hatte.

Mit einem leisen tiefen Knurren umfasste er ihr Gesicht mit den Händen und vertiefte seinen Kuss. Eine Stimme in Leigh ermahnte sie, sich ihm zu entziehen. Sich zu besinnen. Ein paar Minuten über das Ganze nachzudenken, bevor sie sich von der Klippe stürzte.

Doch in ihrem Verhältnis zu Jake hatte Rationalität nie eine Chance gehabt. Sie hatte immer aus ihrem Innersten auf ihn reagiert, instinktiv und ohne Kontrolle. Er war der einzige Mensch auf der Welt, der das in ihr auslöste, und die Intensität ihrer Gefühle für ihn machte ihr Angst.

Er vergrub die Finger in ihrem Haar, während seine Zunge ihren Mund erkundete. Sie schmeckte Hitze und Verlangen, verspürte das ungeduldige Drängen sexuellen Begehrens. Die Lust ließ ihren Verteidigungswall in sich zusammenfallen, machte sie hilflos.

Ohne seinen Mund von ihrem zu lösen, schob er sie zur Wand und zog sie noch näher an sich. Sie keuchte auf, als ihr Rücken die Wand berührte. Ihr Herz schien für einen Moment auszusetzen, als er ihre Hände nahm und über ihren Kopf nach oben führte.

„Ich tue dir nicht weh, oder?", fragte er.

„Alles in Ordnung."

„Gut, denn ich fange gerade erst an ..."

Er küsste sie, wie sie nie zuvor in ihrem Leben geküsst worden war. Ihren Mund. Ihren Hals. Die kleine Stelle hinter ihrem Ohr. Zu viel Intensität. Zu viele Emotionen. Zu viele Empfindungen, die auf sie einstürmten.

Widerspruch formte sich auf ihren Lippen. Ein Widerspruch, um sich selbst vor dem Schmerz zu schützen, den er ihr unausweichlich bereiten würde. Aus dem Widerspruch wurde ein Seufzen, als sein Körper sich eng an sie schmiegte. Leigh winselte, als das Verlangen in ihr übermächtig wurde und eine neue Welle der Lust sie durchflutete. Sie spürte mit jeder Faser, wie ihr eigener Körper auf den seinen reagierte. Ihr Herz raste, ihre Brüste schwollen an, die Nippel wurden hart und schmerzten vor Verlangen nach einer Berührung, in ihrem Slip fühlte sie feuchte Hitze.

Sie spürte die harte Erhebung seiner Erektion an ihrer Spalte. Sein schweres Atmen in ihrem Ohr. Die Hitze seines Mundes auf dem ihren. Ein Feuer schien sie von innen allmählich zu verzehren.

Sie schrie auf, als er mit seinen Fingerkuppen über ihre Brüste strich. Unwillkürlich bog sich ihr Körper ihm entgegen, verlangte nach ihm mit einem Begehren, das an Wahnsinn grenzte. Sie wollte seine Hände auf ihren Brüsten spüren, seinen Körper in ihrem.

Es war sechs Jahre her, dass ein Mann sie berührt hatte. Doch Leigh wollte nicht wie damals wieder die Besinnung verlieren. Sie musste die Kontrolle zurückgewinnen. Vor sechs Jahren hatte sie ihm die Macht gegeben, sie zu verletzen. Das durfte sie nicht noch einmal zulassen.

„Jake“, keuchte sie. „Nicht.“

Er erstarrte, und sie nutzte den Moment, um sich ihm zu entziehen. Für einen Augenblick war nur das heftige Atmen von ihnen beiden zu hören.

„Es tut mir leid“, sagte sie. „Das war ein Fehler.“

„Es hat sich aber verdammt noch mal nicht wie ein Fehler angefühlt“, sagt er mit zusammengebissenen Zähnen.

„Ich kann nicht gleichzeitig mit dir und … dem, was mit Rasmussen geschieht, umgehen.“

„Ich versuche, dich zu beschützen. Er ist derjenige, der dir wehtun will. Bring das nicht durcheinander, Leigh."

Obwohl sie es nicht so gemeint hatte, korrigierte sie ihn nicht. Besser, er war wütend auf sie, als dass er sie begehrte. Noch ein Kuss und sie wüsste nicht, ob sie die Kraft hätte, ihm Einhalt zu gebieten.

Mit einem unterdrückten Fluch wandte Jake sich ab und ging zum Fenster. Dunkelheit war hereingebrochen. Mit breiten Schultern und geradem Rücken stand er da und starrte hinaus in die Winterlandschaft.

Dann drehte er sich zu ihr um und blickte sie kühl an. „Ich gehe raus und besorge ein paar Vorräte und Benzin. Ich schlage vor, du versuchst, ein bisschen zu schlafen. In drei Stunden fahren wir weiter."

Mit diesen Worten riss er die Tür auf und trat hinaus in die Nacht.

Der Sturm heulte um den alten Getreidespeicher wie ein Poltergeist. Nachdem er sich eine Stunde lang hin- und hergewälzt hatte, gab Jake jeden Gedanken an Schlaf auf. Er wusste nicht, ob es an seinem unerfüllten körperlichen Verlangen nach Leigh lag oder an der Sorge wegen Rasmussen, doch er war zu überreizt, um zur Ruhe zu kommen.

Ihm fiel beim besten Willen keine Möglichkeit ein, wie Rasmussen sie hatte aufspüren können. Hatte der Waffenhändler die Anrufe auf Leighs Handy nachverfolgt? Jake konnte sich nicht erklären, wie das möglich gewesen sein sollte, zumal sie sich in einer ländlichen Gegend befunden hatten.

Oder hatte sein Kollege Mike Madrid sie tatsächlich verraten? Jake wollte das nicht glauben. Er kannte Madrid seit fünf Jahren. Sie waren Freunde. Zumindest hatte Jake das immer geglaubt. Wenn es nicht die Anrufe waren und auch kein Maulwurf bei MIDNIGHT – wie verfolgte Rasmussen sie dann?

Ihm fiel nur ein Mensch ein, der ihm bei dieser Frage vielleicht weiterhelfen konnte. Sein Kollege Zack Devlin. Devlin war Undercover-Agent bei MIDNIGHT – und ein Genie in Sachen Elektronik. Doch würde er ihm helfen, nachdem Jake den Dienst quittiert hatte?

„Es gibt nur eine Möglichkeit, das herauszufinden", murmelte Jake und holte sein Handy hervor.

Ein Blick aufs Display sagte ihm, dass es fast zwei Uhr morgens war. Doch das spielte keine Rolle. MIDNIGHT-Agenten gingen zu jeder Tages- und Nachtzeit ran, wenn ihr Diensthandy klingelte.

Er wählte Devlins Nummer auswendig. Nach dem vierten Klingeln antwortete der Kollege mit einem genervten „Ja?".

„Hier ist Vanderpol."

Die Stille, die darauf folgte, war ein deutliches Zeichen dafür, dass Devlin von Jakes Abgang bei der Agency wusste. „Gibt es irgendeinen speziellen Grund, warum du mich um zwei Uhr in der Nacht anrufst?"

„Ich muss wissen, wie Rasmussen uns verfolgt." Jake

hörte ein Rascheln am anderen Ende, dann das Flüstern einer weiblichen Stimme.

„Kelly schickt schöne Grüße", sagte Devlin.

„Grüß zurück."

„Jake, warum zum Teufel bist du abgehauen? Cutter schäumt vor Wut."

„Er wollte mich aus dem Fall raushalten."

„Und damit hatte er verdammt noch mal recht, Mann. Du bist persönlich viel zu stark involviert, um auch nur einigermaßen klar zu denken."

„Sie haben sie das letzte Mal benutzt, um an Rasmussen ranzukommen", gab Jake zurück. „Ich würde es Cutter durchaus zutrauen, dass er so was noch einmal tut."

„Du weißt genauso gut wie ich, dass das vermutlich die aussichtsreichste Methode ist, diesen Hurensohn dranzukriegen. Cutter wird es nicht zulassen, dass ihr irgendwas geschieht."

Ich musste mit ihm schlafen. Leighs Worte bereiteten ihm Höllenqualen, und Jake schloss die Augen.

„Wirst du mir helfen oder nicht?"

„Du weißt, dass ich das tue."

Jake war nicht der einzige Agent bei MIDNIGHT, der berüchtigt dafür war, sich gerne mal über die Vorschriften hinwegzusetzen. „Rasmussen ist uns auf der Spur. Findet uns sogar dann, wenn ich sicher bin, dass wir nicht verfolgt wurden."

„Weiß irgendjemand, wo du bist?"

„Madrid."

Eine unbehagliche Pause entstand. „Ich kenne Mike", sagte Devlin schließlich. „Ausgeschlossen."

„Außer sie haben seine Familie in der Hand."

„Er hat keine Familie. Sie wurde getötet."

Noch immer nicht ganz überzeugt, seufzte Jake. „Rasmussen hat Leigh zwei Mal angerufen. Vielleicht hat er irgendwie ihr Handy geortet."

„Eine Dreipunktmessung führt nur zum nächstgelegenen Funkmast, mehr nicht."

„Wir sind hier auf dem Land."

„Wurdet ihr beschossen?"

Jake spürte, wie sich die Härchen in seinem Nacken aufstellten. „Mehrmals sogar."

Devlin fluchte. „Es gibt da ein neues Ortungssystem von ein paar niederländischen Wissenschaftlern. Es heißt Micronic GPS. Der Chip ist klein genug, um in eine Bleistiftspitze zu passen. Vor zwei Monaten hat man in die Firma eingebrochen und die Technologie gestohlen. Möglicherweise könnten diese Chips auch in einem Munitionsprojektil versteckt werden."

Nun war es Jake, der fluchte. „Ein Projektil von der Größe einer Kugel?"

„Diese Projektile werden so hergestellt, dass sie zwar in Metall eindringen, es aber nicht durchschlagen, sondern darin stecken bleiben."

„Herrje."

„Überprüf deinen Wagen, Jack. Nimm eine Zange, eine Drahtschere oder einen verdammten Hammer. Nimm dir alle Schusslöcher vor und sieh nach, ob so ein Ding in deinem Wagen steckt. Du suchst nach einem schwarzen plastikähnlichen Material, das sich beim Aufprall ausbreitet. Um Himmels willen, unter Umständen weiß Rasmussen bereits, wo du bist, und wartet nur auf den richtigen Zeitpunkt, um zuzuschlagen. Beeil dich!“

11. KAPITEL

Jake legte gar nicht erst auf, sondern rannte sofort aus dem Raum und hinaus in den Schnee, wo der alte Pick-up stand. Er griff sich einen großen flachen Schraubenzieher von der Ladefläche, steckte ihn in das erste Einschlussloch und bohrte das Metall auf. Tatsächlich klebte ein flaches schwarzes Plastikteil wie geschmolzenes Gummi im Inneren der Fahrertür.

Innerlich betend, dass Devlin sich geirrt hatte, richtete er den Lichtkegel der Taschenlampe auf das Teil und registrierte dabei überrascht, dass seine Hände zitterten. Sogar mit bloßem Auge konnte er den Kupferdraht und die Lötpunkte des winzigen GPS-Chips erkennen.

„Verdammt!“

Er stand da, während der Schnee leise fiel, und überlegte, was er jetzt tun sollte. Die ganze Zeit wanderte sein Blick prüfend über den schwarzen Abgrund der Felder und der Wälder, die den alten Getreidespeicher umgaben. Er besaß einen Wanzendetektor, der noch die geringste Funktätigkeit aufspürte, doch den hatte er im Hummer gelassen. Sollte er versuchen, die restlichen Chips zu orten und zu entfernen? Oder sollte er lieber Leigh wecken und mit ihr zu Fuß weiterflüchten in der Hoffnung, dass Rasmussens Männer sich noch nicht in Schussweite befanden?

Doch es war zu kalt, um zu Fuß weit genug zu kommen. Er hatte keine andere Wahl, als den Wagen gründlich zu durchsuchen und zu beten, dass er jeden Peilsender fand, bevor sie in einen Hinterhalt gerieten.

Jake leuchtete mit der Taschenlampe über das Metall und arbeitete sich rasch von der Fahrertür weiter nach hinten zum Heck vor. Er fand zwei weitere Einschlusslöcher, doch keine Peilsender. Offenbar verfügten nicht alle von Rasmussens Männern über diese spezielle Munition. An der Heckklappe bohrte er ein Loch auf, in dem er einen weiteren Peilsender fand. Er warf ihn in den Schnee. Als er schließlich den ganzen Wagen überprüft hatte, hatte er insgesamt vier Sender gefunden.

Doch wenn Rasmussens Männer ihren Aufenthaltsort kannten, warum hatte man sie dann noch nicht überfallen?

Jake legte die Hand auf seine Waffe, die in seinem Hosenbund steckte, und lief zum Gebäude zurück. Er richtete die Taschenlampe auf Leighs Schlafplatz.

„Wir müssen hier weg“, sagte er.

Sein Blut gefror zu Eis, als er sah, dass sie fort war.

Leigh hatte Camping noch nie gemocht. Schon allein aus dem Grund, dass es im Wald keine Toiletten gab. Da Jake nirgendwo zu entdecken war, als sie vor ein paar Minuten aufgewacht war, hatte sie sich draußen ein abgelegenes Plätzchen etwas weiter weg vom Getreidespeicher gesucht.

Grummelnd verrichtete sie ihr Geschäft und war schon auf dem Weg zurück, als sie hinter sich im Schnee Schritte knirschen hörte und innehielt. Kurz dachte sie daran, dass es sich wohl um Jake handelte, der Wache lief. Doch als sie herumwirbelte und einen Mann mit Gewehr erblickte, begriff sie, dass ihr kleiner Ausflug nach draußen keine gute Idee gewesen war.

Leigh rannte los. „*Jake!*“ Sie war nur wenige Schritte weit gekommen, als der Mann sie umriss und mit seinem Gewicht zu Boden drückte.

Sie fiel hin. Ohne sich abstützen zu können, landete sie mit dem Gesicht im Schnee. Er war in ihren Augen, ihrer Nase, ihrem Mund. Sie konnte nichts sehen, konnte nicht atmen. Unsanft griff jemand von hinten nach ihren Handgelenken. Sie hörte das metallische Rasseln von Handschellen und drehte durch. Oh mein Gott, sie durfte auf keinen Fall zulassen, dass er sie fesselte.

Sie schrie auf, doch der Schnee erstickte den Schrei. Sie nahm alle Kraft zusammen, die sie noch besaß, und wehrte sich gegen den Angreifer, wobei sie tatsächlich einen Arm losreißen konnte. Kehlige Laute entrangen sich ihr, während sie nach dem Mann schlug.

„Halt still, Schlampe.“

Leigh kämpfte sich auf die Seite und trat mit ihrem rechten Bein aus. Sie erhaschte einen Blick auf eine Skimaske. Behandschuhte Hände. Eine Pistole von der Größe einer Kanone. Der Kerl überraschte sie, indem er sie mit erschreckender Kraft auf ihren Rücken warf. Sie sah das Glitzern der Handschellen und begriff, dass er ihr die Hände nun vor dem Körper fesseln wollte. Während sie versuchte, ihm ihre Nägel ins Gesicht zu schlagen, fragte sie sich, wo Jake war. Warum war er ihr noch nicht zu Hilfe gekommen? Hatten sie ihn verletzt? Oder sogar Schlimmeres?

Der Mann erwischte ihre Handgelenke. „Lass mich los“, kreischte sie.

Eine behandschuhte Hand schlug ihr so hart auf den Mund, dass ihre Lippe aufplatzte. „Halt die Klappe.“

Leigh kämpfte um ihr Leben. Sie wusste, dass ihr Schicksal besiegelt war, wenn er ihr die Handschellen angelegt hatte.

Er dunkler Schatten näherte sich von der Seite. Sie hörte das Geräusch von etwas Hartem, das auf Fleisch traf. Der Mann über ihr stöhnte, doch dann traf ihn ein schwerer Stiefel an der Schläfe. Sein Kopf wurde nach hinten gerissen. Ein letzter Tritt schickte ihn bewusstlos in den Schnee.

Starke Hände griffen nach ihr. Sie rappelte sich auf, kam auf alle Viere und versuchte sich aufzurichten.

„Jake!“ Sie rief seinen Namen, als seine Hände ihre Schultern fassten.

„Leigh. Ich bin’s. Beruhige dich.“

Jake.

„Du bist in Sicherheit“, sagte er.

Immer noch zitternd sah sie zu, wie Jake die Hände des Angreifers hinter seinem Rücken fesselte. Dabei sah er sie die ganze Zeit unverwandt an. „Bist du in Ordnung?“, fragte er.

„Du meinst, abgesehen von dem Beinahe-Herzinfarkt?“

Er stand auf und bot ihr die Hand. „Wo er herkommt, sind noch mehrere“, sagte er mit einem Blick auf den Mann, der gefesselt am Boden lag. „Wir müssen verschwinden. Jetzt.“

Im nächsten Moment zog er sie auf die Füße und sprintete mit ihr zum Wagen. Leigh sah unwillkürlich immer wieder über die Schulter nach hinten. Woher konnte Rasmussen nur gewusst haben, wo sie untergetaucht waren?

Beim Wagen angekommen, öffnete Jake die Tür und schob sie hinein. „Setz dich auf den Boden. Keine Widerrede.“

Leigh glitt vom Sitz herunter und kniete sich hin, wobei ihr Herz gegen ihre Rippen hämmerte. Jake schlüpfte hinter das Steuer und startete den Motor. Ohne Scheinwerferlicht fuhren sie die Straße entlang.

Was zum Teufel hast du draußen gemacht?“, fragte er.

„Ich … ich musste mal auf die Toilette. Er hat mich aus dem Nichts überrumpelt.“ Ein Schauder überlief sie, als sie sich daran erinnerte, wie rasch der Mann sie überwältigt hatte. „Woher wusstest du, was passiert war?“

„Dein Geschrei war ein guter Hinweis.“

Leigh schüttelte den Kopf. „Wie haben sie uns gefunden?“

„Sie haben uns die ganze Zeit geortet.“

„Was?“

Sie nutzen einen hoch entwickelten GPS-Chip, der sich in einem Projektil befindet. Diese Munition ist so konzipiert, dass sie nach dem Einschlag im Ziel haften bleibt.“

„Mein Gott.“ Furcht wallte in ihr auf, während er erklärte, wie der winzige GPS-Peilsender funktionierte. „Wie hast du das herausbekommen?“

„Ich habe einen Freund angerufen.“

„Einen Freund bei MIDNIGHT?“

„Zack Devlin kennt sich gut aus mit Elektronik.“

„Heißt das, dass Mike Madrid uns nicht verraten hat?“

Jake verzog das Gesicht. „Vermutlich.“

Sie dachte einen Moment darüber nach. „Ist Rasmussen noch immer in der Lage, uns zu orten?“

„Ich habe alle Peilsender, die ich finden konnte, entfernt.“ Er warf ihr einen düsteren Blick zu. „Lass uns hoffen, dass ich keinen übersehen habe.“

Sie glitt zurück auf den Sitz und legte eine Hand auf den Bauch. Sie fühlte Übelkeit in sich aufsteigen. „Ich dachte, sie hätten dich verletzt. Ich dachte, sie hätten …“

„Haben sie nicht“, sagte er. „Denk nicht einmal daran.“

Um die Tränen zurückzuhalten, blickte Leigh hinaus in die dunkle Weite. Was hätte sie draußen beim Getreidespeicher ohne Jake getan! „Du hast mir das Leben gerettet“, sagte sie.

„Ich habe getan, was ich tun musste, um uns dort rauszubringen.“

Als sie ihre Fassung wiedergewonnen hatte, wandte sie sich ihm zu. „Rasmussen wird nicht aufgeben. Er ist niederträchtig und besessen und scheint über alle möglichen Mittel zu verfügen.“

„Leigh, jede Strafverfolgungsbehörde des Landes und

des Bundes ist alarmiert und sucht innerhalb eines Fünfhundert-Meilen-Radius nach ihm."

„Er ist zu schlau, um geschnappt zu werden. Das weißt du ebenso gut wie ich."

Seine Miene verfinsterte sich. „Er mag zwar schlau sein, doch er ist nicht unbesiegbar."

„Durch sein Geld und seine Verbindungen ist er aber verdammt nah dran."

„Früher oder später wird ihn seine Obsession für dich den Kopf kosten. Er wird einen Fehler machen. Und wenn er das tut, werde ich dafür sorgen, dass ich zur Stelle bin, um ihn zur Strecke zu bringen."

Während die dunkle Landschaft an ihnen vorbeizog, konnte Leigh nur daran denken, dass sie hoffentlich lange genug lebten, um genau das zu tun.

Seit dem Überfall bei dem Getreidespeicher hatte Jake den Rückspiegel immer im Auge. Er befürchtete, dass er einen der GPS-Sender übersehen haben könnte. Doch als es immer später wurde und kein Anzeichen von Rasmussens Männern auftauchte, begann er allmählich daran zu glauben, dass er vielleicht doch alle erwischt hatte.

Seit achtundvierzig Stunden auf den Beinen war er mittlerweile unendlich müde. Sie brauchten einen Ort, an dem sie sich ausruhen konnten, wo sie essen und schlafen konnten. Verdammt, Leigh hatte recht. Sie brauchten einen Plan. Verzweifelt und erschöpft entschied er sich, sie zu dem einzigen Ort zu bringen, der ihm jetzt noch einfiel.

Er war seit fast zwei Monaten nicht mehr am Hafen von Thunder Cove gewesen. Sein letzter Segeltörn lag sogar noch länger zurück. Doch seine *Stormy C.* lag noch immer bereit zum Ablegen am Pier.

Der Abend dämmerte bereits, und es schneite stark, als er den Wagen an einem von der Straße nicht einsehbaren Platz parkte. Auf dem Beifahrersitz murmelte Leigh leise im Schlaf. Das hatte sie während der Fahrt schon öfter getan. Jake legte ihr eine Hand auf die Schulter. „Leigh."

Sie setzte sich blitzschnell auf, die Augen vor Schreck geweitet. Dann blinzelte sie und beruhigte sich ein bisschen.

„Es ist alles in Ordnung." Er strich ihr über den Arm und stellte überrascht fest, dass sie zitterte. „Es war nur ein böser Traum."

Sogar erschöpft, verängstigt und mit zerzaustem Haar war sie einfach schön.

„Ich kann kaum glauben, dass ich überhaupt eingeschlafen bin." Sie sah sich um. „Wo sind wir?"

„Thunder Cove", antwortete er.

„Ich habe keine Ahnung, wo das ist."

„Lake Michigan. Hier liegt mein Segelboot."

„Es ist ein bisschen kalt zum Segeln, oder?"

Er lächelte. „Ja, das schon, aber auf dem Boot selbst wird es warm sein."

„Es wirkt verlassen hier."

„Zu dieser Jahreszeit sind nicht viele Menschen hier draußen. Niemand weiß, dass ich ein Boot hier liegen habe.

Wir können etwas essen, duschen und ein bisschen schlafen." All das hatte er inzwischen verdammt nötig. „Und vielleicht können wir danach einen Plan ausarbeiten."

Als sie nichts entgegnete, strich er ihr mit den Fingern über die Wange. „Alles in Ordnung mit dir?"

Sie nickte. „Nur ein bisschen nervös."

„Ja, das geht den meisten Menschen so, nachdem auf sie geschossen wurde."

Sie musste lächeln, doch ihm entgingen die Schatten in ihren Augen nicht. Er wünschte, er könnte etwas tun, damit sie sich verflüchtigten. Und noch verzweifelter wünschte er sich, dass die Umstände andere wären.

Seufzend öffnete Jake die Tür. Der kühle Wind, der vom See herwehte, erfasste ihn wie ein Glas eiskaltes Wasser. Er wollte die Beifahrertür öffnen, doch Leigh stieg schon aus. Er ging voraus zum Tor und dem dahinter liegenden Jachthafen.

„Ich wusste nicht, dass du ein Boot hast", sagte sie, während sie ihm folgte.

„Ich segle nicht mehr oft."

„Warum nicht?"

„Ich habe einfach nicht die Zeit." Jake öffnete das Tor mit einem Schlüssel von seinem Schlüsselbund.

„Da liegen aber nicht viele Boote im Wasser."

„Die meisten Menschen lagern ihre Schiffe während der Wintersaison im Trockendock. Das Eis kann sonst den Bootsrumpf beschädigen."

„Du hast deins nicht eingelagert?"

„Ich habe es dieses Jahr noch gar nicht aus dem Wasser geholt."

„Und was ist mit dem Eis?"

„Ich habe eine sogenannte Strömungsanlage installiert. Sie hält das Wasser um den Bootsrumpf in Bewegung, sodass es nicht gefrieren kann."

Sie gingen das hölzerne Schwimmdock entlang. Der Liegeplatz von Jakes *Stormy C.* befand sich am Ende der zweiten Reihe. Es handelte sich um eine fast neun Meter lange Beneteau First 285, die er vor drei Jahren gebraucht gekauft hatte. Er hatte schon immer von einem eigenen Segelboot geträumt. Nun, da er eines besaß, hielt ihn die Arbeit so beschäftigt, dass er kaum zum Segeln kam.

Jake sprang an Deck und reichte Leigh eine Hand. „Sei vorsichtig. Es ist glatt."

Sie ergriff die Hand und folgte ihm. „Sieht so aus, als wären wir in noch dichteren Schnee geraten."

„Das liegt am See", sagte er. „Willkommen in Michigan im November."

Ihre Hand fühlte sich wie Eis an. Am liebsten hätte er sie nicht wieder losgelassen. Nicht jetzt. Nie wieder. Doch Jake war es nicht vergönnt, sich einfach nur dem Genuss hinzugeben, ihre Hand zu halten. Nicht solange da draußen ein Killer herumlief, der es auf sie beide abgesehen hatte.

Er zog die Taschenlampe aus seiner Manteltasche, schloss die Einstiegsluke auf und öffnete die Doppeltür. Der typische Schiffgeruch von stockigem Tuch und feuchtem Teakholz schlug ihm entgegen, als er den Niedergang hinunterstieg. Er überprüfte die vordere und die hintere Schlafkoje sowie die Toilette. Nachdem er sich vergewissert hatte, dass sie allein waren, schaltete er die Lüftung ein und startete den Dieselmotor.

Leigh saß auf der Sitzbank in der Kombüse, als er zurückkehrte. In diesem Moment wirkte sie so müde, wie Jake noch nie einen Menschen gesehen zu haben glaubte. Ihre Schultern hingen herab, der Kopf war leicht nach unten geneigt. Er ging davon aus, dass er selbst nicht viel frischer aussah.

„Die Heizung sollte in ein paar Minuten ihren Dienst tun", sagte er. „Weitere zehn Minuten und wir haben heißes Wasser."

„Hier auf dem Boot gibt es eine Dusche?" Sie merkte auf.

Er deutete in Richtung Toilette. „Sie ist klein, aber sie funktioniert." Dann holte er seine Pistole aus der Manteltasche. „Einige Meilen von hier gibt es ein Restaurant in der Stadt."

„Ich sterbe vor Hunger …" Ihre Stimme erstarb, als sie die Waffe erblickte.

Jake drückte sie ihr in die Hand. „Ich werde die Tür hinter mir zuschließen. Du bist hier sicher. Aber nur für den Fall der Fälle möchte ich, dass du diese hier bei dir hast. Nimm sie mit in die Dusche. Nimm sie mit ins Bett. Aber bereite dich darauf vor, sie zu benutzen, wenn es sein muss. Hast du das verstanden?"

„Was ist mit dir?“

Er klopfte auf die Pistole, die er Rasmussens Mann beim Getreidespeicher abgenommen hatte. „Ich habe diese hier, falls ich eine brauche.“

Er betete, dass es nicht dazu kommen würde.

Leigh konnte sich nicht vorstellen, dass ihr jemals wieder warm werden würde. Sie drückte sich in dem winzigen Bad in Jakes Segelboot unter den warmen Wasserstrahl, bis das gesamte heiße Wasser verbraucht war. Als sie den Hahn abdrehte, hörte sie Jake, der in der Kombüse hantierte.

Schon die ganze Zeit versuchte sie, nicht über den Kuss nachzudenken, zu dem es im Getreidespeicher gekommen war. Doch ihr Kopf – ganz zu schweigen von ihrem Körper – erlaubte ihr einfach nicht, ihn zu vergessen. Rational gesehen wusste sie, dass Ian Rasmussen ein weitaus größeres Problem darstellte. Darüber, wie sie sich vor ihm in Sicherheit bringen konnte, sollte sie nachdenken. Stattdessen dachte sie die ganze Zeit daran, wie sich Jakes Mund auf dem ihren angefühlt hatte …

Entnervt trocknete sie sich rasch ab. Nur widerwillig zog sie die alten Sachen an, doch da nichts anderes vorhanden war, hatte sie keine Wahl.

Als sie die Tür öffnete, stieg ihr der Duft einer köstlichen warmen Mahlzeit in die Nase. Jake stand mit dem Rücken zu ihr in der Kombüse. Dann drehte er sich um, und sie sah, dass er in der einen Hand eine Flasche Wein hielt und in der anderen zwei Weinkelche aus Kunststoff.

Einen Moment lang wirkte er verlegen. Dann spielte ein leises Lächeln um seine Mundwinkel, und sie spürte, wie irgendetwas in ihr zu schmelzen begann.

„Ich dachte, wir beide könnten eine kleine Auszeit gebrauchen", sagte er.

Leigh wusste nicht, was sie entgegnen sollte. Eine kleine Auszeit war eine Sache. Eine ganz andere war es, Wein zu trinken mit einem Mann, dessen Lächeln auch den standhaftesten weiblichen Widerstand dahinschmelzen ließ und zu dem sie sich noch dazu stark hingezogen fühlte.

„Ein Franzose", fügte er hinzu. Als ob das eine Rolle spielte. „Merlot. Ich hoffe, du bist damit einverstanden."

„Äh, ja." Das war die intelligenteste Äußerung, die sie in dem Moment hervorbringen konnte.

„Wie fühlt sich deine Wunde an?", fragte er.

Ihr Herz schlug ein bisschen zu schnell, als sie ihm zusah, wie er die Gläser auf den Tisch stellte und den Wein eingoss. „Sehr gut."

„Ist dir warm genug?"

Sogar heiß, dachte sie benommen, begriff aber, dass dies wohl keine angemessene Antwort war, und zuckte mit den Schultern. „Alles in Ordnung."

„Ich habe Suppe gekauft." Er deutete auf den Gasbrenner in der Kombüse. „Wenn du sie im Auge behältst, würde ich gerne rasch duschen." Er reichte ihr ein Glas Wein.

Leigh nahm es entgegen, wobei sie hoffte, dass er das Zittern ihrer Hand nicht bemerkte.

„Wir sind hier sicher", sagte er. Offenbar war ihm der eigentliche Grund ihrer Nervosität nicht bewusst.

Sie nippte am Wein – er war schwer, mit einem Aroma von Beeren. Jake trat auf sie zu. Sie wollte schon zurückweichen, weil sie glaubte, dass er sie gleich berühren würde. Stattdessen begann er sein Hemd aufzuknöpfen. Leigh spürte, wie ihr die Hitze ins Gesicht stieg. Ohne seinen Blick abzuwenden, zog er das Hemd über seine Schultern.

Es war sechs Jahre her, dass sie Jake Vanderpols bloßen Oberkörper gesehen hatte. Doch sie hatte den eindrucksvollen Anblick nie vergessen. Seine Schultern schienen so breit und fest wie Felsen. Seine Brustmuskeln waren hervorragend definiert, und der Bizeps wölbte sich kraftvoll. Das schwarze Haar, das seine Brust bedeckte, zog sich in einem schmalen Streifen bis zu seinem muskulösen Bauch hinunter.

Plötzlich schien die Kabine zu klein für sie beide zu sein. Leigh hätte am liebsten die Flucht ergriffen, auch wenn das dumm war. Schließlich wusste sie, dass dieser Mann in den Tagen, seit sie zusammen waren, nichts anderes getan hatte, als sie zu beschützen. Dennoch musste sie dem wissenden Flackern in seinen Augen entkommen. Der starken Anziehung seines Körpers, der sie sich nie hatte erwehren können.

„Ich achte auf die Suppe", platzte sie heraus.

Er verzog einen Mundwinkel zu einem Lächeln. „Lass sie nicht überkochen."

Als ihr wieder die Hitze ins Gesicht stieg, lächelte er und sagte: „Der Brenner ist unberechenbar. Manchmal wird er heißer, als es guttut.“

Sie konnte nur daran denken, dass der Brenner nicht die einzige Sache war, die heißer wurde, als es gut war.

12. KAPITEL

Leigh rührte die Suppe um, war mit ihren Gedanken jedoch woanders. Genau genommen keine zwei Meter neben ihr. Sosehr sie sich auch bemühte, ihre Beziehung zu Jake sachlich zu gestalten, und so verzweifelt sie auch versuchte, Vergangenheit und Gegenwart voneinander zu trennen – sie konnte einfach nicht anders, als sich Jake unter der Dusche vorzustellen, sich auszumalen, wie er den eindrucksvollsten Männerkörper einseifte, den sie je gesehen hatte. Und dann stellte sie sich vor, wie seine kräftigen Hände mit Seife über ihren Körper fuhren.

„Die Suppe kocht gleich über."

Sie schrak zusammen, als Jakes Stimme hinter ihr erklang. Sie blickte hinunter in den Topf, und tatsächlich hatte sich auf der Suppe schon Schaum gebildet.

„Verdammt", murmelte sie.

Jake schob sie beiseite und drehte gekonnt den Brenner hinunter. Leigh konnte sich nicht erklären, warum sie solch ein Nervenbündel war. Schließlich war es nicht so, dass sie jedem Impuls folgte, der ihr durch den Kopf schoss. Als sie sich Jake das letzte Mal geöffnet hatte, hatte er sie sehr verletzt. Es hatte sie viel Zeit gekostet, dorthin zu kommen, wo sie heute war.

Sie lenkte sich ab, indem sie den Tisch deckte, während Jake die Suppe in Schalen füllte. „Ich habe sie bei dem Diner in der Stadt gekauft", sagte er.

Es war das Beste, was Leigh jemals gegessen hatte. Sie

hatte gar nicht bemerkt, wie hungrig sie eigentlich gewesen war, bis sie ihre Schale ausgelöffelt hatte und Jake sie erneut füllte. Der Wein hatte ihre Nerven beruhigt. Sie wusste, dass sie dem, was sie fürchtete, nicht länger ausweichen konnte.

„Wir müssen einen Weg finden, wie wir Rasmussen aufhalten", begann sie. „Wir können uns hier nicht ewig verstecken."

„Ich habe auf dem Weg in die Stadt mit Cutter gesprochen."

„Was hat er gesagt?"

„Sie glauben, dass Rasmussen das Land verlassen hat."

Leigh hätte das nur zu gerne geglaubt, doch es fiel ihr schwer. Sie hatte mehr als ein Jahr mit Rasmussen zusammengelebt, ein Umstand, der immer wieder Scham in ihr auslöste, wenn sie daran dachte. Sie wusste, dass er nicht der Typ Mann war, der so leicht aufgab. „Glaubst du daran?"

Jake sah sie an. „Es ist möglich. Doch auch wenn er das Land verlassen hat, ist er nicht weit weg. Vermutlich in Kanada, wo er noch immer in der Lage ist, seine Handlanger zu steuern und uns zu jagen."

Sie rührte mit dem Löffel in der Suppe herum und spürte, wie ihr Appetit schwand. „Wird MIDNIGHT weiter nach ihm suchen?"

„Ja, aber die Personaldecke ist gerade sehr dünn. Viele FBI-Agenten und andere Sicherheitskräfte sind mit dem Hackerangriff auf die Datenbank des Zeugenschutzprogramms und seinen Folgen beschäftigt."

Der Gedanke an Hunderte verängstigter Zeugen – einige von ihnen mit Familie und Kindern –, die nun von verschiedensten kriminellen Gruppen bedroht wurden, verursachte ihr Übelkeit. „Seine Festnahme hat also keine Priorität."

„Doch. Aber noch wichtiger ist es, diese Zeugen zu beschützen. Cutter hat nicht genug Leute zur Verfügung, um Rasmussen so schnell zur Strecke zu bringen, wie ich es gerne hätte."

„Heißt das, dass wir auf uns allein gestellt sind?"

„Das bedeutet, dass wir eine Zeit lang untertauchen sollten."

„Ich bin sechs Jahre lang untergetaucht, Jake." Frustriert und nervös stand Leigh auf und ging zu dem kleinen Bullauge. Der Hafen lag ruhig und verlassen da, während es weiterhin schneite. Die ganze Szenerie hätte friedlich wirken sollen, doch das tat sie nicht. „Ich habe es satt, ständig über die Schulter schauen zu müssen, ob mich jemand verfolgt."

„Ich weiß, dass es hart ist", erwiderte er.

„Ich will mein Leben zurück."

Sie hörte, dass Jake aufstand. Anspannung machte sich in ihr breit, als er zu ihr trat und ihr eine Hand auf die Schulter legte. Wie leicht wäre es, sich umzudrehen und in seinen kräftigen Armen Schutz und Trost zu finden. Doch nach Rasmussen – nach Jake – hatte Leigh sich geschworen, keine weiteren Fehler zu begehen.

Sie entspannte sich ein wenig, als Jake ihr das Glas Wein

reichte, das sie auf dem Tisch hatte stehen lassen. „Ich weiß, dass es hart ist, aber versuch, geduldig zu sein", sagte er.

„Ich habe es satt, geduldig zu sein. Und ständig Angst zu haben. Und ich habe es satt, alle paar Monate aufs Neue umziehen zu müssen." Sie wandte sich ihm zu, wobei sie das Glas Wein auf den Tisch stellte. „Wir müssen ihn aufhalten."

„Wir haben im Moment aber nicht die Mittel dafür."

„Es muss eine Möglichkeit geben."

„Ich werde dein Leben nichts aufs Spiel setzen, Leigh. Besessenheit, Eifersucht und Hass sind starke und hässliche Gefühle. Denk darüber nach. Ein normaler und gesunder Mann hätte Schadensbegrenzung betrieben und wäre so weit weg gegangen wie möglich."

„Vielleicht finden wir seine Schwachstelle. Und nutzen sie …"

„Verdammt noch mal, Leigh, überlass mir die Sache."

„Ich habe ein Recht darauf, mein Leben zurückzubekommen, Jake. Nimm mir das nicht weg."

„Ich werde nicht zulassen, dass du verletzt wirst."

„Ich bin keine Vollidiotin. Verdammt, schließlich kenne ich Rasmussen. Ich weiß, wie er tickt."

„Dann weißt du auch, dass er keinerlei Skrupel kennt", rief Jake.

„Und ich weiß, dass ich ihn aufhalten muss, wenn ich überhaupt noch darauf hoffen will, ein normales Leben zu führen! Wenn ich eine Zukunft haben will!"

Jake ergriff mit beiden Händen ihre Arme. „Ich werde nicht zulassen, dass er dich umbringt!"

Leigh starrte in sein wütendes Gesicht und erkannte, dass er keineswegs nur Zorn in sich fühlte. Jake Vanderpol hatte auch Angst.

„Du hast Angst vor ihm", sagte sie.

Er presste die Kiefer zusammen. „Da hast du verdammt recht, dass ich Angst habe! Ich weiß, was er dir antun wird, wenn er dich in seine Gewalt bekommt. Ich habe sein grausames Werk gesehen, Leigh. Wenn du nicht so verdammt stur wärst, hättest du ebenfalls Angst."

Leigh war sogar mehr als verängstigt. Ihr graute vor Rasmussen. Doch sie war schon zu lange auf der Flucht. „Wenn ich ihn nicht aufhalte, gebe ich damit mein Leben auf. Werde mich für immer im Schatten verstecken müssen. Werde nie eine Zukunft haben. Das kannst du nicht von mir verlangen."

„Alles, was ich von dir verlange, ist, dass du den Rest meines Lebens am Leben bleibst."

„Warum ist dir das überhaupt wichtig?", fragte sie. Ärger wallte in ihr auf. „Ich werde in irgendeiner Stadt leben, die so klein ist, dass sie nicht einmal auf der Karte verzeichnet ist. Du wirst nicht da sein …"

„Weil du mir wichtig bist", brach es aus ihm heraus. „Warum kriegst du das nicht in deinen Schädel hinein."

Die Worte trafen sie wie ein Faustschlag. Zu überrumpelt, um reagieren zu können, starrte sie in seine leuchtenden Augen, in denen sie mehr sah, als sie sehen wollte, und die sie mehr fühlen ließen, als sie fühlen wollte. Sie drehte sich abrupt um und floh. Sie wusste, dass sie auf gefährliche Weise versucht war, einen Fehler zu begehen, der ihr nur weiteren Kummer bringen würde. Sie hörte ihn ihren Namen rufen, während sie die Stufen hoch- und durch die Luke kletterte, doch sie blieb nicht stehen.

Aus einem schwarzen Himmel wirbelte der Schnee zu Boden. Sie hörte, wie das Wasser bei dem strengen Nordwind an das Pier klatschte und die Takelage des Bootes scheppernd an den Mast schlug. Hinter sich hörte sie Jake, doch sie drehte sich nicht zu ihm um. Sie wollte nicht, dass er sah, was sich in ihrem Gesicht abzeichnete.

„Leigh, komm wieder nach unten."

Als sie sich nicht rührte, trat er hinter sie und drehte sie sanft zu sich um.

„Es ist kalt", sagte er. „Du zitterst."

Das Beben, das ihren Körper durchlief, hatte nichts mit der Kälte, sondern einzig und allein mit ihm zu tun.

„Du weißt, dass ich recht habe", sagte sie.

„Ich weiß vor allem, dass du da einige sehr gefährliche Ideen in deinem Kopf ausbrütest."

„Erzähl mir nicht, dass du an meiner Stelle nicht das Gleiche denken würdest."

„Vermutlich würde ich das." Er seufzte. „Aber es gefällt mir verdammt noch mal nicht."

„Mir gefällt auch nichts davon."

Sie sah die Schneeflocken in seinem Haar und auf seinen Wimpern. Er starrte auf ihren Mund, und sie wusste, was als Nächstes geschehen würde. Sie spürte, wie eine Welle von Emotionen sie zu überrollen drohte. Wie die physische Anziehung die Hitze in ihr aufsteigen ließ.

„Ich ertrage den Gedanken nicht, dass dir etwas geschehen könnte", sagte er rau.

„Ich weiß, dass es riskant ist", entgegnete sie. „Doch welche Alternative gibt es denn? Dass ich meine Zukunft aufgebe, nur um sicher zu sein? Was wäre das für ein Leben?"

Mit einem unterdrückten Fluch zog er sie an sich. Ihre Knie wurden weich, als er sie küsste. Er schmeckte nach Wein und Frustration und Selbstbeherrschung. Als er sie wieder freigab, wirkte er sehr entschieden. „Ich glaube, ich habe einen Plan, der funktionieren könnte", sagte er. Mit einer Geste in Richtung der Luke fügte er hinzu: „Lass uns nach unten gehen, und ich erkläre ihn dir."

Ian Rasmussen war es gewohnt, seinen Willen zu bekommen. Insofern passte es ihm gar nicht, als Derrick LeValley in seine Suite kam und ihm von der Pleite mit den GPS-Peilsendern berichtete.

„Wie konnte er überhaupt von den Sendern erfahren haben?", fragte Rasmussen.

„Ich weiß es nicht. Möglicherweise ist er Experte für Elektronik. Oder er hatte Kontakt mit einem der Agenten von MIDNIGHT."

Rasmussen lächelte beinahe bei dem Gedanken an die Bundesbehörde, die das Reich, das er sich in mühevoller

Arbeit aufgebaut hatte, vor sechs Jahren zerstört hatte. Zweifellos waren die Agenten derzeit alle damit beschäftigt, den U. S. Marshals Service dabei zu unterstützen, all die kostbaren Zeugen zu beschützen. Sein kleiner Erfolg schmeckte süß wie Schokolade. Doch er reichte nicht. Er wollte Kelsey. Und er wollte Vanderpol tot sehen. Solange diese beiden Dinge nicht erledigt waren, würde er keine Ruhe finden.

Mit einem verärgerten Seufzer ging Rasmussen zur Bar und schenkte sich zwei Fingerbreit Cognac in ein Glas. „Wo sind sie?"

„Wir wissen es nicht genau." LeValley räusperte sich. „Irgendwo in Südmichigan."

Rasmussen weidete sich an LeValleys offensichtlicher Angst. „Und wie sieht Ihr Plan aus, um ihn aufzuspüren?"

„Meine Leute arbeiten gerade am persönlichen Hintergrund. Familienangehörige. Freunde. Irgendein Grundstück oder Haus, das sie besitzen. Irgendwas wird auftauchen."

„Ich muss Sie nicht daran erinnern, dass unsere kanadischen Freunde mich nur eine bestimmte Zeit verstecken können, nicht wahr?"

„Sir, ich weiß, dass Sie das Land nicht ohne sie verlassen wollen, doch zu Ihrer eigenen Sicherheit …"

„*Sicherheit?*" Rasmussen warf den Kopf zurück und lachte.

LeValley musterte ihn verängstigt.

„Erzählen Sie mir verdammt noch mal nichts von Sicherheit. Ich will sie. Ich will sie jetzt. Und ich will Vanderpol. Ich werde ihn höchstpersönlich töten, und ich kann Ihnen jetzt schon sagen, dass ich das sehr langsam tun werde.“

„Ja, Sir.“ LeValley schluckte hörbar. „Ich habe ein Containerschiff, das gerade renoviert wird. Es verfügt über einen geheimen Bereich mit Erste-Klasse-Kabinen. Es wird Sie den St. Lawrence River hinunterbringen, durch die Schleusen. Von dort fahren Sie nach Kuba, wo der Jet warten wird, um Sie nach Marokko zu bringen.“

Das verschaffte ihm gleich etliche *Tage*, um seine Rache an Vanderpol zu vollstrecken. Tage, an denen er die Schreie des Mannes hören konnte. Tage, an denen auch Kelsey sie hören konnte. Und die ganze Zeit würde sie in seinem Bett liegen – dort, wo sie hingehörte …

Rasmussen blickte auf die goldene Rolex an seinem Handgelenk. „Sie haben zwei Stunden, um sie zu finden.“

„Zwei Stunden?“ LeValley verschluckte sich fast. „Aber das reicht nicht.“

„Ich schlage vor, dass Sie schnellstmöglich anfangen. Wenn Sie ihn nicht aufspüren, wird das ernsthafte Konsequenzen haben. Haben wir uns verstanden?“

„Ja, Sir“, sagte der andere Mann, bevor er zur Tür hinausstürmte.

Rasmussen blickte ihm nach und nippte an seinem Cognac. Als das Glas leer war, schleuderte er es in den Kamin. „Ich kriege dich, Kelsey“, flüsterte er.

Hass loderte in der Tiefe seines Herzens.

Jake gefiel der Plan kein bisschen. Allein der Gedanke daran, Leigh als Köder zu benutzen, erfüllte ihn mit einer tiefen dunklen Furcht. Doch von allen Strategien, die er in den letzten Tagen erwogen hatte, schien der Plan, den er Leigh jetzt erklären wollte, noch der sicherste Weg zu sein. Sofern man überhaupt von einem sicheren Weg sprechen konnte, wenn es um einen Irren wie Rasmussen ging.

Er klappte den Tisch, an dem sie gegessen hatten, zur Hälfte ein und nahm auf der Sitzbank Platz. Er sah zu, wie Leigh Wein in ihre beiden Gläser nachschenkte und bemerkte, dass ihre Hände zitterten. So viel zu Mut der Verzweiflung, dachte er. Die Frau hatte Angst. Um der Wahrheit die Ehre zu geben – er hatte ebenfalls Angst.

Sie reichte ihm sein Glas und ließ sich dann ebenfalls auf der Sitzbank nieder, wobei sie auf genügend Abstand zwischen ihnen achtete. „Erzähl mir von deinem Plan."

Jake nahm den Wein und stellte ihn auf den Tisch vor sich, ohne einen Schluck davon zu nehmen. „Das letzte Mal, als Rasmussen anbeißen sollte, hast du als Köder fungiert."

Ihr Blick hielt dem seinen stand. „Mir gefiel nicht, wie die Sache vonstattenging, Jake, aber es war ein sehr effektiver Plan."

„Bevor ich dir diese Sache erkläre, möchte ich, dass du weißt, dass ich dir das nicht noch einmal antue, Leigh. Ich werde dich nicht benutzen. Ich werde es nicht riskieren, dass dir etwas zustößt."

„Jake ..."

„Hör mir erst zu.“ Er hob eine Hand, um ihren Protest zu stoppen. „Ronald Waite, ein guter Freund von mir, ist Reporter bei einer Tageszeitung in Chicago, dem *Investigator*. Als er vor vier Jahren in Mexiko war, wurde sein kleiner Sohn entführt. Die Erpresser wollten Lösegeld. Die MIDNIGHT Agency wurde herangezogen, und man übertrug mir den Fall. Um es kurz zu machen: Ich habe sein Kind freibekommen. Ronald und ich blieben in Kontakt, und er verabschiedet sich in jeder Mail und bei jedem Telefonat mit den Worten: ‚Wenn es jemals etwas gibt, was ich für dich tun kann …‘“

„Wie könnte uns ein Reporter helfen?“, fragte Leigh.

„Manchmal benutzen die Justizbehörden die Medien als Werkzeug, um zu einer Festnahme zu kommen. Über die Medien kann man gezielt Informationen lancieren. Oder Informationen zurückhalten. In diesem Fall ist es so, dass Ronald seit Rasmussens Ausbruch über die Sache berichtet. Ich könnte ihn bitten, einen falschen Ort zu nennen, an dem du dich angeblich versteckst. Selbstverständlich befindest du dich in der Realität nicht einmal in der Nähe dieses Ortes. Wenn Rasmussen auftaucht, erlebt er die Überraschung seines Lebens, weil ich derjenige sein werde, der auf ihn wartet.“

Leigh gefiel der Plan nicht. Es gab zu viele unsichere Faktoren. Zu viele Dinge, die schiefgehen konnten. Aber sie hatte beim besten Willen nichts Besseres anzubieten.

Sie sah Jake an und konnte nur daran denken, dass

Rasmussen ihn umbringen würde, wenn er die Gelegenheit dazu bekam.

„Ich bin nicht die Einzige, die er tot sehen will", sagte sie.

„Ich bin ein ausgebildeter Agent."

„Der zufällig gerade seinen Job geschmissen hat ..."

„Wenn Rasmussen mich haben will, dann wird er mehr bekommen, als gut für ihn ist."

„Dir stehen aber nicht länger die Mittel der Agency zur Verfügung. Niemand kommt dir zu Hilfe oder gibt dir Feuerschutz, wenn irgendwas schiefgeht." Und sie wusste, dass immer irgendwas schiefging, wenn es um Rasmussen ging.

„Hast du eine bessere Idee?"

Sie wünschte, dass sie die hätte. „Vielleicht fällt uns mit ein wenig mehr Zeit noch was ein ..."

„Die Zeit läuft uns davon, Leigh. Innerhalb von zwei Tagen haben wir beide unliebsame Bekanntschaft mit Kugeln gemacht. Du hast gesehen, wie weit er geht, um dich zu kriegen. Du hast die Technologie gesehen, über die er verfügt. Und du weißt, wozu er fähig ist."

„Jake, ich möchte nicht, dass dir etwas passiert."

In seinen Augen flackerte etwas auf, war jedoch zu schnell vorbei, als dass sie es hätte deuten können. „Ich werde Ronald anrufen", sagte er. „Vermutlich braucht er das Einverständnis seines Chefredakteurs. Aber vielleicht ist er ja in der Lage, etwas im *Investigator* von morgen zu platzieren."

Er griff nach seinem Handy und stand auf. Bevor sie überhaupt begriff, was sie da tat, schoss ihre Hand nach vorn, und ihre Finger umklammerten sein Handgelenk. „Bist du dir mit dieser Sache ganz sicher?“, fragte sie.

„Ich will ihn hinter Schloss und Riegel haben, bevor er noch mehr Menschen umbringt.“

Sie stellte sich auf die Zehen, beugte sich vor und küsste ihn auf die Wange. „Danke, dass du bereit bist, dich für mich in die Schusslinie zu stellen.“

„Vor sechs Jahren hast du das Gleiche für uns getan“, erwiderte er.

Sein Gesicht war nur wenige Zentimeter von ihrem entfernt. Sie sah den dunklen Schatten seiner zwei Tage alten Bartstoppeln. Ein leichtes Schwindelgefühl überkam sie, und sie trat zurück.

Einen Moment lang suchte er ihren Blick.

Dann drehte er sich wortlos um und ging in Richtung Treppe, während er gleichzeitig eine Telefonnummer wählte.

13. KAPITEL

Ronald Waite traf um Punkt neun Uhr ein. „Ahoi!“

Leigh hatte gerade Kaffee gemacht, als sie seine Begrüßung hörte. Die sechs Jahre im Zeugenschutzprogramm hatten sie misstrauisch gegenüber Fremden werden lassen. Doch es genügte ein Blick in Jakes grinsendes Gesicht, als er zur Treppe eilte, und sie wusste, dass der Mann, der das Boot betreten hatte, ein Freund war.

In der Kombüse stellte sie den Kaffee samt Bechern auf den Tisch. Als sie die Männer oben an Deck reden und lachen hörte, entspannte sie sich langsam. Wenige Minuten später kamen beide herunter.

„Du hast mir nicht gesagt, wie schön sie ist.“ Lächelnd reichte ihr Ronald Waite die Hand.

Leigh konnte nicht anders – sie lächelte ebenfalls, als sie seine Hand ergriff. „Danke fürs Kommen“, sagte sie.

Mit seinem hellroten Haarschopf und dem rötlichen, mit Sommersprossen übersäten Gesicht entsprach der Reporter ganz und gar nicht ihren Erwartungen. Er trug einen blauen Parka mit Kunstfellkragen. Sie schätzte, dass er um die vierzig war.

Fünf Minuten später saßen sie mit Bageln und dampfenden Kaffeebechern um den Tisch.

„Ihr bleibt hier auf dem Boot?“, fragte Ronald.

„Vorerst“, sagte Jake. „Ich möchte nirgendwo allzu lange bleiben.“

„Ich habe über diesen Plan von dir nachgedacht.“

Ronald nippte an seinem Kaffee. „Ich denke, es könnte funktionieren."

„Die Logistik könnte zum Problem werden", sagte Jake.

„Und die Frage, ob Rasmussen anbeißt oder nicht", fügte Leigh hinzu.

Ronald tätschelte über den Tisch hinweg beruhigend ihre Hand. „Er wird anbeißen, Liebes. Glauben Sie mir."

„Ich brauche einen abgelegenen Ort für ein Zusammentreffen", sagte Jake und blickte Waite an. „Und du müsstest Leighs angeblichen Aufenthaltsort andeuten. Dort wird Rasmussen dann auftauchen. Und genau dort werde ich bereits auf ihn warten."

Waite nahm sich einen Bagel. „Ich kann dir in beiden Punkten helfen. Mir gehört eine Hütte etwa hundert Meilen nördlich von hier, auf der Oberen Halbinsel. Ich fahre mehrere Male im Jahr mit meiner Frau und den Kindern dorthin. Meinem Schwager gehört nur drei Meilen von uns entfernt eine Hütte auf der gegenüberliegenden Seite des Sees.

„Ist es abgelegen?", fragte Jake. „Ich möchte nicht, dass irgendwelche Zivilisten zu Schaden kommen."

„Weit und breit keine Nachbarn. Das nächste Anzeichen von Zivilisation ist eine Tankstelle, die zehn Meilen weit weg liegt."

Jake nickte und sah Leigh an. „Dann werden wir es so machen: Wir verstecken dich in der Hütte auf der anderen Seeseite." Er blickte zu Waite. „Ich verschanze mich in deiner Hütte. Du enthüllst Leighs Aufenthaltsort im *Investigator*. Mach es Rasmussen nicht allzu leicht. Gib ihm nur gerade so viele Informationen, dass er selber draufkommen kann.“

Leigh gefiel es nicht, wie Jake seinen Plan darlegte. Es gab so viele Dinge, die schiefgehen konnten. „Jake, du sprichst von einem abgelegenen Ort und willst dich dort mit einem gewalttägigen Mann anlegen, der eine kleine Armee hinter sich hat. Du kannst diese Sache nicht allein durchziehen. Du wirst Unterstützung brauchen, falls irgendetwas schiefgeht.“

„Ich habe einen Freund, den ich anrufen kann“, sagte er.

„Wen?“

Er starrte sie wortlos an.

„Einen der Agenten von MIDNIGHT?“

Jake wandte seine Aufmerksamkeit wieder Ronald Waite zu. „Wie rasch kannst du diese Geschichte schreiben und veröffentlichen?“

„Ich habe bereits die Erlaubnis vom Leiter der Lokalredaktion. Ich kann es heute Nachmittag schreiben, wenn ich wieder zurück bin. Es erscheint dann in der morgigen Ausgabe.“

Eine Viertelstunde später verließ Ronald Waite sie wieder, allerdings nicht ohne Jake eine Landkarte und die Wegbeschreibung zu den zwei Hütten gegeben zu haben. Um zwölf saßen Jake und Leigh wieder im Truck und fuhren Richtung Norden zur Oberen Halbinsel von Michigan.

Da sie gezwungen waren, sich auf den Nebenstraßen zu halten, erreichten sie die Hütte erst bei Anbruch der Dämmerung. Leigh erschien die ganze Szenerie pittoresker als alles, was sie je gesehen hatte. Eine Holzhütte, verborgen in einem Wald, dessen Tannen und Fichten schwer mit Schnee beladen waren. Die Hütte verfügte über einen aus Felsen errichteten Kamin, der in den schiefergrauen Himmel ragte.

„Nettes Fleckchen“, kommentierte Leigh.

Jake schloss die Tür auf, und sie gingen hinein.

Die Einrichtung war rustikal und geschmackvoll. Auf dem Holzdielenboden im Wohnzimmer lag ein riesiger Navajo-Teppich. Die großen Möbel waren im Southwestern-Stil gehalten. Es gab zwei Schlafzimmer, ein großes Badezimmer mit beheizbarem Fliesenboden, und auf der hinteren Veranda waren zwei Klafter Holz aufgestapelt.

Innerhalb weniger Minuten hatte Jake im Kamin ein Feuer entfacht. Weil sie sich irgendwie beschäftigen musste, kochte Leigh in der Küche Kaffee und gesellte sich dann zu Jake ans Feuer.

Sie reichte ihm einen dampfenden Becher. „Meinst du, dass der Plan aufgehen wird?“

Er nahm den Kaffee entgegen und nippte vorsichtig, während er sie über den Rand hinweg anblickte. „Bei der geringsten Chance, an dich ranzukommen, wird Rasmussen sofort Himmel und Hölle in Bewegung setzen.“

Sie unterdrückte den Schauder, der sie bei diesem Gedanken überlief. „Was, wenn er die Geschichte gar nicht liest?“

„Der *Investigator* hat einen großen Leserkreis. Wir werden ihm ein paar Tage geben. Ron wird die Story außerdem auch online verbreiten. Selbst wenn Rasmussen sie nicht selbst liest, wird ihm vermutlich irgendjemand davon erzählen. Ich weiß noch aus der Zeit, als ich hinter ihm her war, dass er ein Informationsjunkie ist.“ Jake zuckte die Schultern. „Wenn er nicht am ersten Tag anbeißt, lasse ich Ronald eine andere Geschichte veröffentlichen, in der die gleichen Hinweise zum zweiten Mal genannt werden.“

„Ian ist schlau, Jake. Was, wenn er bemerkt, dass es eine Falle ist?“

„Ronald ist ein guter Journalist. Er wird gerade so viele Informationen preisgeben, dass Rasmussen daraus auf den Aufenthaltsort schließen kann. Er wird es ihm nicht zu leicht machen.“

Leigh war müde, doch in ihrem Kopf überschlugen sich die Gedanken. Unruhig begann sie auf und ab zu gehen, während sie sich nacheinander all die Dinge ausmalte, die schieflaufen konnten.

Jake trat hinter sie und legte ihr die Hände auf die Schultern. „Du läufst noch ein Loch in den Teppich, und wir müssen das dann Ronalds Schwager erklären“, sagte er.

Sie lachte kurz und wandte sich um. „Ich mache mir Sorgen. Da geht man dann eben auf und ab.“

„Ich will dir nicht sagen, dass dies alles nicht gefährlich ist. Doch ich kann dir versichern, ich werde es nicht zulassen, dass irgendetwas schiefgeht. Ich lasse es zum Teufel noch mal nicht zu, dass Rasmussen dich in die Finger bekommt. Hast du das verstanden?“

„Ich mache mir nicht um mich Sorgen, Jake. Sondern um dich. Rasmussen ist krank vor Eifersucht. Er weiß, dass du und ich ...“ Weil sie nicht genau wusste, wie sie den Satz zu Ende bringen sollte, seufzte sie einfach nur. „Er weiß, dass wir zusammen waren. Er wird dir das niemals vergeben.“

„Ich werde mit ihm fertig, Leigh. Vertrau mir. Ich bin ein ausgebildeter Agent. Ich kenne mich mit Waffen aus. Und ich habe Rasmussens psychologisches Profil studiert. Ich weiß sehr genau, wozu er fähig ist.

„Er ist ein Monster“, flüsterte sie.

„Er ist nur ein Mann. Ein Mann mit Schwächen, wie sie jeder hat. Ich weiß, dass er anbeißen wird. Und ich bin mir sicher, dass dieser Plan die beste Strategie ist, ihn aus seinem Versteck zu locken und diese ganze Sache zu beenden.“ Er drückte ermutigend ihre Schultern. „Damit du dein Leben zurückbekommst.“

Der Gedanke daran machte ihr Mut, doch das war nur ein kleines Licht am Ende eines langen, dunklen und sehr gefährlichen Tunnels. Zum ersten Mal seit dem Beginn dieses ganzen Albtraums hatte sie mehr Angst um Jake als um sich selbst.

„Ich kann mir kaum vorstellen, wie es sich anfühlt,

wenn ich mich nicht mehr jede einzelne Minute des Tages vergewissern muss, dass ich nicht verfolgt werde."

„Wenn er erst einmal gefasst ist, wird sich MIDNIGHT gemeinsam mit anderen Strafverfolgungsbehörden darum kümmern, dass die Überreste seiner kriminellen Vereinigung endgültig beseitigt werden. Wenn das geschieht, wird es keine Bedrohung mehr für dich geben. Versuch, immer daran zu denken, Leigh."

Während sie dort so stand, in Jakes dunkle Augen sah und seine kräftigen Hände auf ihren Schultern spürte, glaubte sie beinah, dass alles gut werden würde.

Sie zuckte zusammen, als eine besonders heftige Windbö die Hütte traf.

„Es ist nur der Wind", sagte er sanft.

Leigh lachte verlegen. „Ich fürchte mich schon vor meinem eigenen Schatten."

„Wir sind hier in Sicherheit, bis die Story herauskommt." Er hob die Hand und strich ihr eine Haarsträhne aus dem Gesicht. „Du bist hier bei mir in Sicherheit."

Die Situation war irgendwie intim geworden. Leigh zitterte, jedoch nicht vor Angst. Es lag an Jake. Wie er sie ansah. Wie er sie berührte. Wie ihr Körper auf ihn reagierte.

Sie hatte sich geschworen, ihren Schutzwall aufrechtzuerhalten und die Kontrolle zu behalten. Dem Verlangen ihres Körpers nach Jake Vanderpol nicht nachzugeben. Doch als er den Kopf neigte und seine Lippen ihren Mund streiften, vergaß Leigh all ihre Vorsätze und Schwüre und erwiderte den Kuss.

Schauer der Lust erfassten ihren Körper, als seine Hände von den Schultern über ihren Rücken glitten.

„Komm her", flüsterte er.

Ohne ihre Reaktion abzuwarten, zog er sie fest an sich. Sein Körper fühlte sich wie biegsamer Stahl an. Leighs Kurven schmiegten sich perfekt an ihn. Zu perfekt, dachte sie benommen.

Dann küsste er sie so, dass sie keinen klaren Gedanken mehr fassen konnte. Es waren heiße, fordernde Küsse, die ihre Gedanken sprengten und ihren Widerstand brachen. Jake war der einzige Mann, der je in der Lage gewesen war, sie vergessen zu lassen, was richtig und was falsch war.

Sie traf keine bewusste Entscheidung, seinen Kuss zu erwidern, doch im nächsten Moment ertappte sie sich dabei, wie sie sich an ihn klammerte. Ihre Lippen lagen auf seinen und verlangten nach mehr, während seine Zunge in ihren Mund glitt, als fände er dort ein Elixier, nach dem er süchtig war. Sie spürte die harte Ausbuchtung seine Erektion an ihrer Hüfte.

Er schob ihren Pullover hoch. Um ihm zu helfen, hob sie die Arme. Er zog ihr das Kleidungsstück über den Kopf, sodass sie nichts mehr anhatte außer ihrem BH und der Jeans. Ein Schauer überlief sie, als er sie eine Armlänge von sich hielt und eingehend betrachtete. Ein Schauer, der nichts mit der Kälte in der Hütte zu tun hatte, sondern einzig und allein mit der Hitze, die zwischen ihnen entfacht war.

„Du bist so schön."

Er liebkoste sie mit seinen Augen, und Leigh hatte das Gefühl, als ob seine Fingerspitzen federleicht über ihren Körper fuhren.

Ohne den Blick abzuwenden, öffnete er ihren BH. Sie bebte leicht, als er das Stückchen Spitze von ihren Schultern zog.

„Ich habe dich so vermisst“, sagte er. „Sechs Jahre lang konnte ich nicht aufhören, an dich zu denken, habe nicht aufgehört, mich um dich zu sorgen und mir Vorwürfe zu machen, wie die Dinge gelaufen sind.“

Er legte seine Hände um ihr Gesicht und zwang sie, ihn anzuschauen. „Es tut mir leid“, sagte er. „Es tut mir leid, dass ich tat, was ich getan habe. Es tut mir leid, dass Rasmussen dir wehgetan hat. Es tut mir leid, dass ich dir wehgetan habe.“

Unerwartet stiegen ihr die Tränen in die Augen. „Ich glaube dir“, flüsterte sie.

„Ich werde nicht zulassen, dass er dir jemals wieder wehtut. Ich werde dich niemals wieder in Gefahr bringen. Darauf hast du mein Wort.“

Dann küsste er sie. Ein langer, ausgiebiger Kuss, der Funken in ihren Körper schickte. Seine Lippen wanderten ihren Hals hinunter, dann ging er leicht in die Knie und küsste das Tal zwischen ihren Brüsten.

Leigh stöhnte auf, als er einen ihrer Nippel in den Mund nahm. Ihr Körper bog sich ihm entgegen, bot ihm mehr an. Und Jake empfing es dankbar, fuhr mit Zunge wieder und wieder über den geschwollenen Nippel. Die Erregung, die zwischen ihren Beinen pulsierte, war kaum zu ertragen.

Sie hörte das Klingeln des Handys wie aus weiter Entfernung. Jake trat zurück, lief rasch zu dem Telefon und nahm das Gespräch an. „Vanderpol."

Während er zuhörte, bildete sein Mund eine schmale Linie. Dann wurde er ganz weiß im Gesicht, und Leigh wusste mit einem Schlag, wer am anderen Ende war. Doch wie hatte er Jakes Nummer herausbekommen?

„Heute Nachmittag gab es einen schrecklichen Zwischenfall am Hafen von Thunder Cove", sagte Rasmussen. „Eine Explosion mit einem anschließenden Brand, sagte man mir. Ein hübsches Segelboot, ich glaube die *Stormy C.* ging in Flammen auf. So ein Pech."

Jake wusste, dass man das Segelboot ersetzen konnte. Doch das verhinderte nicht, dass der Zorn wie eine Feuerwalze in ihm hochstieg. „Ich bin sicher, Sie hatten nichts damit zu tun."

„Wären wir ein paar Stunden früher dran gewesen, hätten Sie und Kelsey noch drin sein können. Oder lässt sie sich neuerdings Leigh nennen?"

„Das spielt keine Rolle, denn solange ich am Leben bin, werden Sie sie niemals wiedersehen!"

„Es sei Ihnen versichert, Mr Vanderpol: Ich werde sie wiedersehen. Und ich werde noch viel mehr tun, als sie bloß zu sehen. Ich werde sie haben. Werde sie schmecken. Und Sie werde ich ebenfalls wiedersehen.

Ein Fluch entfuhr Jake. Er beendete das Gespräch und stand dann mit hämmerndem Herzen da.

„Jake? Was ist los?“

Leighs Stimme schien von weit weg zu kommen.

Er drängte seine finsteren Gefühle zurück und sah sie eindringlich an. Sogar in seinem Zorn und seiner Angst war er noch immer berührt von ihrer Schönheit. Von der Wirkung, die sie auf ihn ausübte.

„Rasmussen“, sagte er kurz.

Sie ging rasch zu ihm. Er spürte ihren Blick auf sich, doch er gab nicht preis, was er dachte und was er fühlte. Sie legte eine Hand auf seinen Arm.

„Mein Gott“, sagte sie. „Du zitterst ja. Was hat er gesagt?“

Jake hasste das Gefühl, Angst zu haben. Es gefiel ihm nicht, dass ein mieser Kerl wie Rasmussen dort draußen herumlief und es auf eine Frau abgesehen hatte, die ihm am Herzen lag. Noch weniger gefiel ihm die bange Befürchtung, dass der andere Mann Erfolg haben könnte.

„Der Bastard hat das Boot abgefackelt“, brachte er heraus.

„Oh Jake. Oh nein. Das tut mir leid.“

„Es ist nur ein Boot, Leigh. Es kann ersetzt werden. Ich bin versichert.“

„Aber diese Art von Zerstörung ist so sinnlos. Und ich weiß doch, wie sehr du das Boot geliebt hast.“

Doch Jake dachte nur daran, dass seine Gefühle für sie

viel mächtiger waren. „Ich weiß nicht, wie er davon erfahren hat. Niemand wusste von dem Boot. Nicht einmal die Kollegen bei MIDNIGHT.“ Doch er wusste, dass die Leute bei MIDNIGHT Möglichkeiten hatten, nahezu alles herauszufinden. Erneut beschlich ihn das unangenehme Gefühl, dass jemand bei MIDNIGHT ihn verraten hatte. Aber wer?

„Jake, das alles spricht nur für unser Vorhaben, ihm eine Falle zu stellen. Früher oder später wird Rasmussen uns aufspüren. Mir ist es lieber, es geschieht so, wie wir es geplant haben, und nicht so, wie er es sich vorstellt.“

Als er in ihre tiefblauen Augen sah, hätte er ihr nur zu gerne widersprochen. Doch die Logik ließ das nicht zu. Sie hatte recht. Sie mussten Rasmussen in eine Falle locken, um ihn aufzuhalten. Doch war die Festnahme eines Irren es wert, ihr Leben zu riskieren? „Ich weiß“, sagte er. „Wir haben die richtige Entscheidung getroffen.“

Doch plötzlich beschlichen Jake Zweifel an seiner Fähigkeit, für ihre Sicherheit zu sorgen. Er hatte erwogen, Sean Cutter anzurufen und die Agency um Unterstützung zu bitten. Doch nach allem, was geschehen war, wusste Jake nicht mehr, ob er der Agency trauen konnte. Wenn jemand von dort Informationen verkaufte, waren Leigh und er so gut wie tot. Nein, dachte er düster. Sie waren auf sich allein gestellt.

„Wir führen den Coup wie geplant aus“, sagte er.

Sie nickte.

Der Wunsch, sie an sich zu ziehen, war groß, doch Jake

widerstand ihm. Er wusste, was geschehen würde, wenn er es tat.

„Wir sollten versuchen, etwas Schlaf zu kriegen“, sagte er mit rauer Stimme. „Ich nehme das hintere Schlafzimmer. Du kannst das große haben.“

Sie wollte etwas entgegnen, doch Jake drehte sich um und ging in das andere Zimmer.

14. KAPITEL

Jake wusste nicht, wovor er Angst hatte, doch die Furcht lauerte wie ein lebendiges Wesen in ihm. Ein Wesen, das in Panik geriet und um sein Leben lief. In der Gewissheit des kommenden Todes.

Dann sah er Leigh. In einem hauchdünnen Nachthemd kam sie ihm durch den dichten und dunklen Wald entgegengerannt. Der Schnee stäubte bis zu ihren Knien hoch, schien sie aber nicht aufhalten zu können. Er spürte ihre Panik. Sah den puren Schrecken in ihrem Gesicht. Er wusste nicht, wovor sie wegrannte, doch er spürte Teuflisches. Es drang ihm geradezu ins Mark.

„Jake!“, rief sie im Laufen. „Hilf mir, bitte!“

Er wollte zu ihr laufen, sie in die Arme schließen und in Sicherheit bringen. Doch er war wie gelähmt und konnte sich nicht bewegen. „Leigh! Ich bin hier!“, rief er. „Lauf!“

Doch durch das Heulen des Windes konnte sie ihn nicht hören.

Dann erschien Ian Rasmussen plötzlich wie aus dem Nichts. Er trug einen schwarzen Smoking und hatte ein langes Gewehr in der Hand. Rasmussen hob das Gewehr und zielte. Mit ausgestreckten Armen rief Leigh nach Jake und bat ihn, ihr zu helfen.

„Leigh“, schrie Jake.

Die Gewehrschüsse erschütterten die Stille der Nacht. Jake sah, wie sich ein roter Fleck vorne auf Leighs Nacht-

hemd ausbreitete. Sie blieb stehen und presste eine Hand auf die Wunde. Ihre Augen blickten anklagend.

„Du hast mich benutzt", flüsterte sie. „Du hast mich verraten."

„Nein!", rief er.

Doch als er auf seine Hände hinunterblickte, waren sie blutverschmiert.

„Nein!"

Jake setzte sich abrupt auf. Sein Herz schlug bis zum Hals, und sein Körper war schweißbedeckt.

Das Bild, wie Leigh erschossen wurde, bereitete ihm Übelkeit. Die Angst lag schwer wie ein Stein in seinem Bauch.

Er schwang die Beine über die Bettkante und stand auf.

„Jake?"

Beim Klang ihrer Stimme zuckte er zusammen. Rasch blickte er zur Tür, wo sie im Türrahmen stand.

„Was machst du hier?", fragte er in einem raueren Ton, als er beabsichtigt hatte.

„Du hast im Schlaf geschrien. Ich wollte mich nur vergewissern, dass mit dir alles in Ordnung ist."

„Es geht mir gut."

Offensichtlich glaubte sie ihm nicht, denn sie kam auf ihn zu. Voller Unmut über ihre Sorge seufzte Jake schwer. „Verdammt noch mal, Leigh, es geht mir gut."

Doch als sie seinen Arm berührte, zuckte er zusammen.

„Mein Gott, du bist ja schweißnass."

Sie trat näher heran, als wollte sie ihre Hand gegen seine

Stirn legen, um die Temperatur zu fühlen. Er hinderte sie daran, indem er ihr Handgelenk packte. „Ich sagte, es geht mir gut.“ Ein bisschen zu grob gab er sie wieder frei.

„Du bist nicht krank?“

„Nein.“

Sie musterte ihn argwöhnisch, als wusste sie nicht, ob sie ihm glauben sollte. „Hattest du einen Albtraum?“

„Es war nur ein dummer Traum.“ Er fuhr sich mit der Hand über das Gesicht und wünschte im selben Augenblick, dass er es nicht getan hätte, weil seine Hand zitterte.

„Worum ging es?“

Er wollte nicht über den Traum reden. Er spürte noch immer das Gefühl puren Terrors, als Rasmussen sie niederschoss. Er sah noch immer ihr Gesicht und die Überraschung in ihren Augen, fühlte die Verzweiflung in seinem Herzen. Während er dicht genug neben ihr stand, um sie zu berühren, konnte er nichts anderes tun, als zu Gott zu beten, dass er niemals das würde erleben müssen, was er in diesem Albtraum erlebt hatte.

Erschüttert von dem Gedanken und hin- und hergerissen, weil er sie auf eine Weise begehrte, die eine ohnehin schon schwierige Situation noch komplizierter machen würde, schob er sie von sich weg und ging ins Wohnzimmer. Das Feuer im Kamin war bis auf die Asche hinuntergebrannt. Weil er einfach etwas tun musste, legte er zwei weitere Holzscheite auf den Rost.

„Du sahst wirklich nicht gut aus, als ich in dein Schlafzimmer kam.“

Er drehte sich um. Sie stand direkt hinter ihm. „Es war nur ein böser Traum, Leigh. Gib Ruhe."

„Ein böser Traum, der dich zittern und schwitzen ließ, als ob du todkrank wärst. Um Himmels willen, du zitterst noch immer."

„Ja, nun, es ist verdammt kalt hier drin."

„Manchmal hilft es, über die Dinge zu sprechen."

Er wünschte, sie würde damit aufhören, ihn auf diese Weise anzusehen. Als ob er der einzige Mann auf der Welt wäre und all die Dinge, die vor sechs Jahren geschehen waren, keine Rolle mehr spielten.

Dann bemerkte er, dass sie nur ein T-Shirt und ein Paar Socken trug. Ihre Beine waren bloß, und es gelang ihm kaum, seinen Blick von diesem verführerischen Anblick nackter Haut loszureißen. Als Nächstes fiel ihm ein, dass auch er nur seine Boxershorts und ein T-Shirt anhatte. Wenn er nicht sofort aus dieser Situation herauskam, würde sie gleich wissen, wie sehr ihm ihr Anblick gefiel.

„Geh zurück ins Bett", sagte er mürrisch.

Keiner von beiden rührte sich, und Jake wusste, dass sein Schicksal besiegelt war. Zwei entschlossene Schritte trugen ihn zu ihr. Sie wich ein wenig zurück und atmete scharf ein, als seine Hände sich um ihre Arme schlossen. Dann presste er seinen Mund auf ihren und konnte an nichts anderes mehr denken als an die Lust, die durch seinen Körper raste.

„Ich kann den Gedanken nicht ertragen, dass dir etwas zustoßen könnte", flüsterte er.

„Mir wird nichts zustoßen."

„Ich werde nicht zulassen, dass er dir etwas tut."

Er wusste, dass er auf den Albtraum reagierte. Doch es waren noch andere Gefühle im Spiel. Die Anziehung, die sie auf ihn ausübte, verzerrte sein Urteilsvermögen. Er begehrte sie, obwohl er wusste, dass es klüger für ihn wäre, wenn er sich zurückzog, bevor die Situation zu brenzlig wurde.

Doch die Situation war bereits zu brenzlig. Jake fühlte das Knistern und wusste, dass er sich verbrennen würde. Doch das Auskosten dieses einzigartigen Moments war jede Stunde Schmerz wert, die er später erleiden würde.

Sie schmeckte so verboten und üppig wie die Sünde, und er nährte sich an ihr wie jemand, der völlig ausgedörrt ist. Jake dachte, dass dies wohl weitgehend der Wahrheit entsprach. Er fühlte sich tatsächlich ausgedörrt, seit sie vor sechs Jahren aus seinem Leben verschwunden war.

Er küsste sie, bis ihm schwindlig wurde und er das Gefühl hatte, sein Körper würde gleich explodieren. Er schob sie leicht von sich und sah ihr in die Augen. „Jeden einzelnen Tag in den letzten sechs Jahren wollte ich das mit dir machen."

Sie atmete schwer, sodass ihre Nasenflügel bebten. „Wir können nicht wieder dahin, wo wir waren."

„Nein, aber wir können uns vorwärts bewegen." Er küsste sie erneut. „So, wie ich das sehe, haben wir wohl einiges aufzuholen."

Leigh hatte gewusst, dass dieser Moment kommen würde. Sie dachte, sie wäre auf den Ansturm von Emotionen vorbereitet, doch nichts hatte sie auf das Aufwallen reiner Lust vorbereiten können, die sie zusammen mit Jakes Küssen überkam.

Er war der einzige Mann auf der Welt, der sie auf diese Art mitreißen konnte. Der sie vergessen ließ, was richtig und was falsch war und welche Konsequenzen es haben würde. Als sie sich vor sechs Jahren in dem Unterschlupf versteckt hatten, war genau das Gleiche geschehen. Eine Berührung hatte zum Kuss geführt. Ein Kuss hatte ein Feuer entfacht, das fünf Tage lang lichterloh brannte. Fünf Tage, die sie nie vergessen würde, die sich in ihr Herz und in ihre Seele gebrannt hatten.

Sie wusste, dass es gefährlich war, Jake erneut ihr Herz zu öffnen, doch Leigh war einfach nicht stark genug, um ihm zu widerstehen. Wie konnte etwas, das sich so richtig anfühlte, denn falsch sein?

Das Feuer hinter ihr knisterte und knackte. Leigh hörte den Wind, der um die Hütte peitschte. Eisregen, der auf das Oberlicht in der Küche prasselte. Sie spürte die Wärme des Feuers in ihrem Rücken, Jakes muskulösen Körper, der sich an sie presste, sein Mund auf dem ihren. Eine Hand lag auf ihrem Rücken, mit der anderen strich er über ihre Wange.

Er hob sie in seine Arme. Sie dachte, er würde sie ins Schlafzimmer tragen, doch stattdessen legte er sie auf den flauschigen Teppich vor dem Kamin und ließ sich dann neben ihr nieder.

Leigh war in puncto Sex nicht völlig unerfahren. Doch

Jake war nicht irgendein Mann, und mit ihm fühlte sie sich immer überwältigt. Er war selbstbewusst und verstellte sich nicht, wenn es darum ging, sich das zu nehmen, was er wollte.

Sie stöhnte auf, als seine Hände ihre Brüste umfassten und er mit den Daumen ihre empfindlichen Nippel reizte. Ihr Körper reagierte, indem tief in ihrem Schoß die Lust aufzüngelte.

„Es hat mir gefehlt, so mit dir zusammen zu sein", sagte er. „All diese Monate, in denen ich nicht wusste, wo du bist. Es hat mich fast umgebracht, Leigh."

„Du hast mich durch deine Möglichkeiten bei MIDNIGHT im Auge behalten."

„Ich wusste, dass du lebst. Aber das hat es nicht leichter gemacht. Ich habe mir deshalb nicht weniger Sorgen um dich gemacht, dich nicht weniger vermisst."

Er bemächtigte sich ihres Mundes, küsste sie hart und fordernd.

Leigh erwiderte den Kuss mit der gleichen wilden Leidenschaft. Alle Emotionen, die sie in den letzten sechs Jahren in sich verschlossen hatte, brachen sich nun Bahn. Das Ausmaß ihrer Leidenschaft für Jake verblüffte sie. Und ließ sie begreifen, dass sie rettungslos verliebt war. Erneut.

Doch Leigh konnte nicht leugnen, dass etwas an Jake heute Nacht anders war – eine Intensität und Innigkeit, die vorher nicht da gewesen war. In der Art, wie er sie berührte. Wie er sie ansah. Als ob er versuchte, sie davon abzuhalten, ihm zu entschlüpfen.

Er zog sich kurz zurück, um ihr in die Augen zu sehen. „Leigh, versprich mir, dass du bei mir bleibst, bis das alles hier vorbei ist. Versprich mir, dass du auf mich hörst."

„Das werde ich."

„Versprich mir, dass du meinem Urteil trauen wirst", sagte er. „Dass du nicht irgendwelche Gelegenheiten ergreifst ..."

„Jake, du zitterst. Was ist los?"

„Ich möchte nicht, dass dir etwas zustößt."

„Jake, du machst mir Angst."

„Ein bisschen Angst ist im Moment vermutlich genau das Richtige", sagte er. „Sie hält dich wachsam. Lässt dich vorsichtig sein."

Leigh erinnerte sich, dass er geträumt hatte, und fragte ihn: „Hat das mit dem Traum zu tun? Ist es das, was dich so umtreibt?"

„Es geht hier um Rasmussen." Er fuhr sich mit der Hand über das Kinn. „Ich glaube nicht an Vorahnungen."

Die Beklommenheit in seiner Stimme sagte ihr, dass das Gegenteil der Fall war. „Was für eine Vorahnung? Jake, sag es mir."

Er schwieg so lange, dass sie schon glaubte, keine Antwort mehr zu bekommen. Mit einem schweren Seufzer legte er den Arm um sie und zog sie fest an sich. „Wir befanden uns draußen, es schneite und stürmte. Du ranntest durch einen Wald. Ich sah, dass du schreckliche Angst hattest, konnte aber nicht zu dir. Dann tauchte Rasmussen auf. Er trug ein Gewehr bei sich. Ich wusste, dass er schießen würde, doch ich konnte mich nicht bewegen. Wie in einer Schockstarre. Er hob das Gewehr." Jake atmete durch. „Er hat dich erschossen. Ich sah dich fallen."

Als ihre Blicke sich trafen, las sie Qual in seinen Augen. „Als ich auf meine Hände hinuntersah, waren sie blutverschmiert."

Leigh glaubte ebenfalls nicht an Vorahnungen, doch bei seinen Worten überlief sie ein Schauder. „Es tut mir leid, dass du diesen Albtraum hattest, doch ich kann dir versichern, dass nichts davon geschehen wird."

„Dir muss gar nichts leidtun." Er presste die Kiefer zusammen. „Sondern mir."

Sie wollte nicht, dass er weitersprach. Wenn er sich jetzt entschuldigte, würde das den kostbaren Moment mit einem Schatten belasten, mit dem sie noch nicht umgehen konnte. Bis zu diesem Tag hatte Leigh die Vergangenheit als Entschuldigung angeführt. Sie hatte sich daran festgeklammert, sie hatte ihr als Schutz und Ausrede gedient, um Jake nicht zu nahezukommen.

Als sie ihm nun in die Augen sah, wusste sie, dass die Vergangenheit kein Thema mehr zwischen ihnen war. Die Erkenntnis, dass ihr Herz erneut auf dem Spiel stand, führte dazu, dass sie sich auf beängstigende Weise verwundbar fühlte.

Dann glitten Jakes Hände über ihren Körper, und zum ersten Mal seit einer gefühlten Ewigkeit lebte Leigh ausschließlich im Moment.

15. KAPITEL

Leigh erwachte, als Kaffeeduft durch die Hütte zog. Sie tastete nach Jake, während die Erinnerung an alles, was in der Nacht zwischen ihnen geschehen war, sie einholte.

Sie setzte sich auf und sah sich um. Das kleine Schlafzimmer war sehr rustikal eingerichtet. Das Bett hatte man aus schwerem Kiefernholz gefertigt. Sie lächelte, als sie den schweren Bademantel und die dicken Wollsocken am Fußende erblickte. Gestern Abend hatten die Sachen noch nicht dort gelegen. Jake hatte sie für sie dorthin gelegt …

Sie schlüpfte in den Mantel, zog die Socken an und tapste aus dem Raum. Sie fand Jake in der Küche, wo er am Tisch saß, einen Becher mit dampfendem Kaffee in seinen großen Händen. Er lächelte bei ihrem Anblick, und ihr entging nicht das begehrliche Aufblitzen in seinen Augen.

„Guten Morgen."

Sie erwiderte sein Lächeln. Es war ihr unangenehm, dass sie eine leichte Verlegenheit verspürte. „Hey."

Er stand auf und schenkte ihr einen Kaffee ein. „Milch gibt es nicht."

„Schwarz ist wunderbar. Er riecht göttlich."

Statt ihr den Kaffeebecher zu reichen, beugte er sich hinunter und küsste sie. Ein besitzergreifender Kuss, der ihr unmissverständlich klarmachte, dass sie ihm gehörte. „Du riechst göttlich."

Sie öffnete ihm die Lippen, und ihr Puls stieg an.

Er vertiefte seinen Kuss. „Und schmeckst noch besser."

Auf dem Tresen begann ein tragbares Faxgerät zu summen. Mit einem Laut des Bedauerns zog Jake sich zurück. Er sah sie an und fuhr mit dem Finger über ihre Wange. „Merk dir, wo wir waren", sagte er und ging zum Faxgerät.

„Volle Büroausstattung hier." Noch unter dem Eindruck des elektrisierenden Kusses, folgte Leigh ihm zum Tresen und sah ihm über die Schulter.

Bei dem Fax handelte es sich um einen Entwurf des Artikels, der im *Investigator* erscheinen würde. Das Nachglühen der letzten Nacht verschwand, als sie den Text las.

Ein König fällt in Ungnade

Vor sechs Jahren war Ian Rasmussen der erfolgreiche Besitzer eines Restaurants in der North Michigan Avenue. Als einer der begehrtesten Junggesellen der Windy City besaß er ein 1200 Quadratmeter großes Penthouse am Lakeshore Drive. Er fuhr einen kirschroten Ferrari und trug Fünftausend-Dollar-Anzüge aus Italien. Seine Ferien verbrachte er in Südfrankreich und besaß eine Villa in Monaco.

Dann entdeckte seine Freundin Kelsey James, dass er illegale Waffen an Terroristen verkaufte. Sie ging mit ihren Informationen zur Polizei. Verschiedene Strafverfolgungsbehörden arbeiteten zusammen und starteten eine Operation, bei der sie Ms James als Köder einsetzten und die schließlich zum Zusammenbruch von Rasmussens Reich führte. Fünf Monate später wurde der damals zweiunddreißigjährige Millionär zu einer lebenslangen Gefängnisstrafe ohne Aussicht auf Bewährung verurteilt. Kelsey James tauchte unter.

Das sollte das Ende einer langen und schmutzigen Geschichte sein. Doch vor drei Tagen gelang Rasmussen mithilfe des ehemaligen U. S.-Marshals Derrick LeValley die Flucht aus dem Terre-Haute-Bundesgefängnis. Das FBI und die Bezirkspolizei wollen sich zu dem Fall nicht äußern. Es gibt Spekulationen, dass Rasmussen seine umfangreichen finanziellen Mittel eingesetzt hat, um das Land zu verlassen. Ms James, die sich an einem geheim gehaltenen Ort aufhält, hat dem Investigator *jedoch Gegenteiliges berichtet. Sie erklärte sich zu einer Reihe von Exklusiv-Interviews bereit …*

In dem Artikel ging es weiter um Rasmussens Verbrechen, zitiert wurden außerdem einige der Zellengenossen, die ihn in den sechs Jahren im Gefängnis erlebt hatten.

Leigh schüttelte den Kopf. „Wie soll uns das helfen? Es liefert keinen Hinweis auf meinen Aufenthaltsort."

„Wenn es so simpel wäre, würde er auch nicht anbeißen", erwiderte Jake.

„Und wie wollt ihr ihn dann zu der Hütte locken?"

„Wir wissen, dass Rasmussen die Möglichkeit hat, Telefonleitungen anzuzapfen." Jake deutete auf den Nachsatz am Ende des Artikels. „Wir bauen darauf, dass er genau das tun wird."

„Ihr wollt seine Technologie und seine Ressourcen gegen ihn verwenden."

Er nickte. „Lies weiter."

Sollten Sie Informationen zu Ian Rasmussen oder seinem Aufenthaltsort haben, kontaktieren Sie bitte den Investigator *unter 312-555-1234.*

Jake fuhr fort. „In etwa einer Stunde wird Ronald mit seinem Ressortleiter ein vorher festgelegtes Gespräch führen, in dem einer der beiden diese Hütte als deinen Aufenthaltsort erwähnt. Sobald das Telefon abgehört wird, erhält Waite eine Benachrichtigung. Und dann wissen wir, dass Rasmussen auf dem Weg ist."

„Ihr baut da auf etwas, das vielleicht gar nicht eintrifft."

„Du vergisst, dass ich Rasmussens psychologisches Profil studiert habe. Er ist eine obsessive Persönlichkeit. Glaub mir, er wird diesen Köder schlucken."

„Und was, wenn er in Kanada ist? Du sagtest ja selbst, dort könnte er sein."

In Jakes Augen trat ein beunruhigendes Glitzern, das sie nicht recht zu deuten wusste. „Er ist so sehr getrieben von Eifersucht und Hass, dass er sich auf jeden Fall auf die Jagd nach dir machen wird."

Das war nicht das, was Leigh gerne hören wollte. Sie hatte es satt, ständig Angst haben zu müssen. „Mir gefällt das alles nicht", sagte sie.

„Mir auch nicht, doch es ist das Beste, was wir tun können. Und denk daran, ich werde nicht allein sein. Rick Monteith wird mich hier treffen. Und er wird einen zweiten Agenten mitbringen, der bei dir bleibt. Alles ganz inoffiziell."

Inoffiziell bedeutete, dass die beiden Männer ohne den Segen der MIDNIGHT Agency arbeiteten. „Warum kannst du nicht bei der Agency anrufen und sie mit einbeziehen?"

Jake presste die Kiefer zusammen. „Ich habe die Agency verlassen, Leigh."

„Du bist ein guter Agent, Jake. Der beste, genau genommen. Du weißt, dass Sean Cutter dich jederzeit wieder zurücknimmt."

„Cutter hält mich für dickköpfig und unberechenbar. Er würde diesen Plan niemals absegnen. Wenn ich ihn offiziell durchführen wollte, würde man mir die Leitung des Einsatzes entziehen." Sein Blick bohrte sich in ihren. „Ich werde die Kontrolle an niemand anderen abgeben. Nicht wenn dein Leben auf dem Spiel steht."

Leigh konnte das Gefühl nicht abschütteln, dass etwas Schreckliches geschehen würde. „Ich habe ein schlechtes Gefühl bei der Sache."

„Rasmussen ist ein schlechter Mensch, insofern gehört das wohl dazu."

„Es ist nicht zu spät, die ganze Sache abzublasen."

Er schüttelte den Kopf. „Früher oder später wird er dich finden, Leigh. Das kann ich nicht zulassen."

„Und deshalb willst du also dein Leben aufs Spiel setzen?“

„Du hast vor sechs Jahren das Gleiche für mich getan.“

„Das war etwas anderes.“

„Er hätte die Wanze finden können. Wenn es so gekommen wäre, hätte er dich umgebracht, das wissen wir beide.“

Mit einem Schauder wandte Leigh sich ab. „Ich weiß, dass das jetzt verrückt klingt, aber auf seine eigene verquere Art hat Rasmussen mich geliebt. Doch dich, Jake, hasst er.“

„Ich werde mit Rasmussen fertig.“

Sie wirbelte herum, um ihm direkt ins Gesicht zu sehen. „Er wird dich umbringen. Ich kann den Gedanken nicht ertragen, Jake. Ich kann einfach nicht zulassen, dass du diese Sache durchziehst.“

Jake tat es in der Seele weh, sie so verängstigt zu sehen. Doch er musste die Sache durchziehen. Dies war ihre einzige Chance, Rasmussen aufzuhalten. „Wenn wir Rasmussen davonkommen lassen, werden wir beide uns für den Rest unseres Lebens nicht mehr sicher fühlen.“

„Dann tauchen wir eben unter.“

Er ergriff ihren Arm. „Er wird uns finden, Leigh. Er wird dich töten. Er wird deine Freunde und deine Familie töten und jeden anderen, der ihm in die Quere kommt. Mir gefällt das Ganze genauso wenig wie dir, aber ich werde diese Sache durchziehen.“

Sie starrte ihn aus schreckgeweiteten Augen an. Er spürte, wie sie zitterte, und sie tat ihm leid. Doch wenn sie jetzt aufgaben, würde sie den Rest ihres Lebens Angst haben müssen. Würde sich immer in Gefahr befinden. Er war sicher, dass Rasmussen sie irgendwann finden und doch noch gewinnen würde.

Der Albtraum der letzten Nacht kam ihm in den Sinn. Er musste sie beschützen, auch wenn das bedeutete, dass er sich selbst in die Schusslinie begab.

Er hatte nicht vorgehabt, sie zu küssen, doch während er in dem einen Moment noch in ihre erschrockenen Augen sah, presste er im nächsten seine Lippen auf ihren Mund und konnte nur noch daran denken, wie gut sie sich anfühlte.

Sie schmolz geradezu dahin in seinen Armen. Er genoss das Gefühl, wie sich jede Faser ihres Körpers an seinen schmiegte. Die Weichheit ihrer Kurven. Der süße Duft ihres Haares an seiner Wange. Der berauschende Geschmack ihres Mundes. Die köstliche Erregung, die wie Strom durch seine Adern floss.

Das Blut pulsierte in seinen Leisten. In der letzten Nacht hatten sie sich zweimal geliebt, doch er war schon wieder hart und begehrte sie. Sein Verlangen nach ihr grenzte an Verrücktheit. Das wunderbare Gefühl ihres Körpers an seinem hatte sich so in ihn eingebrannt, dass er nie genug bekommen würde.

Er drückte sie gegen den Tresen und küsste sie – lang, fordernd und tief. Sie schlang die Arme um seine Schultern. Er löste den Gürtel ihres Bademantels, ließ seine Hände unter den Stoff gleiten und genoss die warme Weichheit ihrer Haut. Mit seinen Fingerspitzen fuhr er über die harten Erhebungen ihrer Brustwarzen, was sie mit einem wohligen Schauer quittierte.

Von irgendwoher meinte er ein leichtes Summen zu hören, doch er war zu sehr damit beschäftigt, Leigh zu küssen, als dass er dem viel Beachtung geschenkt hätte.

Ein lautes Klopfen an der Tür veranlasste ihn, die Hand auf die Pistole zu legen, die hinten in seinem Hosenbund steckte. Er trat zurück und legte einen Finger auf den Mund. „Geh ins Schlafzimmer und warte auf mich", flüsterte er.

„Sei vorsichtig", gab sie zurück und schlich aus dem Raum.

Jake ging zur Tür und blickte durch den Spion. Als er die Tür öffnete, wanderte sein Blick über Rick Monteith und blieb dann bei Mike Madrid hängen.

„Was zum Teufel macht *der* hier?", fragte er Monteith mit einer Kopfbewegung in Richtung seines Begleiters.

„Er wird hier bei Leigh bleiben, während du und ich Rasmussen schnappen." Er schnüffelte. „Du hast Kaffee?"

Monteith schaffte es, ihn noch mehr aus der Ruhe zu bringen, als er es sowieso schon gewesen war. „Allerdings habe ich ein gewaltiges Problem mit ihm dort." Bei dem letzten Wort deutete Jake in einer aggressiven Geste auf den dunkelhaarigen Mann, der kaum einen Meter vor ihm stand.

Das Gesicht rot vor Ärger, trat Mike Madrid einen Schritt vor. „Wenn dir irgendwas im Kopf rumschwirrt, Vanderpol, dann solltest du es vielleicht aussprechen.“

Das ließ sich Jake nicht zweimal sagen. „Soweit ich weiß, hast du Rasmussen unser Versteck verraten.“

„Du Mistkerl, du …“ Mike machte Anstalten, sich auf Jake zu stürzen.

Rick erwischte seinen Arm und zog ihn zurück, bevor einer der beiden Männer einen Schlag landen konnte. „Lasst das. Madrid hat dich ebenso wenig verraten, wie ich das getan habe“, sagte er zu Jake gewandt.

Mit einem gemurmelten Fluch schüttelte Madrid Ricks Hand ab. „Ich haue ab.“ Er drehte sich um und marschierte auf den SUV zu, der in der Auffahrt parkte.

„Madrid!“, rief Rick ihm hinterher.

Doch Madrid verlangsamte seinen Schritt nicht. Er schaute nicht einmal zurück.

„Verdammt, Vanderpol.“

„Scheiß auf ihn“, sagte Jake.

„Sturer Bock.“ Rick bohrte ihm den Zeigefinger in die Brust. „Du hast genau zwei Minuten, ihn zurückzuholen.“

„Wir brauchen ihn nicht.“

„Madrid wird dein Mädchen im Auge behalten, mein Lieber. Wenn du sie in Sicherheit sehen möchtest, dann kann ich dir nur raten, zur Vernunft zu kommen und ihn zurückzuholen.“

„Woher soll ich wissen, dass er uns nicht verpfiffen hat?“, fragte Jake.

„Weil ich ihm mit meinem Leben traue“, sagte Rick. „Das sollte dir reichen.“

Jake fluchte.

Rick seufzte. „Vielleicht hatte Cutter recht, was dich angeht. Immer wenn es um sie geht, denkst du mit einem anderen Körperteil als deinem Gehirn.“

„Und welcher Körperteil sollte das sein?“

Jake wirbelte herum und stöhnte auf, als er Leigh im Flur stehen sah. Der Ausdruck auf ihrem Gesicht sagte ihm, dass sie jedes Wort des Gesprächs gehört hatte.

„Leigh …“

„Ich will wissen, was hier los ist.“ Sie hatte ihre Jeans angezogen, einen Rollkragenpullover und ein blaues Flanellhemd. Ihr Gesicht war blass, und sie betrachtete beide Männer mit unverhohlener Feindseligkeit.

„Wir sind hier, um euch dabei zu helfen, Rasmussen zu schnappen.“ Monteith blickte zu Jake und schüttelte den Kopf. „Doch er kooperiert nicht.“

Sie trat auf Jake zu. „Du kannst diese Sache nicht allein durchziehen. Lass dir von ihnen helfen.“

Die Tür stand noch immer offen. Jake hörte, wie eine Wagentür zugeschlagen wurde, und fluchte.

Leigh sah Rick fragend an. „Wer ist noch da draußen?“

„Mike Madrid“, spie Jake aus.

Ihre Augen weiteten sich. „Der Mann, der …“

„Hat er nicht“, unterbrach Rick sie. „Dafür bürge ich mit meinem Leben. Er ist hier, um zu helfen. Ebenso wie ich. Jake hat ihn vor den Kopf gestoßen und sauer gemacht.“

„Ja, das kann er besonders gut“, kommentierte Leigh trocken.

Rick grinste Jake an. „Sie kennt dich ziemlich gut, was?“

Jake fuhr sich mit der Hand über das Gesicht. Tatsächlich würde er Rick Monteith jederzeit sein Leben anvertrauen. Wenn Rick sagte, dass Madrid sauber war, blieb Jake nichts anderes übrig, als ihm zu glauben.

Er überwand seinen Stolz, schob Rick zur Seite und lief nach draußen. Madrid kniete auf der Kupplung eines Anhängers, auf dem sich zwei Schneemobile befanden. Er sah nicht auf, als Jake näher kam.

„Ich vertraue Ricks Urteil“, sagte Jake. „Wenn er sagt, du bist sauber, dann glaube ich ihm.“

Madrid sah ihn wütend an. „Du bist echt beschissen mit Entschuldigungen.“

„Ja, das sagen mir alle.“

Madrid löste die Kupplung und richtete sich dann auf. Jake ergriff die Gelegenheit, um ihm die Hand zu reichen. „Lass uns den Scheißkerl festnageln“, sagte er, und beide Männer schüttelten einander die Hand.

16. KAPITEL

„Dann ist der Artikel in der heutigen Morgenausgabe erschienen?“, fragte Rick Monteith.

„Und in der Online-Ausgabe“, sagte Jake.

„Die Rasmussen lesen kann, egal, wo er sich befindet“, warf Mike Madrid ein.

Leigh stand in der kleinen Küche am Tresen und schenkte vier Becher Kaffee ein. Es überraschte sie nicht, dass ihre Hände zitterten: Ihre Nerven waren so angespannt wie die Saiten eines Klaviers. Sobald Ronald Waite ihnen signalisierte, dass Rasmussen seine Telefonleitung abhörte, war Showtime.

Sie trug das Tablett zum Tisch und setzte sich neben Jake. Ihre Blicke trafen sich. „Geht es dir gut?“, fragte er.

Nein, dachte sie. Es ging ihr nicht gut. Ganz und gar nicht. Ihr gefiel dieser Plan nicht. Ihr gefiel nicht, dass er Jake und die anderen zwei Männer in Gefahr brachte. Sie wollte nicht, dass irgendjemand verletzt wurde. Doch sie wusste, dass sie sich diesem Albtraum endgültig stellen musste, wenn sie ihr Leben zurückhaben wollte – und wenn Jake sein Leben zurückbekommen sollte. „Es geht mir gut“, sagte sie.

Er drückte ihre Hand und wandte sich dann den anderen beiden Männern zu. „Und so wird das Ganze ablaufen.“ Er breitete einen kleinen Lageplan auf dem Tisch aus, einen Computerausdruck. „Leigh bleibt mit Madrid hier. Rick, sobald wir den Anruf von Ronald bekommen, fahren wir mit den Schneemobilen zu der anderen Hütte. Sie befindet sich genau zwölf Meilen von hier." Er deutete mit dem Finger auf die entsprechende Stelle auf der Karte. „Jenseits dieses gefrorenen Sees. Es gibt dort einen Unterstand am hinteren Ende des Grundstücks. Dort verstecken wir die Schneemobile und warten, dass Rasmussen auftaucht."

„Bestimmte Einsatzregeln?"

„Dieselben wie bei der Strafverfolgung. Wir setzen alles ein, was nötig ist, um ihn festzunageln, ohne uns zu gefährden. Bis zum Einsatz von tödlicher Gewalt."

Tödliche Gewalt. Oh Gott ...

Das Telefon auf dem Tresen klingelte. Jake stand auf und drückte den Lautsprecherknopf. „Vanderpol."

„Rasmussen hat angebissen", ertönte Ronalds Stimme am anderen Ende. „Wir haben ihm die Position der Hütte gegeben. Die Rückverfolgung hat gezeigt, dass er sich in Toronto aufhält."

„Zweifellos wird er einen Privatjet zu seiner Verfügung haben. Insofern müssen wir davon ausgehen, dass er in gerade mal einer Stunde hier in der Gegend auftauchen kann. Wir müssen uns bewegen." Nachdem Jake das Gespräch beendet hatte, wandte er sich um. „Showtime!"

Die nächsten Minuten vergingen wie in Zeitraffer. Die Männer trugen Waffen zusammen, zogen ihre Jacken und die Kälteausrüstung an. Als Jake sich fertig machte, hatte sie den Eindruck, als ob sie nicht länger für ihn existierte. Er war in solch hohem Maß auf seinen Einsatz konzentriert, dass er nicht einmal einen Blick für sie übrig hatte. Für ihn lief alles auf seinen Job hinaus. Es war genauso wie beim letzten Mal. Sobald er Rasmussen im Visier hatte, verschwendete er keinen einzigen Gedanken mehr an sie.

Leigh wusste, dass diese Gefühle kleinmütig waren. Jake und die anderen beiden Männer traten einem gefährlichen Feind gegenüber. Sie *mussten* sich voll und ganz auf die nächsten Stunden konzentrieren. Vielleicht fühlte sie sich deshalb so übergangen, weil man sie vor sechs Jahren benutzt hatte …

Sie kämpfte gegen die Gedanken an und folgte den Männern auf die Veranda, wo Jake und Rick ihre Helme aufsetzten. Rick hatte schon den Motor des Schneemobils gestartet, als Jake sich zu ihr umdrehte. Dann warf er den Helm in den Schnee und lief zurück zur Veranda. Er blickte sie aus dunklen, aufmerksamen Augen an. Für einen kurzen Moment bekam sie weiche Knie. Dann schlang er seine Arme um sie, und sein Mund fand ihren. Trotz der Umstände wühlte sein Kuss sie auf.

„Hab keine Angst“, flüsterte er.

„Ich habe Angst um dich.“

Er umfasste mit seinen großen, kräftigen Händen ihr Gesicht. „Es wird alles gut werden.“

Ihre Knie gaben nach, als er sie erneut küsste. Dann rannte er zum Schneemobil. Leigh sah den beiden Männern nach, wie sie die Auffahrt hinunterfuhren, und betete, dass Jake recht hatte.

Ronald Waite lebte in einem exklusiven Vorort zwischen Ann Arbor und Detroit. Weil ihm eine Geschichte im Kopf herumschwirrte, hatte er entschieden, sich den Nachmittag freizunehmen und den Artikel zu Hause an seinem Laptop zu schreiben. Er schloss die Eingangstür seines zweigeschossigen Hauses auf und hängte den Mantel in den Garderobenschrank. Er befand sich auf halbem Weg zum Wohnzimmer, als er bemerkte, dass irgendetwas im Haus nicht zu stimmen schien.

Beunruhigt hielt er inne und lauschte, während er gedanklich die Sicherheitscheckliste durchging. Er blickte Richtung Küche und sah, dass die Jalousien an der Hintertür sich leicht bewegten. Als er kurz darauf einen Luftzug spürte, wusste er, dass jemand in das Haus eingebrochen war.

Er zog sich Richtung Eingangstür zurück, wobei seine Hand in die Manteltasche glitt, um sein Handy zu finden. Als er sich umdrehte und in Richtung Tür laufen wollte, versperrten ihm zwei Männer den Weg, die offenbar aus dem oberen Stockwerk heruntergekommen waren. Sie trugen schwarze Jacken, Skimasken, schwarze Lederhandschuhe. Killer, dachte er und versuchte, sich an ihnen vorbei zur Tür zu drängen. Doch der Mann, der ihm am nächsten war, zog eine silbern glänzende Pistole aus seiner Jackentasche.

„Denken Sie nicht einmal daran“, sagte er.

Ronald hob die Hände, sein ängstlicher Blick schoss zwischen den Männern hin und her. „Was wollen Sie?“

„Informationen.“ Der zweite Mann holte ein Gewehr unter seinem Parka hervor.

„W…was für Informationen?“, fragte Ronald.

„Wir möchten wissen, wo sich Leigh Michaels befindet“, antwortete der erste Mann.

In den vielen Jahren, seit er beim *Investigator* arbeitete, hatte Ronald schon viele unangenehme Situationen erlebt. Mit Sicherheit hatte er sich Feinde gemacht. Doch er hatte niemals den Eindruck gehabt, dass sein Leben in Gefahr war. Als er nun Rasmussens Männern gegenüberstand, beschlich ihn jedoch das schreckliche Gefühl, dass er diese Sache nicht überleben würde.

„Ich … ich weiß nicht, wo sie ist“, log er.

Die beiden Männer sahen einander an. Der erste schüttelte den Kopf. „Sieh mal“, begann er, „wir können dies auf die leichte oder auf die harte Tour durchziehen. So oder so *wirst* du uns sagen, wo sie ist.“

Ronalds Herz raste so schnell, dass er glaubte, er stünde kurz vorm Herzinfarkt.

„Dreh dich um und zeig mir deine Handgelenke“, befahl einer der Männer und zog ein Paar Handschellen aus der Manteltasche.

Ronald wirbelte herum und rannte los. Er durchquerte das Esszimmer, während seine Hand in der Tasche nach dem Handy tastete. Wenn er nur den Notruf wählen konnte …

Er hörte einen lauten Knall. Irgendetwas stach ihm ins Bein. Schmerz durchzuckte seinen Körper, und er fiel vornüber in die Küche.

Als er aufsah, stand einer der Männer über ihm und hielt einen Taser in der Hand. Der Mann kniete sich nieder und rollte Ronald auf den Bauch zurück. Der Journalist spürte, wie ihm die Hände grob nach hinten gerissen wurden. Dann schlossen sich die Handschellen um seine Gelenke.

Danach rollte ihn der Mann auf den Rücken. „Du hast zehn Sekunden, uns zu sagen, wo sie ist."

Ronald wusste, dass Leigh so gut wie tot war, wenn er ihnen sagte, wo sie sich befand. Er wusste nicht, was er tun sollte. Sich selbst retten und Ian Rasmussen kaltblütig eine junge Frau ermorden lassen? Oder sein eigenes Leben opfern, damit sie leben konnte?

Vielleicht konnte er ihnen eine Lüge erzählen, ihnen einen falschen Aufenthaltsort angeben und auf diese Weise Zeit schinden. Die Möglichkeiten rasten durch seinen Kopf. Sicher konnte er sich irgendetwas einfallen lassen.

Einer der Männer kniete sich neben Ronald und sah ihn eindringlich an. „Wo ist sie?", fragte er.

Ronald schüttelte den Kopf. „Ich weiß es nicht."

Der Mann seufzte und zeigte ihm den Elektroschocker. „Dieser spezielle Elektroschocker schickt zwischen hunderttausend und fünfhunderttausend Volt durch deinen Körper. Du hast eben gerade einen Eindruck davon bekommen, wie sich hunderttausend Volt anfühlen." Er lächelte. „Unangenehm, nicht wahr?"

„Ich weiß nicht, wo sie ist", schrie Ronald. „Ich schwöre!"

„Wollen wir mal sehen, wie sich fünfhunderttausend

Volt anfühlen." Der Mann betätigte einen Knopf an dem Gerät.

Panik überkam Ronald, als der andere ihm das Gerät in die Seite rammte. Er schrie auf, als fünfhunderttausend Volt durch seinen Körper schossen.

„Sag uns, was wir wissen wollen, und wir müssen dir nicht weiter wehtun", sagte der Mann.

„Ich … weiß … nichts …"

Ein weiterer Knall ertönte, als der Mann den Schocker erneut betätigte.

Ronald krümmte sich vor Schmerzen und wusste, dass er einen weiteren Schlag nicht aushalten würde.

„Sag uns, wo sie ist, und wir lassen dich gehen."

Schwitzend und keuchend wie ein Tier, schluchzte Ronald: „Okay. Bitte! Nicht noch mal!"

„Dann rede", forderte ihn der Mann auf.

Und Ronald Waite begann zu reden.

Obwohl sie extra die Kälteausrüstung angelegt hatten, war Jake bis auf die Knochen durchgefroren, als sie bei der anderen Hütte ankamen. Bei einer Geschwindigkeit von vierzig Meilen pro Stunde lag durch den Windchill die gefühlte Temperatur bei minus fünfunddreißig Grad Celsius. Die Fahrt über den See hatte fast fünfzehn Minuten gedauert.

Er hatte Leigh nicht zurücklassen wollen. Er wusste, was alles in fünfzehn Minuten geschehen konnte. Doch er wusste auch, dass sie dort sicherer war, als sie es bei ihm wäre. Er war überzeugt, dass Rasmussen auftauchen würde. Und wenn er das tat, würde die Situation zweifellos gefährlich werden. Jake wollte nicht, dass Leigh sich dann irgendwo in der Nähe befand.

Er und Rick verstauten die Schneemobile in dem Unterstand hinter der Hütte. Obwohl es dunkel sein würde, wenn Rasmussen eintraf, nahm sich Rick zehn Minuten Zeit, um ihre Spuren zu verwischen. Jake ging in die Hütte und entfachte ein Feuer im Kamin. Er war gerade fertig, als die Tür aufging und Rick hereinkam.

„Warum können diese Einsätze nicht dann stattfinden, wenn die Sonne scheint und wir zwanzig Grad im Schatten haben?“, brummte er.

Jake lachte. „Das würde den Job zu einfach machen.“

„Wo wir gerade von Job sprechen …“ Rick zog seinen Parka und die Handschuhe aus. „Du musst Cutter anrufen und ihn vorwarnen.“

Jake wusste, dass er recht hatte. Cutter musste von dieser Sache erfahren. Der Mann würde komplett ausrasten.

Weil er sich den Anschiss nicht in Gegenwart seines Kollegen holen wollte, nahm Jake sein Handy und ging damit ins Schlafzimmer. Er zog seine Handschuhe und den Parka aus, setzte sich aufs Bett und wählte die Nummer.

Cutter meldete sich beim ersten Klingeln. „Ich habe mich schon gefragt, wann zur Hölle Sie sich wieder melden würden.“

„Ich melde mich jetzt.“

„Ich sollte Sie wegen Befehlsverweigerung feuern, Vanderpol."

„Vielleicht sollten Sie noch warten, bis ich Ihnen Rasmussen übergebe."

Ein Augenblick herrschte angespannte Stille. „*Was?*"

„Ich habe ihm eine Falle gestellt ..."

Cutter fluchte laut. „Sie stellen ihm ohne meine Genehmigung eine Falle?"

„Ich habe eine Falle gestellt, weil Sie das offensichtlich nicht zustande brachten", erwiderte Jake gleichmütig.

„Wenn ich bei Ihnen wäre, würde ich Ihnen eine reinhauen."

„Keine Sorge, Cutter, Sie bekommen Ihre Gelegenheit. Heute Abend werde ich ihn im Gefängnis abliefern."

„Verdammt, Jake, wenn irgendjemand verletzt wird."

„Niemand wird verletzt werden."

„Ich will Rasmussen lebend haben."

„Ich habe nicht vor, ihn umzubringen. Doch wenn sich die Frage stellt, ob er oder ich, werde ich ihn ausschalten."

Ein weiterer Fluch am anderen Ende der Leitung. „Wo sind Sie, dann kann ich Verstärkung schicken."

Jake war versucht, es ihm zu erzählen. Er und Rick brauchten jede Hilfe, die sie bekommen konnten. Doch Sean Cutter war ein Vorgesetzter, der sich an die Vorschriften hielt. Jake traute es ihm durchaus zu, die ganze Operation abzublasen. Das konnte er nicht riskieren, denn schließlich stand Leighs Leben auf dem Spiel.

„Ich lasse es Sie wissen, wenn ich ihn verhaftet habe."

„Jake, verdammt noch mal, Sie haben nicht die Erlaubnis …"

Jake beendete das Gespräch und erhob sich.

„… wenn irgendjemand verletzt wird …"

Cutters Worte hallten auf beunruhigende Weise in ihm nach. Dies war Jakes größte Sorge. Unruhe nagte an ihm. Er wollte Leigh anrufen, um zu hören, dass es ihr gut ging. Verzweifelt wünschte er sich, ihre Stimme zu hören. Er vermisste sie. Es war erst eine halbe Stunde seit ihrem Abschied vergangen, und doch konnte er es kaum erwarten, sie wiederzusehen.

Beim nächsten Gedanken, der ihm durch den Kopf schoss, bekam er weiche Knie und fiel wieder auf das Bett zurück. War es möglich, dass er nie aufgehört hatte, sie zu lieben?

Der Gedanke erschreckte ihn. Denn wie sorgfältig er den Einsatz auch geplant haben mochte, es bestand immer die Möglichkeit, dass etwas schiefging. Doch der Gedanke daran, sie zu lieben und von ihr wiedergeliebt zu werden, erschreckte ihn ebenso sehr.

In den sechs Jahren seit ihrem Zusammensein hatte Jake mehrere Affären gehabt. Er hatte die Gesellschaft der Frauen genossen, hatte sie sogar sehr gern gehabt. Doch keine der Frauen, die er gekannt hatte, war ihm jemals so nahegekommen und hatte ihn so berührt, wie Leigh es tat.

Als er in die Küche ging, saß Rick am Tisch und nippte an einem Becher mit Instantkaffee. Er grinste, als Jake sich näherte. „Hat Cutter dir die Ohren lang gezogen?"

Jake schnaubte empört und holte einen Becher aus dem Schrank, obwohl er Instantkaffee verabscheute. „Lass uns noch einmal den Plan durchgehen", sagte er.

„Wir sind ihn schon dreimal durch…"

„Wir gehen ihn noch einmal durch", entschied Jake.

Rick seufzte. „Wie du willst, Partner."

Jake nahm seinen Kaffee und setzte sich damit an den Tisch. Seine Hände zitterten, als er den Becher zum Mund führte.

„Dich hat es ziemlich erwischt mit ihr, was, Jake?"

Jake starrte in seinen Becher. „Falls ihr irgendwas zustößt, dann bringe ich den Betreffenden mit meinen eigenen Händen um, das schwöre ich."

Rick musterte ihn, als sähe er ihn zum ersten Mal. „Ich will verdammt sein, Iron Jake, ich glaube nicht, dass ich dich jemals in einem solchen Zustand gesehen habe."

Jake fluchte unterdrückt.

„Ihr wird nichts geschehen. Das hier ist ein guter Plan. Er glaubt, dass sie hier sei. Er wird kommen. Statt Leigh findet er uns." Grinsend tätschelte Rick die Waffe, die er in seinem Halfter trug. „Klar wird er Waffen und Munition dabeihaben, aber das haben wir auch. Jeder geht heil nach Hause – abgesehen von Rasmussen."

Jake konnte nur hoffen, dass es zu keiner Situation kam, die sie nicht im Vorfeld bedacht hatten.

Leigh stand am Fenster und sah zu, wie die Dämmerung hereinbrach. Es war erst eine Stunde her, dass Jake und

Rick zur anderen Hütte gefahren waren, doch es fühlte sich wie eine Ewigkeit an. Sie versuchte sich keine Sorgen zu machen, doch bei dem Gedanken an Jake, der es mit Rasmussen aufnahm, erkannte sie, wie viel er ihr inzwischen bedeutete.

Sosehr sie sich auch dagegen gewehrt hatte – sie war erneut rettungslos in Jake verliebt. Noch verliebter, als sie es vor sechs Jahren gewesen war. Würde er wieder fortgehen und sie mit einem Scherbenhaufen von Leben zurücklassen? Stand der Job bei ihm immer noch an erster Stelle? Würde er sie immer noch brauchen, wenn er Rasmussen geschnappt hatte?

Tief in ihrem Herzen wusste sie, dass Jake ein guter Mann war. Sie wusste, dass er nur die ehrenwertesten Absichten hatte. Doch er war ein Soldat. Auch wenn er mit der MIDNIGHT Agency gerade im Streit lag, wusste Leigh, dass Cutter ihn nicht würde gehen lassen. Dafür war Jake zu gut in dem, was er tat. Und sie wusste, dass Jake dorthin zurückgehen würde, wenn man ihn bat. Da drängte sich die Frage förmlich auf, was das für sie bedeuten würde.

Sie schrak zusammen, als sie hinter sich eine Bewegung hörte.

Mike Madrid lächelte und reichte ihr einen Becher, in dem etwas Heißes dampfte. „Es wird kälter. Ich dachte, du würdest vielleicht eine heiße Schokolade trinken wollen“, sagte er.

Leigh nahm den Becher. „Danke.“

Ein Moment lang wirkte er unbehaglich, bevor er sich räusperte. „Ich möchte nur, dass du weißt, dass ich euren Aufenthaltsort nicht verraten habe. Rasmussen ist ein Technik-Freak. Er umgibt sich gerne mit allen möglichen Hightech-Geräten."

Darüber hatte sie auch schon nachgedacht. „Jake wäre niemals gegangen, wenn er noch glauben würde, dass du uns verpfiffen hast."

Madrid nickte. Zum ersten Mal bemerkte Leigh die Waffe an seinem Gürtel. Außerdem erhaschte sie einen Blick auf ein Schulterhalfter, das er unter dem Parka trug. „Ich habe die Hütte und das ganze Grundstück gründlich untersucht. Der beste Platz für mich ist auf dem Dach."

„Dort draußen herrschen minus zehn Grad", wandte Leigh ein.

„Darauf bin ich vorbereitet, habe mich entsprechend angezogen. Von dort habe ich den besten Blick. Egal, aus welcher Richtung jemand kommt, ich kann ihn sehen. Und ich kann den Schornstein als Deckung nutzen." Er schlug mit der Faust auf die schusssichere Kevlar-Weste, die er trug. „Ich bin ziemlich gut geschützt."

„Gibt es irgendetwas, das ich tun kann?", fragte sie.

„Bleib einfach nur wachsam. Und vorsichtig. Lass niemanden herein." Er zog eine kleine Pistole aus der Tasche seiner Jeans und gab sie ihr. „Ich erwarte keine Probleme, doch falls irgendwas auftaucht, möchte ich, dass du erst schießt und dann Fragen stellst."

Das Herz schlug ihr bis zum Hals, als sie auf das Stück tödlichen Stahls in ihrer Hand blickte.

„Trag sie die ganze Zeit bei dir. In ein paar Stunden sollte alles vorüber sein, doch möglicherweise lässt er uns warten."

Er wollte sich gerade umdrehen und gehen, als Leigh ihn aufhielt, indem sie ihm an die Schulter fasste. Er wandte sich um und schaute sie fragend an. „Danke", sagte sie.

„Dank mir erst, wenn es vorbei ist", erwiderte er und ging aus der Tür.

17. KAPITEL

Leigh schritt in der Hütte auf und ab wie ein eingesperrtes Tier. Seit Mike Madrid vor zwanzig Minuten auf das Dach gegangen war, hatte sie nichts mehr von ihm gehört. Sie hätte Jake gerne angerufen, wollte ihn aber nicht in einem womöglich entscheidenden Moment stören. Sie beruhigte sich damit, dass er sie anrufen würde, falls irgendetwas geschah. Seit er fort war, hatte sie ihr Handy nicht aus den Augen gelassen.

Sie legte ein weiteres Holzscheit aufs Feuer, obwohl es bereits loderte. In der Küche kochte sie Tee, den sie dann aber doch nicht trank; vielmehr lief sie nur mit dem Becher in der Hand hin und her. Sie konnte nicht still sitzen, konnte nicht aufhören, über Jake nachzudenken und über all die Dinge, die schiefgehen konnten.

„Bitte sei vorsichtig", flüsterte sie, während sie zum Fenster ging und die Vorhänge beiseiteschob.

Irgendwann hatte der Wind zugenommen. Leigh hörte, wie er um die Hütte heulte. Normalerweise machte es ihr nichts aus, allein zu sein, doch heute Abend hatte sie das Gefühl, als wäre sie der einzige Mensch auf der Welt. Einer Welt, die plötzlich feindselig und gefährlich war. Es würde ein sehr langer Abend werden.

Sie wollte den Vorhang gerade wieder zufallen lassen und sich am Feuer aufwärmen, als eine Bewegung am Waldrand ihre Aufmerksamkeit auf sich zog. Bei der Dunkelheit und dem vielen Schnee war sie nicht sicher, doch sie glaubte gesehen zu haben, wie sich dort etwas bewegte. War es vielleicht ein Reh gewesen? Hatten ihre angespannten Nerven ihr einen Streich gespielt? Oder hatte sie tatsächlich etwas gesehen, sodass sie unbedingt Mike Madrid alarmieren sollte?

Er hatte ihr gesagt, dass er mit einem Nachtsichtgerät ausgestattet sei. Sicherlich würde er es bemerken, wenn sich jemand der Hütte näherte. Vermutlich fürchtete sie sich schon vor ihrem eigenen Schatten. Die Folgen von zu hoher Anspannung und einer lebhaften Fantasie.

Doch in den sechs Jahren, die sie sich versteckt hatte, hatte Leigh gelernt, ihrem Instinkt zu vertrauen. Und genau jetzt riet ihr dieser Instinkt, auf Nummer sicher zu gehen und Mike Madrid Bescheid zu geben.

Sie setzte den Becher Tee auf dem Kaminsims ab und zog ihren Mantel an. Im Flur schlüpfte sie in ihre Stiefel und ging dann zur Tür hinaus. Die eisige Kälte verschlug ihr fast den Atem. Draußen war es so still, dass sie fast zu hören meinte, wie der Schnee zu Boden fiel. Sie folgte Mikes Fußstapfen und gelangte zur Rückseite der Hütte. Er hatte den Picknicktisch und den Schornstein benutzt, um auf das Dach zu klettern.

„Mike?"

Sie wartete eine ganze Minute, doch er antwortete nicht.

Sie wollte keinen Lärm machen, fand aber, dass er davon erfahren sollte, dass sie etwas am Waldrand gesehen hatte.

Als es weiter still blieb, stapfte sie durch den Schnee zur Seitenwand der Hütte. „Madrid?", fragte sie etwas lauter.

Mit zunehmendem Unbehagen ging sie in Richtung Vordereingang. Da er ihr nicht antwortete, würde sie ihn auf dem Handy anrufen. Er hatte es für den Fall, dass sich jemand in der Nähe befand, auf Vibration gestellt, damit kein Klingeln zu hören war.

Auf halbem Weg zur Tür bemerkte sie etwas Dunkles in dem hellen Schnee. Zuerst dachte sie, dass jemand Kaffee ausgeschüttet hätte. Sie ging in die Hocke und legte ihre Hand auf den dunklen Fleck. Als ihr der metallische Geruch von Blut in die Nase stieg, spürte sie, wie sich ihr Herzschlag abrupt beschleunigte.

Rasch sprang sie auf und rannte los. Sie bog in einem mörderischen Tempo um die Ecke der Hütte und stürzte durch die Eingangstür. Alles wirkte so, wie sie es verlassen hatte. Das Feuer brannte im Kamin. Der Becher Tee stand auf dem Sims. Das Handy lag auf dem Kaffeetisch.

Doch dann bemerkte sie, dass die Pistole, die sie neben das Telefon gelegt hatte, verschwunden war. Und sie registrierte den geschmolzenen Schnee am Boden. Jemand befand sich in der Hütte. „Mike?“, rief sie.

Sie spürte die Gefahr und stürzte auf das Handy zu. Doch auf halbem Weg sah sie zwei Männer aus der Küche kommen. Einer war mit einem Gewehr bewaffnet, der andere mit einer Pistole.

Sie wirbelte herum, um zur Tür zu laufen, und fand sich plötzlich Ian Rasmussen gegenüber. Groß und elegant in seinem langen Ledermantel, den schwarzen Handschuhen und dem Kaschmirschal, stand er nur einen Meter vor ihr und betrachtete sie mit kalten, leidenschaftslosen Augen.

Leigh hatte immer geglaubt, dass sie ihren schlimmsten Albtraum vor sechs Jahren durchlebt hatte. Jetzt erkannte sie, dass sie sich geirrt hatte. Ian Rasmussen gegenüberzustehen und zu wissen, dass er keinerlei Gnade mit ihr oder mit Jake haben würde – das war ihr schlimmster Albtraum.

Ein Albtraum, der gerade erst begann.

Jake hatte eine Position auf dem Dach der Hütte eingenommen. Rick Monteith wartete drinnen. Sie befanden sich erst seit einer Stunde bei der Hütte, doch es schien bereits eine Ewigkeit. Die Sorge um Leigh machte ihn fast verrückt. Er wusste, dass Rasmussen sie unter keinen Umständen finden würde, doch er wurde die kleine Stimme im Kopf nicht los, die ihm sagte, dass sie sich in Gefahr befand.

Er verlagerte das Gewicht, führte das Zielfernrohr an sein Auge und überprüfte die Sicht. Es war perfekt eingestellt. Der Plan war gut vorbereitet. Sie würden diese Sache hinter sich bringen, versicherte er sich selbst. Wenn Rasmussen erst einmal hinter Schloss und Riegel saß, würde Jake sich die Zeit nehmen, um sich mit Leigh wieder näherzukommen. Er wollte die verlorene Zeit aufholen. Ihr Vertrauen zurückgewinnen. Sie so lieben, wie sie es verdiente …

Das Handy an seinem Gürtel vibrierte. Er nahm es aus

dem Clip und zuckte zusammen, als er Mike Madrids Nummer auf dem Display erkannte. „Warum zum Teufel rufst du mich an?“, knurrte er.

„Rasmussen …“

Jake wusste sofort, dass etwas nicht stimmte. Er konnte Mikes Stimme kaum verstehen, so schwach war sie. Er setzte sich auf und hielt das Telefon fester. „Was ist passiert?“

„Bastard … hat Leigh.“

Jake hatte das Gefühl, als ob sein Blut zu Eis geronnen wäre. „Wo?“

„Hier … Hütte …“

„Mein Gott, Madrid. Bist du verletzt?“

„Ging direkt durch … die Weste. Schnell …“

Jake war bereits dabei, die Leiter an der hinteren Veranda herunterzuklettern. „Ich bin auf dem Weg“, sagte er.

Doch die Leitung war tot.

Er stürzte durch die Hintertür. Rick Monteith erhob sofort das Gewehr und ließ es wieder sinken, als er Jake erkannte. „Herrgott noch mal, Vanderpol, ich hätte dir beinahe …“

„Madrid ist außer Gefecht. Rasmussen befindet sich in der Hütte.“ Er würgte die Worte hervor, weil ihm die Angst um Leigh fast die Kehle abschnürte. „Er hat Leigh.“

Fluchend griff Monteith sofort nach seiner Ausrüstung, sein Gesicht war angespannt. „Wie schwer ist Madrid verletzt?“

„Er klang schlimm." Jakes Handy klingelte. Madrid, dachte er und nahm ab. „Ja."

„Ah, Mr Vanderpol."

Wut, Panik und hundert andere Emotionen schossen in ihm hoch, als er Rasmussens Stimme erkannte. „Wenn Sie sie auch nur anfassen, bringe ich Sie eigenhändig um", stieß es aus ihm heraus.

Rasmussen lachte. „Vielleicht habe ich sie längst angefasst. Vielleicht habe ich mich für sechs Jahre verlorene Zeit entschädigt, während Sie Geheimagent spielten."

Jakes Herz raste und pumpte mit jedem Schlag mehr Zorn in seinen Körper. Er hörte seinen eigenen schweren Atem. Er bemerkte, dass Rick ihn am Arm fasste und etwas zu ihm sagte, doch er war auf Rasmussen fokussiert, sodass er die Worte nicht wahrnahm.

„Was wollen Sie?", brachte er nach einer Pause hervor.

„Ich will natürlich, dass Sie hierherkommen. Wir haben noch eine Rechnung zu begleichen."

„Lassen Sie mich mit Leigh sprechen."

Es rauschte in der Leitung, dann ertönte Leighs Stimme. „Tu es nicht, Jake! Er wird dich umbringen!"

„Bist du in Ordnung?", fragte er. „Hat er dir wehgetan?"

Doch es war Rasmussens Stimme, die ihm antwortete. „Sie haben zehn Minuten, um hierherzukommen. Sollte ich bis dahin auch nur die geringste Bewegung wahrnehmen, und sei es, dass ich ein Reh für einen Agenten halte, schneide ich ihr die Kehle durch. Haben Sie das verstanden?"

„Verstanden", erwiderte Jake.

„Zehn Minuten, Mr Vanderpol. Wenn Sie nicht auftauchen, bringe ich sie um, und Sie können dann die Teile ihres Körpers wieder zusammenpuzzeln."

„Tun Sie ihr nichts, verdammt noch mal", stieß Jake hervor. „Ich bin gleich da."

„Wenn Sie nicht in …", eine Pause, „… neun Minuten hier sind, klebt ihr Blut an Ihren Händen."

Dann war die Leitung tot. Jake hatte im Geiste bereits überschlagen, wie lange er über den See brauchen würde. Er musste sich beeilen, um in neun Minuten dort zu sein. „Ich muss los", hörte er sich sagen.

„Wage es ja nicht, einfach so abzuhauen, Vanderpol." Rick folgte ihm zur Hintertür.

Als Jake nicht innehielt, stoppte Rick ihn mit einem Griff an die Schulter und drehte ihn zu sich herum. „Du darfst nicht allein gehen."

„Wenn ich in neun Minuten nicht dort bin, wird dieser Hurensohn sie umbringen."

„Du kennst die Regeln, Vanderpol. Ein Agent geht niemals ohne Rückendeckung in den Einsatz."

Jake murmelte einen Fluch und versuchte, den anderen abzuschütteln. „Wir haben keine Zeit für einen Plan."

Rick hielt ihn weiter fest. „Ich werde improvisieren."

Jake wusste, dass Monteith recht hatte. Doch in diesem Augenblick trieben ihn seine Gefühle an und nicht die Vernunft. Allein der Gedanke daran, dass Rasmussen Leigh in seiner Gewalt hatte, versetzte ihn in Angst und

Schrecken. Er konnte den Gedanken nicht ertragen, dass ihr vielleicht etwas zustieß.

Er streifte den Trageriemen des Gewehrs von der Schulter und legte es auf den Küchentisch. Er nahm das Pistolenhalfter ab, steckte die Glock jedoch in den Hosenbund seiner Jeans. Er kannte Rasmussen gut genug, um zu wissen, dass er ein Lügner war. Auf keinen Fall durfte er dort unbewaffnet auftauchen. Wenn er das tat, würde Rasmussen bei seiner Ankunft nicht nur ihn umbringen, sondern auch Leigh. Jake würde das nicht zulassen.

Oder bei dem Versuch sterben, es zu verhindern.

„Vanderpol, du darfst jetzt nicht durchdrehen, Mann. Beruhige dich. Bleib mit mir zusammen."

„Wenn Rasmussen dich sieht, bringt er sie um", brachte er mühsam hervor.

„Dann werde ich eben dafür sorgen, dass er mich nicht sieht."

„Wie willst du das machen? Die Schneemobile sind alles andere als leise. Wir müssen davon ausgehen, dass sie Madrids Nachtsichtgerät haben. Er wird dich aus einer Meile Entfernung sehen."

„Ich lasse das Schneemobil stehen, wenn ich in Hörweite komme. Das restliche Stück gehe ich zu Fuß."

Die Idee war vermutlich die beste, die sie innerhalb von dreißig Sekunden haben konnten. „Mach das." Jake ging zur Tür. „Madrid hat übrigens eine Weste getragen. Sei darauf gefasst, dass dieser Mistkerl panzerbrechende Munition hat. Ich muss jetzt los."

Er rannte zu dem Unterstand und startete das Schneemobil. „Ich werde versuchen, Rasmussen nach draußen zu locken“, sagte Jake. „Falls ich ihn nicht nach draußen bekomme, versuche ich ihn in der Nähe eines Fensters zu platzieren.“

„Falls ich einen Treffer landen kann, schalte ich ihn aus“, sagte Rick.

Jake trat das Gaspedal des Schneemobils voll durch. Rick sprang zur Seite, als er mit dem Gerät aus dem Unterstand hervorschoss. Und dann ging es nur noch um Jake und Rasmussen und das Rennen gegen die Zeit, das über Leben und Tod entscheiden würde.

Leigh wusste nur zu gut, was geschehen würde, wenn Jake auftauchte, und griff deshalb nach dem Telefon. Doch einer der Männer packte sie von hinten und zog sie zurück.

„Tu es nicht!“, kreischte sie in der Hoffnung, dass Jake sie noch hören konnte. „Er wird dich umbringen!“

Doch Rasmussen hatte das Gespräch bereits beendet. Seine Miene zeigte eisiges Amüsement, als er sich Leigh zuwandte. „Dein Liebhaber ist auf dem Weg, meine Liebe. Ich habe ihm zehn Minuten gegeben. Glaubst du, dass er das schaffen wird?“

„Ich glaube, dass du verrückt bist“, sagte sie mit bebender Stimme.

Rasmussen sah den Mann an, der sie festhielt. „Lass sie los.“

Leigh trat ein paar Schritte zur Seite. „Wo ist Mike Madrid?“, fragte sie.

„Lass es mich mal so ausdrücken: Ein Hohlspitzgeschoss durchschlägt selbst die beste schusssichere Weste.“

Leigh, die sich an das Blut draußen im Schnee erinnerte, unterdrückte ein Schluchzen. Sie konnte einfach nicht glauben, dass dieser Mann, mit dem sie einst zusammen gewesen war, so kaltblütig sein konnte. Wie hatte sie sich so sehr in ihm irren können?

„Was willst du mit mir machen?“, fragte sie.

„Ich denke, das ist doch wohl offensichtlich.“ Sein Blick strich über ihren Körper. „Du und ich haben noch etwas miteinander zu klären, findest du nicht?“

„Ich finde“, sagte sie, „dass du ein völlig kranker Hurensohn bist.“

Rasmussen lächelte. „Es wird mir Spaß machen, deinen Widerstand zu brechen, Kelsey. Wir haben so viel zu … diskutieren.“

„Ich habe dir nichts zu sagen.“

Er trat näher. „Aber ich habe dir sehr viel zu sagen.“

Sie wich einen Schritt zurück. „Um Himmels willen, Ian, du hast die Chance, das Land zu verlassen. Warum verschwindest du nicht einfach?“

„Weil ich sechs Jahre lang auf diesen Moment gewartet habe. An manchen Tagen, wenn ich in meiner Zelle saß, hat mich nur der Gedanke am Leben gehalten, dich in meine Gewalt zu bekommen. Und Vanderpol umzubringen. Ich sorge dafür, dass das für uns beide unvergesslich wird.“

Seine Worte und die Art und Weise, wie er sie dabei ansah, flößten ihr mehr Angst ein, als sie je in ihrem Leben empfunden hatte. „Tu es nicht." Sie blickte über die Schulter und bemerkte zwei weitere Männer im Raum. Beide waren bewaffnet. Sie wusste, dass ein Fluchtversuch unweigerlich mit einer Kugel im Rücken enden würde.

„Außerdem konnte ich schwerlich das Land verlassen, ohne mich von dir zu verabschieden, oder?", sagte er. „Ich habe dich vermisst."

„Du hast deine Freiheit vermisst, nicht mich."

Er fuhr fort, als hätte er sie nicht gehört. „Hast du eigentlich eine Ahnung, was sechs Jahre in einem Käfig mit einem Mann anrichten?"

„Bitte tu niemandem mehr etwas an, Ian." Ihre Stimme zitterte, doch sie konnte es nicht ändern. „Du hast genug Geld, um überall auf der Welt zu leben. Verlass das Land, solange du es noch kannst."

„Mein ganzes *Leben* kreiste nur um dich!", fing er plötzlich an zu schreien. „Ich habe dir alles gegeben. *Alles.* Das Penthouse. Den Jaguar. Mein Herz."

„Du hast gar kein Herz." Die Worte waren heraus, bevor sie sich anders besinnen konnte.

Etwas Düsteres und Beängstigendes blitzte in seinen Augen aus. Wut, dachte sie und schauderte.

„Ich habe dir sogar einen Diamantring gekauft", sagte er. „Einen wunderschönen naturgelben Diamanten aus Südafrika im Marquise-Schliff. Ein Unikat. Sechs Karat. Lupenrein. Ich bekam niemals die Gelegenheit, ihn dir zu geben."

Leigh hatte von dem Ring nichts geahnt, doch es spielte keine Rolle. Was auch immer vor sechs Jahren zwischen ihnen geschehen war – es hatte sich als Fehler erwiesen. Ein schrecklicher Fehler, begangen von der naiven Einundzwanzigjährigen, die sie damals gewesen war.

„Ich habe dir alles gegeben", sagte er. „*Alles.* Und wie zahlst du es mir zurück?"

Leigh trat einen weiteren Schritt zurück. Es gab drei Wege aus der Hütte. Durch die Vordertür. Durch das Wohnzimmerfenster. Oder durch die Hintertür in der Küche. Der Impuls, fortzurennen, war stark, doch sie wusste, dass eine Flucht zwecklos war.

„Du zahlst es mir zurück, indem du mit genau dem Mann ins Bett gehst, der mein Leben endgültig zerstören wollte."

„Du hast dein Leben selbst zerstört."

„Was glaubst du, wie ich mich dabei fühle, Kelsey? Ich habe dir vertraut. Und du hast mich verraten."

„Du hast Waffen an Terroristen verkauft. Sicherlich hast du gewusst, dass das Folgen haben könnte."

„Ich bin Geschäftsmann in einem weltweiten Wirtschaftszweig. Und in der Wirtschaft richtet sich alles nach Angebot und Nachfrage."

Nicht länger in der Lage, ihre Wut zu unterdrücken, platzte Leigh heraus: „Was willst du tun, Ian? Mir in den Rücken schießen? Ist das der Grund, warum du hier bist? Rückt das die Dinge auf irgendeine Art und Weise wieder zurecht?"

Bei seinem Lächeln lief ihr ein eisiger Schauder über den Rücken. „Du bist immer noch ziemlich temperamentvoll, nicht wahr, Liebes? Ich habe es schon immer geliebt, dich wütend zu sehen.“

„Das Einzige, was du liebst, bist du selbst.“

Zwei rasche Schritte, und er stand vor ihr. Seine Hand schoss so schnell hervor, dass sie sich nicht mehr ducken konnte. Der Schlag riss ihr den Kopf zurück und ließ sie taumeln. „Wenn du klug bist, hältst du deinen vorlauten Mund“, sagte er.

Leigh schüttelte den Schmerz und das leichte Schwindelgefühl ab. Sie spürte eine Wunde an der Lippe und schmeckte Blut. Tränen brannten in ihren Augen, doch sie ließ ihnen keinen Lauf. Diese Genugtuung würde sie ihm nicht gönnen. Er sollte sie nicht weinen sehen.

„Fahr zur Hölle“, krächzte sie.

Ohne Vorwarnung umklammerten seine Finger ihren Arm wie ein Schraubstock. Überrascht bemerkte sie, dass er sie in Richtung des hinteren Schlafzimmers zerrte. Leigh wehrte sich mit aller Kraft, die sie noch hatte. Sie stemmte die Absätze in den Boden und klammerte sich am Türrahmen fest, als er sie in das Zimmer schleifte. Doch ihre Anstrengungen konnten es nicht mit seiner Kraft aufnehmen.

Sobald sie beide im Schlafzimmer waren, trat er gegen die Tür, um sie schließen, und schubste sie aufs Bett. Bevor sie sich aufrappeln konnte, saß er auf ihr und setzte sein Gewicht ein, um sie zurückzustoßen.

„Geh runter von mir!", kreischte sie.

Sie versuchte sich wegzudrehen, doch er war zu schwer für sie. Sie musste fast würgen, als sich sein Mund näherte. Sie drehte den Kopf zur Seite, doch er zwang seinen Mund auf ihren. Sie kämpfte mit ihrer letzten Energie, um sich von ihm zu befreien.

Dann rollte er zu ihrer Überraschung zur Seite und stand auf. Leigh sprang vom Bett. Beide standen sich gegenüber, und nur ihrer beider Keuchen war zu hören.

„Zu schade, dass Vanderpol dich nicht hierher zurückgeschickt hat, um wieder mit mir zu schlafen."

Trotz der Umstände verletzten die Worte sie. „So etwas würde er niemals tun", sagte sie.

„Oh, aber das letzte Mal hat er das getan, oder? Seine Art von Liebe ist … flexibel, oder?"

Sie hasste es, dass dieser Mann immer noch die Macht hatte, sie zu verletzen.

„Ich wäre gerne noch einmal mit dir ins Bett gegangen. Unglücklicherweise haben wir kaum noch Zeit." Er blickte auf die Uhr. „Dein Liebhaber hat noch vier Minuten."

„Er wird nicht kommen." Doch sie wusste, dass Jake alles tun würde, um ihr zu helfen.

„Doch, das wird er." Ohne den Blick von ihr zu wenden, öffnete Rasmussen die Tür. „Donovan."

Einer der Männer erschien in der Halle. Leigh konnte nur sehen, dass die beiden miteinander flüsterten. Dann holte Donovan Handschellen aus der Manteltasche.

„Leg sie ihr an." Rasmussen schnippte mit den Fingern,

und der zweite Mann tauchte auf. „Vanderpol wird in drei Minuten hier sein. Ich möchte, dass du zum See hinausfährst. Nimm eine Kettensäge mit und schneide ein Loch in das Eis." Sein Blick schoss kurz zu Leigh hinüber. „Mach es groß genug, damit ein menschlicher Körper durchpasst. Und nimm das Gewehr mit. Ich treffe dich dann dort."

„In Ordnung, Sir." Der Mann eilte fort.

Die Handschellen in der Hand, machte der erste Handlanger sich hinkend auf den Weg zu ihr. Als sie seinen Pferdeschwanz und sein pockennarbiges eckiges Gesicht betrachtete, erkannte sie, dass es sich um den Angreifer aus dem Motel handelte. Den Mann, dem sie ihr Messer in die Wade gerammt hatte.

„Ich werde es genießen, dir beim Sterben zuzusehen", sagte er ganz ruhig.

Voller Panik schubste Leigh Rasmussen zur Seite und rannte zur Tür."

„Haltet sie auf!", rief Rasmussen.

Irgendwie schaffte sie es durch die Tür und rannte blindlings den Flur entlang. Ins Wohnzimmer. Sie hörte schwere Schritte und lautes Rufen hinter sich, während sie zur Vordertür raste. Mit ausgestreckten Armen landete sie an der Tür, schlug mit der Hand gegen das Schloss.

Im nächsten Augenblick wurde sie von einem Paar starker Arme gepackt. Sie trat mit ihren Füßen wild aus, als der Mann sie herumschwang, wurde aber zu Boden geschleudert. Sie kämpfte wie verrückt, doch der Mann überwältigte sie und rollte sie auf den Bauch. Sie spürte, wie er ihr die Hände nach hinten riss und die Handschellen anlegte.

Jake, dachte sie verzweifelt, und ihre Schreie wurden zu Schluchzern.

18. KAPITEL

Das Schneemobil raste mit todesverachtender Geschwindigkeit über den Schnee. Die Bäume schienen zu verschwimmen. Jake hatte sich nicht damit aufgehalten, einen Helm aufzusetzen, sodass der Wind und der Schnee ihm in die Augen peitschten. Doch diese körperlichen Unannehmlichkeiten waren nichts im Vergleich zu den seelischen Qualen, die ihm die Bilder in seinem Kopf bereiteten.

Rasmussen hatte Leigh. Er war völlig verkommen. Hatte sechs Jahre im Gefängnis gesessen. Und er hatte einen Hang zu extremer Gewalt.

Die Lichter der Hütte kamen in Sicht. Er roch den Rauch vom Kaminfeuer. Obwohl die Sicht wegen des starken Schneefalls ausgesprochen schlecht war, konnte er drei Schneemobile ausmachen, die eine halbe Meile von der Auffahrt entfernt parkten. Er fuhr näher an die Hütte heran. Jetzt befand er sich in Schussweite. Er spürte die Augen, die ihn hinter dem Fadenkreuz sahen.

Er parkte das Schneemobil fünfzig Meter vor der Hütte und stellte den Motor aus. Die anschließende Stille dröhnte geradezu in seinen Ohren. Mit bis zu den Schultern erhobenen Händen ging er in Richtung Hütte. Er wartete auf eine Bewegung, auf ein Zeichen von Leben, konnte jedoch nichts erkennen.

Zwanzig Meter vor der Haustür stoppte er. Die Pistole, die er in den Hosenbund gesteckt hatte, drückte auf beruhigende Weise gegen seinen Rücken. „Rasmussen!“, rief er. „Ich bin hier! Kommen Sie und holen Sie mich!“

Keine Antwort.

Jakes Herz begann zu hämmern.

Als er begriff, dass die Hütte leer war, rannte er zum Vordereingang. Vier Meter davor erblickte er Blut im Schnee und stand kurz davor, die Kontrolle über sich zu verlieren. Er konnte an nichts anderes mehr denken, als dass sie Leigh verletzt hatten. Er lief zur Tür und stürzte in die Hütte.

„Leigh!“, rief er. „Leigh!“

Als Antwort hörte er nur das Heulen des Windes in den Baumwipfeln. Den Schnee, der gegen die Fenster klatschte. Und das Trommeln seines Herzschlags.

Der Schnee fiel so dicht, dass Leigh nur wenige Meter weit sehen konnte. Rasmussen hielt sie an ihrem rechten Arm gepackt. Der hinkende Kerl lief an ihrer linken Seite. Zwei Mal hatte sie sich frei machen können und hatte versucht, wegzulaufen. Zwei Mal hatten sie sie schon nach wenigen Metern wieder eingeholt, weil die Handschellen sie beim Laufen behinderten.

Sie befanden sich auf dem Lake Michigan und waren mittlerweile seit zehn Minuten unterwegs. Der See erstreckte sich wie eine riesige gefrorene Ebene von endlosem Weiß vor ihnen.

„Warum tust du das hier?“, fragte sie Rasmussen. „Warum bist du nicht geflohen, als du es noch konntest?“

Er hielt inne und sah sie konzentriert an. „Weil ich einen Ruf zu verlieren habe."

„Einen Ruf?"

„Du hast mich zur Lachnummer gemacht, meine Liebe. Du hast die ultimative Sünde begangen, als du mich verraten hast. Niemand verrät Ian Rasmussen und bleibt am Leben, um es weiterzuerzählen. Und erst recht keine Frau."

Sie schauderte, als er die Hand hob und mit dem Handrücken über ihre Wange strich. „Du darfst nicht einen Moment lang glauben, dass das hier einfach für mich ist", sagte er. „Ich habe dich geliebt."

Dieser Mann hatte wirklich keinerlei Vorstellung, was Liebe bedeutete.

Er beugte sich vor, um sie zu küssen, doch Leigh drehte den Kopf weg. „Nicht", sagte sie.

Rasmussen trat einen Schritt zurück. Seine Miene war so kalt und hart wie das Eis unter ihren Füßen. „In ein paar Minuten, mein Liebling, wirst du mich anbetteln, dir zu vergeben."

Eine Bewegung nur wenige Meter vor ihnen erweckte ihre Aufmerksamkeit. Einen Moment lang glaubte sie, dass Jake gekommen sei, um sie vor dem zu retten, was zweifellos ein schrecklicher Tod sein würde. Doch der Funken Hoffnung erstarb, als sie ihr Ziel erreicht hatten.

Der Mann in dem Parka hatte mit einer Kettensäge ein rechteckiges Loch in der Größe einer Badewanne in das Eis geschnitten. Neben dem Loch lag wie eine riesige Stahlschlange eine lange, schwere Eisenkette. Man brauchte nicht viel Vorstellungsvermögen, um zu erkennen, was sie mit ihr vorhatten.

Ein kleiner Helikopter, der wenige Meter entfernt stand, wirkte auf dem Eis irgendwie deplatziert. Der Pilot lehnte an der Tür und rauchte eine Zigarette.

„Irgendein Zeichen von Vanderpol?“, fragte Rasmussen.

Der Kerl, der neben dem Eisloch stand, schüttelte den Kopf. „Bislang nicht.“

„Vermutlich ist er bei der Hütte“, sagte der Mann neben ihr.

Rasmussen blickte zum Hubschrauber. „Ich hatte gehofft, er würde hier sein, um Zeuge ihres Todes zu werden.“

Alle drei Männer sahen zu dem Piloten, der sich der Gruppe näherte. „Wir müssen jetzt abheben, Mr Rasmussen. Wir erwarten starken Schneefall. Die Sicht wird immer schlechter. Wenn das Wetter noch schlechter wird, kommen wir hier unter Umständen nicht mehr weg.“

Rasmussen nickte und blickte dann zu Leigh. „Legt ihr die Kette an.“

Leigh hatte gedacht, sie wüsste, was Panik sei. Doch der Gedanke an das, was sie ihr antun wollten, war schlimmer als alles, was sie sich in ihren schlimmsten Albträumen hätte ausmalen können. Ihr ganzer Körper wurde von Angst geschüttelt. Ihr Herz raste unkontrolliert in ihrer Brust.

Rasmussen schien ihre Furcht zu genießen. „Diese sechs Meter lange Kette wiegt etwa einhundert Pfund, Liebes. Wenn wir dich damit fesseln und dich ins Wasser werfen, gehst du unter wie ein Stein."

„Tu das nicht", hörte sie sich sagen.

„Das Wasser an dieser Stelle ist ungefähr zwölf Meter tief", fuhr er fort. „Das Eis hier oben im Norden schmilzt nicht vor April. Bis dahin sind von dir vermutlich nur noch Knochen übrig. Niemand wird jemals deine Leiche finden."

„Du Mistkerl", würgte sie hervor.

Er hob einen seiner Mundwinkel. „Bye-bye, mein Liebling." Er nickte den beiden Männern zu. „Los."

Der Mann mit dem Pferdeschwanz bückte sich, um ein Ende der schweren Kette aufzuheben. Der andere ging auf sie zu. Eine Flucht war so gut wie aussichtslos. Die Chancen, dass sie davonkam, gingen gegen null. Doch ihr Lebenswille ließ sie nicht aufgeben, nicht ohne ihnen einen Kampf zu liefern.

Sie rannte los. Die Handschellen behinderten sie, doch sie ließ sich davon nicht irritieren, nicht aufhalten. Sie hörte Schreie hinter sich, sah jedoch nicht zurück, weil es zu viel Zeit gekostet hätte. Sie lief, so schnell sie konnte, pflügte durch Schneeverwehungen und rutschte über blankes Eis, wobei sie ihr Gleichgewicht nur mit schierer Willenskraft halten konnte. „Jake!", rief sie. *„Jake! Hilf mir!"*

Aus den Augenwinkeln sah sie, wie sich einer der Männer von rechts näherte. Er war bereits so nah, dass sie das Knirschen seiner Stiefel auf dem Schnee hörte. Leigh drehte nach links ab. Sie rannte, so schnell es ihre Beine erlaubten, wobei sie immer wieder rutschte oder ins Stolpern geriet.

Ihre Oberschenkelmuskulatur brannte wie Feuer. Ihre Lunge schien zerspringen zu wollen. Sie wusste nicht, wie viele Meter sie schon zurückgelegt hatte. Nach ihrem Gefühl mussten es mehrere Hundert sein. Dann packte eine kräftige Hand wie aus dem Nichts ihre Schulter und wirbelte sie herum. Sie erhaschte einen kurzen Blick auf ein pockennarbiges Gesicht. Sie stolperte und knallte so hart auf das Eis, dass es ihr den Atem nahm.

Als Nächstes nahm sie wahr, wie sie grob wieder hochgezerrt wurde. „Geh", kommandierte der Kerl mit dem Pferdeschwanz.

Oh mein Gott, das war es jetzt, dachte sie. *Sie werden mich töten.*

Sie musste der schrecklichen Realität ins Gesicht sehen, dass sie aus dieser Sache nicht wieder herauskam. Dass sie Jake niemals wiedersehen würde. Dass sie niemals die Gelegenheit bekommen würde, ihm zu sagen, dass sie ihn liebte.

Ihr brach das Herz, als sie den langen Weg zu ihrem eigenen Tod antrat.

Jake sicherte die Hütte in weniger als einer Minute. Die ganze Zeit tobte der Schrecken in ihm mit der Raserei eines um sein Leben kämpfenden Tieres.

Wo zum Teufel hatten sie Leigh hingebracht? War es ihr Blut, das er im Schnee gesehen hatte? Was hatten sie ihr angetan?

Der Gedanke, dass sie verletzt sein könnte und Schmerzen hatte, zerriss ihn innerlich. In dem Bemühen, sich zu beruhigen, blieb er im Wohnzimmer stehen. Er musste sich konzentrieren, wenn er diese Sache durchdenken wollte. Wenn er sie rechtzeitig finden wollte, um ihr Leben zu retten.

„Ganz ruhig, Kumpel", murmelte er. „Los. Denk nach."

Er sah sich im Wohnzimmer um. Es gab keine Waffen, was bedeutete, dass sie alles mitgenommen hatten, was sie mitgebracht hatten. Rasch durchsuchte er das Schlafzimmer und die Küche, fand aber nichts. Im Vorraum stieß er auf weiße Schneetarnkleidung – einen Parka, Hosen und Handschuhe. Er ging zur Hintertür hinaus. In dem Moment erinnerte er sich an die drei Schneemobile.

Rasmussen, seine Helfer und Leigh hatten die Gegend nicht verlassen. Sie hatten nur die Hütte verlassen. Doch warum hatte er sie in den Wald mitgenommen, anstatt zu flüchten und sie mitzunehmen? Was konnte er im Schilde führen?

Jake überflog den umliegenden Wald. Eventuelle Spuren wären bereits vom Schnee verdeckt. Dann fiel ihm ein, dass die Hütte nicht weit weg vom See lag. Vielleicht hatte Rasmussen sie dorthin gebracht. Dort gab es keine Bäume, was den See zu einem hervorragenden Landeplatz für einen Hubschrauber machte. Und selbst wenn der See einen

Fuß tief zugefroren war, würde eine Kettensäge rasch damit fertig werden. Das tiefe Wasser wäre der perfekte Platz, um zwei Leichen zu verbergen …

Während er ins Haus zurückstürzte, begann Jake bereits, seinen Schneeanzug auszuziehen. Als Ersatz streifte er sich die Tarnkleidung über. Wenn der Schnee weiter so dicht fiel, war er vielleicht in der Lage, sie rechtzeitig zu erreichen.

Er rannte durch den Wald, kämpfte sich über Geröll und umgestürzte Stämme. Zweige schlugen ihm ins Gesicht und verhakten sich in seiner Kleidung, doch er wurde nicht langsamer. Sein Herz drohte fast stillzustehen, als er ein Dutzend Meter vor sich einen Menschen an einen Baum gelehnt liegen sah. Er blickte nach unten und erkannte Blut im Schnee. Viel Blut. Leigh, dachte er und rannte zu dem Baum.

Mike Madrid lag auf der Seite, der Schnee unter ihm war dunkel vor Blut. Einen Moment lang glaubte Jake, dass er tot sei. „Oh Mann, nein."

Dann hob Madrid den Kopf und fluchte. „Du hast verdammt lange gebraucht", sagte er schwach.

Jake begann, Mikes Verletzungen vorsichtig zu untersuchen. „Ganz ruhig, Partner. Lass mich dich anschauen."

Sanft rollte er Madrid auf den Rücken. Der andere stöhnte. Er hatte einen Bauchschuss abbekommen und war dabei, allmählich zu verbluten.

„Der Bastard hat panzerbrechende Munition", stöhnte Madrid.

Jake holte sein Handy hervor und wählte die Nummer von Sean Cutter. Cutter nahm beim ersten Klingeln ab.

„Ich habe einen Verletzten", sagte Jake ohne Vorrede.

Cutter fluchte. „Wer ist es?"

„Madrid."

„Wie schlimm ist es?"

„Code Red."

„Wo sind Sie?"

„Michigan. Im Südosten von Sault Sainte Marie. Ich werde sein GPS aktivieren. Hier tobt ein Unwetter, Sean."

„Noch irgendetwas, von dem ich wissen muss?"

„Bringen Sie Waffen mit." Jake beendete das Gespräch und wandte sich Madrid zu. „Wo haben sie Leigh hingebracht?"

„Ich war zwischendurch immer wieder bewusstlos. Doch nach dem, was ich mitbekam, wollen sie sie umbringen und die Leiche im See versenken", keuchte Madrid nach Atem ringend.

Jake wurde unter der Winterkleidung ganz heiß.

Als ob ihm die Worte zu viel Energie geraubt hätten, schloss Madrid die Augen. Jake berührte ihn an der Schulter. „Du wirst wieder gesund, Partner."

„Geh und hol … Hurensohn."

Jake wusste, wie schmerzhaft eine Schusswunde war, und wünschte, dass er etwas tun könnte. Er griff in Madrids Jackentasche und holte dessen Handy hervor. Er entfernte die hintere Abdeckung und aktivierte den GPS-Chip, den alle MIDNIGHT-Agenten installiert haben mussten. Dann steckte er das Handy zurück in Madrids Tasche. „Cutter ist unterwegs."

„Geh und hilf ihr, Vanderpol."

Jake drückte Madrids Schulter. Dann stand er auf und lief Richtung See. Er schien schon eine Ewigkeit unterwegs zu sein, als sich vor den Bäumen plötzlich eine weite weiße Ebene erstreckte, die Jake als den See erkannte. Er rutschte die Böschung hinunter und rannte auf dem Eis weiter. Die Sichtweite betrug nur wenige Meter. Er hatte keine Ahnung, in welche Richtung er sich wenden musste. Er wusste nicht einmal, ob seine Ahnung überhaupt richtig war. Er wusste nur, dass er keine andere Wahl hatte.

Er hatte gerade sein Höchsttempo erreicht, als ein Schrei die Stille durchdrang. Er hielt an und lauschte.

„Jake! Jaaaaaaake! Hilf mir!"

Die Panik in Leighs Stimme erschütterte ihn. Wenn er nicht bald bei ihr war, würde es zu spät sein.

Ein neuer Adrenalinstoß schoss durch seinen Körper, und Jake rannte in die Richtung, aus der ihre Schreie gekommen waren.

Leigh spürte, wie die Kälte ihren Körper durchdrang und ihn taub werden ließ, während sie durch den Schnee dem sicheren Tod entgegenstapfte. Doch trotz der Schrecken, die unter dem Eis auf sie warteten, konnte sie an nichts anderes denken als an Jake. Oh, wie sehr sie sich gewünscht hatte, den Rest ihres Lebens mit ihm zu verbringen. Es brach ihr das Herz, dass sie niemals die Chance dazu bekommen sollten.

Sie rief immer wieder seinen Namen, doch ihre Stimme wurde schwächer. Die Kälte und die Angst nagten an ihr und schwächten sie. Sie hatte sich geschworen, Rasmussen nicht den Gefallen zu tun und zu weinen. Doch als sie jetzt in Richtung Eisloch gezerrt wurde, konnte sie die Schluchzer kaum zurückhalten.

Der Mann, der sie eingeholt hatte und jetzt zu Rasmussen brachte, war still geworden. Sogar sein Griff um ihren Arm hatte sich leicht gelockert. Leigh nahm an, dass er sich vielleicht einen winzigen Rest Menschlichkeit im Herzen bewahrt hatte, doch sie wusste, dass es nicht genug war, um ihr Leben zu retten. Sie wusste, dass Rasmussen jeden umbringen würde, der sich ihm in den Weg stellte; seine eigenen Männer eingeschlossen.

Sie stolperte auf der unebenen Oberfläche des Eises und fiel auf die Knie, wo sie schluchzend liegen blieb. Wo auch immer Jake sich jetzt befand, sie konnte nur hoffen, dass er in Sicherheit war.

„Aufstehen, Lady."

Die Stimme des Handlangers schien aus weiter Ferne zu kommen. Unsicher, ob sie genug Energie hatte, um aufzustehen, blickte sie nach oben. Der Schnee fiel so dicht, dass sie kaum das Gesicht des Mannes ausmachen konnte.

„Ich brauche eine Pause", sagte sie.

„Dort, wo du hingehst, kannst du noch jede Menge Pausen machen." Er nahm ihren Arm. „Lass uns gehen."

Eine Veränderung im Licht hinter ihm weckte ihre Aufmerksamkeit. Ein grauer Fleck.

„In Ordnung“, sagte sie. Doch sie rührte sich nicht und sah stattdessen in Richtung des grauen Fleckens, den sie zuvor wahrgenommen hatte. Er kam näher. Zuerst dachte sie, dass es sich um einen Bären oder ein Reh handelte. Dann erkannte sie, dass ein Mann in einem Schnee-Tarnanzug auf sie zulief.

Einer der Agenten von MIDNIGHT? Hatte Jake sie schließlich doch noch gefunden? Doch wer auch immer sich dort näherte, wäre im Bruchteil einer Sekunde tot, falls der Schläger neben ihr sich aufrichtete und umdrehte. Sie musste ihren Bewacher ablenken.

„Ich … ich glaube, ich habe mir den Knöchel verstaucht“, stieß sie aus.

Der Mann sah sie abweisend an. „Sehe ich so aus, als ob mich das kümmert? Steh auf und geh, oder ich werde dich ziehen.“

Leigh tat so, als ob ihr das Aufstehen schwerfiele. Der Gedanke an nahende Rettung machte sie fast schwindlig vor Hoffnung. Doch die Situation konnte noch immer jeden Moment explodieren und zu einem Gewaltausbruch führen.

Als der Kerl ihr Haar packte, um sie nach oben zu ziehen, schrie sie auf vor Schmerz. „Ich sagte, steh auf!“

Sie rappelte sich taumelnd auf. Der Mann grub seine Finger in ihren Arm und zwang sie vorwärtszugehen.

„Ich glaube, ich werde gleich ohnmächtig“, sagte sie.

Doch ihre Worte kamen zu spät. Er sah bereits über die Schulter und spähte in den dichten Schneefall. Prompt erblickte er die Person, die sich näherte, und erstarrte.

Er ließ sich auf ein Knie nieder, nahm das Gewehr in Anschlag und zielte. Leigh tat das Einzige, was ihr übrig blieb, und rammte ihn mit der Schulter. Ein Schuss erschütterte die Stille.

„Miststück!“, stieß er wütend hervor, während er mit dem Gewehr nach ihr schlug, sodass sie rückwärts im Schnee landete.

Wie in Zeitlupe sah sie den Mann erneut das Gewehr anlegen und auf den Schatten in der Ferne zielen.

„Nein!“, kreischte sie und rappelte sich mühsam hoch.

Ein Schuss zerriss die Luft, und der Schläger griff sich an die Brust. Sein Mund öffnete und schloss sich lautlos, das Gewehr fiel zu Boden. Blut sickerte zwischen seinen Fingern hindurch. Dann fiel er vornüber …

Da sie nicht sicher sein konnte, wer die Person in der Ferne war, rannte Leigh blindlings schluchzend und keuchend durch den Schnee. Dann legte sich eine Hand über ihren Mund, und sie wurde zu Boden gerissen. Sie bereitete sich darauf vor, mit dem Kopf auf das Eis zu knallen, da ihre Hände gefesselt waren. Doch in letzter Sekunde drehte sich ihr Angreifer um, sodass sie auf ihm landete.

„Ruhig, Liebes. Ich bin es, Jake. Du bist in Sicherheit.“

Die Erleichterung durchflutete sie mit einer solchen Wucht, dass sie nicht sprechen konnte. Nicht denken konnte. Sie spürte nur seinen Körper, der sich fest und schwer anfühlte und Sicherheit versprach. Dann erinnerte sie sich, dass Rasmussen und mindestens zwei weitere Männer auf sie warteten. Dass sie vorhatten, sie zu töten. Wenn sie und Jake überleben wollten, mussten sie jetzt schnell handeln.

19. KAPITEL

Jake hatte sich nie für einen gefühlsbetonten Menschen gehalten. Doch selbst nachdem er sich versichert hatte, dass Leigh nicht verletzt war, konnte er nicht aufhören, sie zu berühren.

Sie wollte etwas sagen, doch er küsste sie. Kein begehrender Kuss, doch ein Kuss, der etwas viel Tieferes, viel Grundsätzlicheres sagte.

„Wir müssen Rasmussen aufhalten", keuchte sie.

„Ich muss dich in Sicherheit bringen", sagte er. „Das ist alles, was zählt."

Er nahm ihren Arm und führte sie dorthin zurück, wo Rasmussens Schläger lag. Er durchsuchte die Taschen des Mannes. Als er den Schlüssel für die Handschellen gefunden hatte, löste er ihre Handfesseln.

Kaum hatte sie eine Hand befreit, wirbelte sie herum und schlang die Arme um ihn. Mehrere emotionale Minuten lang tat er nichts anderes, als sie zu halten, sie zu streicheln und ihren Namen zu flüstern.

„Er hat dich nicht verletzt?", fragte Jake.

„Nein." Sie biss sich auf die Lippen. „Was ist mit Madrid?"

Jake verzog das Gesicht. „Er ist außer Gefecht. Ein Rettungshubschrauber ist unterwegs." Wenn das Wetter hält, dachte er.

„Lass uns gehen." Vorsichtig führte er sie in Richtung der Hütte, doch sie blieb stehen und weigerte sich, weiterzugehen.

„Nein.“ Sie schüttelte seinen Arm ab und wandte sich ihm zu. „Wir können ihn nicht davonkommen lassen.“

„Rasmussen ist mir egal“, sagte Jake. „Alles, was mich interessiert, bist du.“ Er wünschte nur, er hätte diese Worte schon vor sechs Jahren gesagt.

Sie drängte die aufsteigenden Tränen zurück. „Jake, wir müssen ihn aufhalten. Wir können ihn mit dem, was er getan hat, nicht davonkommen lassen.“

„Ich werde nicht riskieren, dass du verletzt wirst.“

„Ich bin deine einzige Chance, ihn aufzuhalten.“ Sie deutete auf die dunstige weiße Weite des Sees. „Er ist dort draußen und wartet darauf, dass sein Schläger mich zurückbringt. Ein Hubschrauber wartete dort. Er wird mich umbringen und dann außer Landes fliehen.“

„Nein“, sagte er.

Sie blickte ihn eindringlich an. „Jake, wir müssen das hier tun.“

„Ich habe das vor sechs Jahren getan und habe es seitdem immer bereut!“

„Du hast damals das Richtige getan!“, schrie sie zurück.

Jake konnte kaum glauben, was er da hörte. Konnte kaum glauben, was er *fühlte*. Er hatte sich selbst niemals vergeben, dass er sie vor sechs Jahren nicht aufgehalten hatte. Und nun wollte sie die gleiche Sache ein weiteres Mal tun. Nur dass sie diesmal genau wusste, dass Rasmussen vorhatte, sie umzubringen.

„Wenn wir das jetzt nicht tun, werden wir damit unsere

Zukunft von Rasmussen bestimmen lassen. Lass mich dir eins sagen, Jake: Genau das werde ich auf keinen Fall tun. Ich habe es satt, alle sechs Monate umzuziehen. Habe es satt, dass ich nirgendwo lange genug wohne, um Freunde zu finden."

„Wir haben einander." Doch er wusste, dass dies ein schwacher Einwand war.

„Er wird deine Familie verfolgen", sagte sie. „Deine Kollegen von MIDNIGHT."

Jake dachte an Madrid, und Zorn stieg in ihm auf. Es gefiel ihm nicht, doch sie hatte recht. „Okay", stieß er aus. „Wir machen es – aber nach meinem Plan."

Jake zog den Trenchcoat und die Skimaske des toten Schlägers über. Er steckte seine eigene Pistole in die Tasche und nahm die Schrotflinte des Mannes. Die Handschellen legte er locker um Leighs Handgelenke, ließ sie aber nicht einrasten. Es gefiel ihm nicht, dass ihre Hände gefesselt waren, doch wenn sie diese Sache durchziehen wollten, musste es glaubhaft aussehen.

Er fand eine zweite Pistole im Stiefel des Mannes und steckte sie in Leighs Jackentasche. „Falls irgendwas passiert, kannst du an den Handschellen ziehen. Die linke ist lose. Die rechte ist fest am Handgelenk."

Als sie nickte, wurde er plötzlich von Zweifeln erfasst und hätte die ganze Idee am liebsten vergessen. Der Plan war unglaublich gefährlich. Zu gefährlich. Er konnte den Gedanken nicht ertragen, dass ihr etwas zustieß. „Ich möchte, dass du erst schießt und dann Fragen stellst. Hast du das verstanden?"

Obwohl verängstigt und völlig zerzaust, war sie atemberaubend schön. Doch Furcht verdunkelte ihre Augen. Eine Furcht, von der er wünschte, sie hätte sie niemals fühlen müssen.

„Ich krieg das hin."

Er glaubte nicht, dass sie das tat. Herrje, er wurde kaum damit fertig, und schließlich war er ein ausgebildeter Agent. „Du bist dieser Sache nicht gewachsen, Leigh."

„Du auch nicht."

Er war nicht sicher, ob sie den verrückten Plan meinte, den sie durchziehen wollten, oder aber seine Gefühle für sie. Er nahm an, dass sie in beiden Fällen recht hatte.

Jake sah sich um und fragte sich, wo Rick Monteith blieb. Selbst der erfahrenste Outdoor-Spezialist konnte bei einem solch dichten Schneetreiben in Schwierigkeiten geraten. Wenn man dann noch einen Verrückten mit einem Gewehr und panzerbrechender Munition hinzufügte, war es möglich, dass Monteith sie niemals finden würde.

Er holte sein Handy aus der Tasche und tippte Monteiths Kurzwahl ein. Der andere nahm beim ersten Klingeln ab.

„Wo zum Teufel bist du?", fragte Monteith.

„Auf dem See. Und du?"

„Ich habe Madrids SOS erhalten. Ich bin bei ihm. Der Hubschrauber verspätet sich wegen dieses verdammten Schnees."

„Wie geht es ihm?“

Ein kurzes Schweigen. „Nicht gut“, sagte Rick leise. „Er hat nicht mehr viel Zeit.“

Alle MIDNIGHT-Agenten hatten eine Ausbildung zum Rettungssanitäter absolviert. Doch ein Rettungssanitäter konnte vor Ort nur bedingt helfen. Madrid brauchte einen Arzt. Er brauchte Medikamente, vielleicht sogar eine Bluttransfusion. Später würde man ihn sicher operieren müssen, um die Kugel zu entfernen.

„Bleib bei ihm. Ich kümmere mich um Rasmussen.“

„Verdammt noch mal, Jake. Ein Team ist auf dem Weg. Überlass das ihnen.“

„Er hat einen startbereiten Hubschrauber auf Eis stehen. Wenn wir warten, wird er uns entkommen.“

„Er wäre verrückt, bei diesem Wetter fliegen zu wollen.“

Einen Moment lang sagten beide kein Wort. Jake ging davon aus, dass sie beide wussten, wie verrückt Rasmussen war. „Ruf mich an, wenn du von Cutter hörst“, sagte er.

„Sei vorsichtig, Partner.“

„Versteht sich von selbst“, erwiderte Jake und beendete das Gespräch.

Leigh stand direkt neben ihm, das Gesicht angespannt vor Sorge. „Wie geht es Mike?“

Er erwog, dic Sache zu beschönigen, entschied sich aber, ihr die Wahrheit zu sagen. „Es steht schlecht um ihn.“

Sie schlug die Hand vor den Mund. „Wird er es schaffen?“

„Ich weiß es nicht, Leigh. Ich kann nur sagen, dass er

jung und stark ist. Rick ist Rettungssanitäter, und Cutter wird sein Bestes geben, um ein Team hierher zu bringen." Er blickte hinauf in den Himmel, aus dem es weiterhin in großen Flocken schneite. Er wusste, dass so etwas wie das Wetter Cutter nicht davon abhalten konnte, einem verletzten Agenten zu Hilfe zu eilen.

„Wir müssen los", sagte er. „Und so werden wir das Ganze durchführen: Rasmussen und die anderen beiden Männer werden glauben, dass ich ihr dritter Mann bin. Wegen der Skimaske wird niemand erkennen, wer ich wirklich bin. Ich werde so tun, als ob ich dich zurückbringe, dich aber in einer gewissen Entfernung von ihnen zu Boden stoßen. Sobald ich die Gelegenheit habe, schalte ich entweder Rasmussen oder seinen Schläger aus. Wenn der Pilot zu flüchten versucht, schieße ich auch auf ihn. Tarnung ist der Schlüssel, Leigh. Ich muss ihnen nahe kommen, ohne dass sie erkennen, wer ich bin. Das gibt mir einen wichtigen Vorteil."

Sie nickte. Ihre Miene drückte Entschlossenheit aus. Doch Jake sah, dass sie zitterte. Wenn sie ihre Kiefer nicht so fest zusammenpressen würde, würde sie mit den Zähnen klappern, dessen war Jake sich sicher.

„Also los", sagte er.

Er nahm ihre Hand, und sie stapften in die wirbelnde weiße Leere vor sich.

Rasmussen stand mit dem Rücken dem heftigen Nordwind entgegen auf dem Eis und versuchte angestrengt, in dem dichten Schneegestöber etwas zu erkennen. „Wo zum Teufel sind sie?“, fragte er.

Derrick LeValley schüttelte den Kopf. „Bei diesem Unwetter verliert man leicht die Orientierung. Wir sollten ihm noch ein paar Minuten geben.“

„Ich sollte ihm eine Kugel in den Kopf jagen dafür, dass er mich so lange warten lässt.“

„Heben Sie sich die Kugel für die Frau auf“, sagte LeValley.

„Ich bedauere nur, dass Vanderpol nicht hier sein wird, um sie sterben zu sehen.“ Rasmussen überprüfte die Sicherung an seiner Pistole und schritt zum Hubschrauber. „Sind Sie in der Lage, uns hier rauszubringen?“

Der Pilot schnippte seinen Zigarettenstummel in den Schnee. „Nördlich von hier ist alles klar. Die Wetterfront, die den Schnee bringt, zieht einfach durch. Es sieht schlimmer aus, als es ist.“

„Hervorragend. Halten Sie sich bereit zum Start.“

„Mr Rasmussen!“

Er sah zu LeValley, der auf zwei Figuren in der Ferne deutete. „Dort sind sie.“

Rasmussen blinzelte, um etwas zu erkennen. Tatsächlich waren sein langjähriger Helfer und Kelsey noch etwa hundert Meter entfernt und näherten sich langsam. Eifersucht und Bitterkeit brannten in ihm, als er sie beobachtete. Kelsey war die einzige Frau, die er je geliebt hatte. Doch sie hatte ihn verraten, und nun blieb ihm nichts anderes übrig, als sie zu töten. Er bedauerte nur, dass Vanderpol nicht dabei sein konnte. Doch wenn Vanderpol in sie verliebt war, würde er noch reichlich leiden, wenn er von ihrem Tod erfuhr. Und in ein paar Monaten, wenn Rasmussen sich in einem anderen Land eingerichtet hatte, konnte er jederzeit jemanden zurückschicken, um den Agenten endgültig auszuschalten …

Er nahm seine Pistole aus der Manteltasche, zog den Schlitten zurück und lud eine Kugel in die Kammer.

„Holen Sie die Kette“, wies er LeValley an und ging in Richtung der zwei Personen. „Bringen wir diese hässliche Geschichte hinter uns.“

Jake spürte, dass Leigh immer stärker zitterte, je mehr sie sich Rasmussen näherten. Er spürte, wie seine Nerven zuckten, als er die Pistole in der Hand des anderen bemerkte.

„Was zum Teufel hat dich so lange aufgehalten“, wollte Rasmussen wissen.

„Ich habe im Schnee die Orientierung verloren“, sagte Jake mit gedämpfter Stimme.

Rasmussen sah Leigh an. „Sieht so aus, als sei dein Liebster dieses Mal nicht gekommen, um dich zu retten.“

LeValley näherte sich ihnen mit der langen schweren Kette. „Wir haben nicht viel Zeit, Mr Rasmussen.“

Eine ganze Minute lang blickte Rasmussen Leigh unverwandt an. Mit einer Grimasse ergriff er ihren Arm. „Komm mit mir“, sagte er.

Sie loszulassen war das Schwerste, was Jake je in seinem

Leben hatte tun müssen. Doch er brauchte ein besseres Gefühl für die Situation, bevor er seinen nächsten Schritt plante. Er musste wissen, mit wie vielen Männern er es zu tun hatte. Wie schwer sie bewaffnet waren. Er musste wissen, wo der Hubschrauberpilot war.

Er knirschte vor Wut mit den Zähnen, als Rasmussen Leigh vor sich her schubste. Es erforderte seine gesamte Selbstbeherrschung, dem Mann nicht zu folgen und ihn mit bloßen Händen zu erschlagen. Doch er riss sich zusammen, auch wenn es ihm schwerfiel. Er musste sich konzentrieren, musste einen Überblick über die Situation gewinnen und erfahren, mit wem sie es alles zu tun hatten.

Im günstigsten Fall stand es drei gegen zwei. Jake mochte ein bestens ausgebildeter Agent sein, doch Leigh war es nicht. An der Art, wie Rasmussen sie ansah, erkannte er, dass dieser gleich durchdrehen würde. Jake nahm an, dass er noch zwei oder drei Minuten hatte, bevor hier die Hölle losbrach.

Der Hubschrauber stand fünfzig Meter entfernt. Der Motor lief, und die Rotorblätter schnitten durch den fallenden Schnee. Der Pilot saß bereits auf seinem Platz. Hinter Jake brachten Rasmussen und der Mann, den Jake als den abtrünnigen U. S.-Marshal Derrick LeValley identifiziert hatte, Leigh zu dem Eisloch.

In dem Wissen, dass er nur wenige Sekunden zum Handeln hatte, ging Jake zum Hubschrauber und öffnete die Einstiegstür. Er erhaschte einen Blick auf das Gesicht des Piloten. Auf dem Sitz neben ihm lag eine Pistole.

„Hast du mal eine Zigarette?“, fragte Jake und stieg auf die Fußstütze.

Der Mann griff in seine Tasche. Im selben Moment versetzte Jake ihm einen krachenden Faustschlag gegen die Stirn. Danach einen raschen Kinnhaken gegen seinen Kiefer. Der Pilot riss die Hände nach oben, um sein Gesicht zu schützen. Mit einem heftigen Schlag in den Solarplexus gab Jake ihm den Rest. Der Mann sank bewusstlos im Sitz zusammen.

Jake kletterte in den Hubschrauber. Er fand einige Spanngurte zum Sichern von Ladung. Damit fesselte er dem Piloten die Hände hinter den Rücken und hievte den Mann anschließend auf die Rückbank.

„Süße Träume“, sagte Jake und stieg aus dem Hubschrauber.

20. KAPITEL

Furcht und Entsetzen krochen in ihr hoch, als Leigh kaum mehr als einen Meter neben dem Eisloch stand. Auch das Wissen darum, dass sie die Handschellen lösen konnte, reichte nicht aus, um den Schrecken einzudämmen. Es gab einfach zu viele Dinge, die schiefgehen konnten.

Still stand sie da, während Rasmussen ihr die schwere Kette über die Schultern legte und um ihren Körper wickelte. Sie war unglaublich schwer. Wenn er sie damit in das Eisloch stieß und sie unterging, hätte sie nicht die geringste Chance …

Ihr ganzer Körper bebte vor Entsetzen. Sie hatte Jake in dem dichten Schneegestöber aus den Augen verloren und konnte nur vermuten, dass er zum Hubschrauber gegangen war. Sie fragte sich, wann er eingreifen würde.

„Es tut mir leid, dass es so weit kommen musste, mein Liebling."

Wenn sie nicht so verängstigt gewesen wäre, hätte Leigh gelacht. Sie wusste, dass er verrückt genug war, um das Gesagte tatsächlich so zu meinen. „Bitte, tu das nicht", presste sie hervor.

„Du hast mich verraten. Mich gedemütigt."

„Ich hatte Angst", antwortete sie in dem Versuch, Zeit zu schinden.

„Wegen dir habe ich sechs Jahre meines Lebens verloren. Sechs Jahren, in denen man mich behandelt hat wie ein Tier. Wenn ich das hier nicht tue, würde ich mein Gesicht verlieren." Er zuckte mit den Schultern. „Du hast mir keine Wahl gelassen."

Leighs Herz hämmerte wie ein Presslufthammer.

„Ich habe dich geliebt", sagte er.

Sie konnte nicht sprechen. Ihr Atem entrang sich in einem abgehackten Keuchen. Sie stellte sich den Kälteschock durch das eisige Wasser vor. Den schwarzen Abgrund, der sich unter ihr auftun würde.

„Ein letzter Kuss zum Abschied, und ich muss gehen." Ohne seinen Blick auch nur für eine Sekunde abzuwenden, beugte er sich zu ihr.

Leigh bereitete sich innerlich auf das ekelerregende Gefühl seines Mundes auf dem ihren vor. Die ganze Zeit musste sie dabei an das nur einen Meter entfernte Eisloch denken. Daran, wie leicht er sie hineinschubsen konnte.

Jake, wo bist du?

Sie schloss die Augen, als Rasmussen sie demonstrativ küsste, doch sie ertrug seine Berührung.

„Keine Bewegung!"

Überrascht sprang Rasmussen zur Seite. „Erschieß ihn!", rief er LeValley zu.

Leigh blickte auf und sah Jake nur wenige Meter entfernt stehen. Er hatte die Pistole auf LeValley gerichtet. Das Gewehr in seiner anderen Hand zeigte auf Rasmussen. „Eine Bewegung, und ich schieße euch eine Kugel zwischen die Augen." Er sah Leigh an. „Bist du in Ordnung?"

„Es geht mir gut“, erwiderte sie.

Er sah zu den beiden Männern. „Lasst die Waffen fallen“, sagte er drohend.

„Ich hoffe, du hast gestern Abend gebetet, Vanderpol, denn du wirst das hier nicht überleben“, spuckte Rasmussen ihm entgegen.

„Ich lass es drauf ankommen.“ Jake lud die Pumpgun durch und zielte damit auf die Brust des anderen Mannes. „Nimm die Hände hoch, oder ich blase dir ein Loch in den Körper.“

Rasmussen und LeValley nahmen gleichzeitig die Hände hoch.

Jakes Blick wanderte kurz zu Leigh. „Mach die Handschellen ab und nimm die Pistole. Wenn LeValley auch nur die geringste Bewegung macht, möchte ich, dass du ihn erschießt.“

Das brauchte er ihr nicht zweimal zu sagen. Sie befreite sich von den Handschellen. Als sie begann, die Kette um ihre Schultern zu lösen, wurden ihre Knie ganz weich vor Erleichterung.

Die Kette fiel von ihrer linken Schulter, blieb aber an ihrer Hüfte hängen. Mit beiden Händen versuchte sie, das schwere Ding hinunterzuziehen. Ein schrecklicher gutturaler Schrei erklang. Sie blickte auf und sah, wie Rasmussen sich mit wutverzerrtem Antlitz auf sie stürzte.

„Du Hure!“, kreischte er. „Wie kannst du es wagen, mich erneut zu verraten!“

Er bewegte sich so rasch, dass Leigh keine Zeit blieb,

ihm auszuweichen. In dem einen Moment war sie noch dabei gewesen, sich von der Kette zu befreien. Im nächsten stieß er sie mit den Händen, sodass sie nach hinten taumelte. Sie drehte sich dabei zur Seite, um dem Eisloch auszuweichen, doch das eine Ende der Kette fiel dabei ins Wasser und riss sie von den Füßen.

„Jake!", schrie sie, als sie in das Loch stürzte und die Kette sie unter Wasser zog.

Blankes Entsetzen erfasste Jake, als er Leigh in das eisige Wasser eintauchen sah. Sie war noch immer in der Kette verfangen. Als Rettungssanitäter wusste er, dass Unterkühlung einen Menschen innerhalb weniger Minuten bewusstlos werden ließ. Der Drang, zu ihr zu laufen und sie aus dem Wasser zu ziehen, war fast übermächtig. Doch er wusste, dass die anderen beiden Männer sie wie Hunde abknallen würden, wenn er das tat.

Aus den Augenwinkeln sah Jake, wie LeValley nach dem Gewehr griff, das er in den Schnee geworfen hatte. Jake hob seine Pistole und feuerte zwei Mal rasch hintereinander. LeValley hielt sich den Bauch und fiel aufs Eis. Jake wirbelte herum und sah sich Rasmussen gegenüber, der mit der Pistole auf ihn zielte. Ein Schuss knallte, und ein brennender Schmerz schien seine rechte Schulter zu zerreißen. Jake sah Blut auf seinem Mantel. Blut im Schnee. Sein rechter Arm hing nutzlos an ihm herab.

„Sie gehört mir, Vanderpol! Sie gehörte mir, bevor du sie hattest!"

Benommen vor Schmerz sah Jake zu, wie Rasmussen rückwärts Richtung Hubschrauber ging. Er spürte seinen rechten Arm nicht mehr und sah nur, wie das Blut von seinen Fingerspitzen in den Schnee tropfte. Verdammt, dachte er und fragte sich, ob ihm der Schuss mit links gelingen würde.

„Jake. *Jake!*"

Leighs Schreie zerrissen ihn fast. Ihre Stimme wurde bereits schwächer, die Kälte zehrte an ihrer Lebensenergie. Aus den Augenwinkeln sah er, wie sie sich am Eisrand festhielt. *Halte durch, Baby.*

Mit wildem Blick erhob Rasmussen die Schrotflinte und zielte auf Jake. „Jetzt wirst du zuschauen, wie sie stirbt."

Jake griff nach der Pistole, die ihm aus der Hand gefallen war. Sie fühlte sich merkwürdig an in seiner linken Hand. Rasmussen feuerte. Nur wenige Zentimeter vor Jakes Beinen spritzte Eis auf. Jake erwiderte das Feuer. Der erste Schuss ging daneben. Der zweite traf Rasmussen in den Oberschenkel. Der Waffenhändler ging in die Knie. Ein weiterer Schuss ertönte. Jake stöhnte auf, als die Kugel seine Seite streifte. Er zielte und feuerte drei Mal. Rasmussen fiel vornüber auf das Eis.

Jake ging auf Knie und Hände und krabbelte zu dem Eisloch. „Halt durch, Baby. Ich bin da."

„J...Jake. D...du b...blutest."

Ihr Gesicht war leichenblass, ihre Lippen schimmerten blau vor Kälte. Mit den behandschuhten Händen klammerte sie sich an den Eisrand. Er war in schlechter Verfassung, doch auch wenn es das Letzte sein sollte, was er tat, er würde sie aus dem Wasser holen.

Die Zähne vor Schmerz zusammengebissen, ergriff er ihre Hand. „Ich möchte, dass du deinen Fuß hebst und an die Kante des Eises setzt, damit ich dich hochziehen kann."

An der Art, wie sie sich bewegte, erkannte er, dass die Unterkühlung bereits eingesetzt hatte. Wie in Zeitlupe beugte sie sich zurück. Sie verzog das Gesicht vor Anstrengung, doch ihr Fuß tauchte nicht aus dem Wasser auf.

„Komm, Liebes. Hilf mir. Stemm deinen Fuß gegen das Eis, damit ich dich herausziehen kann." Er spürte, wie das warme Blut seinen Bauch hinunterlief, und betete, dass er lange genug bei Bewusstsein blieb, um sie aus dem Wasser zu ziehen.

„K…kette", flüsterte sie.

Jake zögerte nicht und tauchte mit der linken Hand in das Wasser. Die Kette war noch immer um sie gewickelt und zog sie nach unten. Er ergriff sie und zog verzweifelt daran, um sie von ihrem Körper zu lösen.

„K…kann n…nicht m…ehr h…halten", sagte sie.

Benommenheit erfasste ihn, und einen schrecklichen Moment lang glaubte Jake, dass er gleich ohnmächtig wurde. „Verdammt noch mal, Leigh, dich zu verlieren ist nicht drin."

„H…halt … m…mich n…nur."

Ihre Stimme war so schwach, dass er die Worte kaum verstehen konnte. Er lag auf dem Bauch und hielt sie mit beiden Armen. Er konnte nicht glauben, dass es nach allem, was sie durchgemacht hatten, so zu Ende gehen sollte. Dass sie sterben würde, weil er zu schwach war, sie aus dem Wasser zu ziehen. Welch eine Ironie des Schicksals. Sie waren so verdammt nah dran gewesen, hatten es beinahe geschafft …

Ein Brummen legte sich über alle anderen Geräusche. Jake schüttelte den Kopf, weil er es darauf zurückführte, dass die Bewusstlosigkeit ihn zu übermannen drohte. Zumindest würden sie zusammen sterben …

Er hielt seinen Mund dicht an ihr Ohr. „Ich liebe dich", flüsterte er und presste seine Lippen auf ihren Hals. „Ich habe dich immer geliebt."

„Vanderpol! Ach, du heilige Scheiße!"

Der Klang von Rick Monteiths Stimme riss ihn aus seiner Benommenheit. Schritte polterten auf dem Eis hinter ihm. Er hob den Kopf und sah Rick auf sich zukommen.

„Gerade noch rechtzeitig", stieß Jake hervor.

„Du kannst mich später ja verklagen."

Starke Arme ergriffen seine Schultern und zogen ihn zurück. „Ich kann … sie … nicht zurücklassen."

Doch Rick war bereits dabei, Leigh aus dem Eisloch zu ziehen. Kaum hatte er sie auf das schneebedeckte Eis gelegt, zog er seinen Parka aus, um ihn über sie zu legen.

„Ich habe dich", sagt er. „Es wird alles gut werden." Er blickte zu Jake. „Um Himmels willen, Jake, du blutest ja alles voll."

„Ist nicht so, dass ich eine Wahl hätte."

Rick stand auf. „Bleib bei ihr. Ein Hubschrauber ist auf dem Weg. Ich habe Wärmekissen im Schneemobil."

Jake war bereits zu Leigh hinübergekrochen, die bewegungslos im Schnee lag. Ihr Gesicht war weiß, ihre Lippen zeigten ein dunkles Blau.

„Leigh", sagte er. „Komm, Liebes, wach auf. Sprich mit mir."

Ihre Lider flatterten, sie öffnete die Augen. „Du … hast mir … das Leben gerettet."

„Na ja, ich hatte ein bisschen Hilfe."

Ein winziges Lächeln spielte um ihren Mund. „Habe ich das geträumt, dass du gesagt hast, dass du mich liebst?"

„Das war kein Traum."

„Ich schätze, das ist ein guter Zeitpunkt, um zu gestehen, dass ich dich auch liebe."

Ihre Augen drohten wieder zuzufallen, doch er schüttelte sie. „Leigh, verdammt, halt durch. Bitte, Liebes. Ich brauche dich. Ein Hubschrauber ist unterwegs."

„… dich immer … geliebt", hauchte sie.

Rick kehrte zurück und kniete sich neben Leigh. „Du wirst sie loslassen müssen, Partner. Lass mich diese Wärmekissen auf ihren Bauch legen, und danach sehe ich mir deine Schusswunden an."

Zu schwach für Widerspruch, rollte Jake sich auf den Rücken und sah in den Himmel hinauf. Überall wirbelten Schneeflocken durch die Luft. Er fühlte Leighs Hand kalt und leblos in der seinen. *Bitte, lass sie nicht sterben!*

Schläfrigkeit überkam ihn und zog ihn an einen Ort,

wo es dunkel und warm und sicher war. Er glaubte, einen Hubschrauber über sich in der Luft zu sehen, doch er hörte keinen Motor und nahm an, dass er halluzinierte.

Dann umfing ihn Dunkelheit. Wärme durchströmte seinen Körper. Er griff Leighs Hand noch fester. Ich liebe dich, dachte er.

Doch das reichte nicht, um die Dunkelheit abzuwehren.

21. KAPITEL

Ihre Hand fühlte sich warm und unglaublich weich an in der seinen. Obwohl er benommen war von den Medikamenten und noch immer Schmerzen hatte, spürte er das Verlangen, das in ihm aufstieg. Er wollte sie küssen und niemals damit aufhören, doch da er dafür vermutlich noch nicht wieder genug bei Kräften war, begnügte er sich damit, ihre Hand zu drücken. „Was für ein erfreulicher Anblick."

Sie beugte sich vor und küsste ihn auf die Stirn. „Du ebenfalls."

Er blinzelte mehrmals, um die Schleier vor seinen Augen zu vertreiben. Als er sich im Raum umsah, erblickte er Rick Monteith. „Was ist mit Rasmussen?"

Monteith schüttelte den Kopf. *Tot.* Jake verspürte nichts außer Erleichterung. Er rief sich die letzten fünf Minuten auf dem zugefrorenen See ins Gedächtnis. Leigh im Wasser und er, wie er um ihr Leben kämpfte. Er erinnerte sich, dass Rasmussen auf ihn geschossen hatte. Und er glaubte sich an einen Hubschrauber zu erinnern.

„Was ist passiert?", fragte er.

Monteith und Leigh sahen einander an. „Rasmussen hat dir in die Schulter geschossen", sagte Rick. „Und sie damit ausgekugelt. Eine Arterie wurde verletzt. Du hast viel Blut verloren und bist ohnmächtig geworden. Als der Hubschrauber eintraf, hattest du kaum noch Pulsschlag."

Leigh drückte seine Hand. In ihren Augen glitzerten Tränen. „Du hast mich nie losgelassen, Jake. Selbst als du bewusstlos warst, hast du dich geweigert, mich loszulassen. Rick musste deine Hand gewaltsam von mir lösen."

Jake wusste nicht genau, warum ihm das peinlich war. Vielleicht weil Rick danebenstand und er niemals gut darin gewesen war, seine Gefühle zu zeigen. Erst recht, wenn es um die Frau ging, die er mehr liebte als sein Leben. „Tja, na ja, ich wollte verhindern, dass Monteith mir mein Mädchen stiehlt."

„Kann alles passieren, wenn du deinen Hintern nicht wieder aus diesem Bett schwingst, Vanderpol." Rick wackelte mit den Augenbrauen wie Groucho Marx.

Leigh schlug scherzhaft mit der Faust gegen Ricks Schulter.

„Wie geht es Madrid?", fragte Jake.

„Er liegt im Zimmer nebenan", erklärte Rick. „Eine hässliche Schusswunde im Bauch. Er musste operiert werden, und eine Zeit lang sah es brenzlig aus. Aber er wird wieder gesund."

Jake verzog das Gesicht. „Diese verdammte panzerbrechende Munition ist echt teuflisch."

„Hab nicht zu viel Mitleid mit ihm", sagte Rick. „Er will dir noch eins überziehen, weil du ihn für einen Verräter gehalten hast."

„Nun, da wird er sich wohl hinten anstellen müssen", sagte Jake, der dabei an seinen Boss dachte. „Ich bin sicher, dass Cutter mich als Erster in die Finger bekommen möchte."

„Er hat in den letzten Tagen einige Male nach dir gesehen. Niemand weiß genau, ob er dich wach sehen will, weil er sich Sorgen macht oder weil er dir einen gehörigen Anschiss verpassen will."

„Er ist wahrscheinlich ziemlich ausgerastet, oder?"

„Darauf kannst du wetten."

Die Tür öffnete sich. Jake blickte an Leigh und Monteith vorbei und sah, wie Sean Cutter hereinkam.

„Wer ist ausgerastet?"

Rick murmelte einen unterdrückten Fluch.

Cutters Blick wanderte zu Jake und blieb dort hängen. „Verschwinden Sie, Monteith. Vanderpol und ich haben etwas Dienstliches zu besprechen."

Als Monteith an Cutter vorbeiging, nickte er ihm kurz zu. Cutter ging zum Bett, wobei er Leigh kaum Beachtung schenkte.

„Ich sollte vermutlich auch gehen", sagte sie.

Doch Jake ließ ihre Hand nicht los. „Was auch immer er sagt, kannst du ruhig hören."

„Mir macht es nichts aus, Sie in Anwesenheit einer Zivilistin runterzuputzen", sagte Cutter unverblümt.

„Dann tun Sie das", gab Jake zurück, der allerdings trotzdem nervös war. Seine Arbeit bei der MIDNIGHT Agency bedeutete ihm nahezu alles. Er erkannte am Ausdruck in Cutters Augen, dass dieser ihn feuern würde. Jake hatte in den letzten paar Tagen gegen zu viele Regeln verstoßen. Doch mit Leighs Hand in der seinen wusste er, dass er es alles noch einmal genau so tun würde, um ihr Leben zu retten.

Er liebte sie. Mehr als seinen Job. Mehr als sein Leben. Was auch immer in den nächsten Minuten geschah, spielte bei diesem Stand der Dinge keine entscheidende Rolle. Sie war alles, was er brauchte, um glücklich zu sein in seinem Leben.

Cutter starrte Jake finster an. „Sie haben einen klaren Befehl missachtet."

„Mehrere", murmelte Jake und wappnete sich innerlich für den Rausschmiss. Er sagte sich, dass er jederzeit bei einem Sicherheitsdienst anheuern konnte, bis er etwas gefunden hatte, mit dem er zufrieden war.

„Ihretwegen wäre beinahe einer meiner Männer getötet worden. Sie haben einen Wagen gestohlen. Sie haben Ihre Stellung in meiner Behörde benutzt, um Ihre persönlichen Ziele zu verfolgen."

Leigh streckte das Kinn vor. „Bei allem gebotenen Respekt, dieses Ziel bestand darin, mein Leben zu retten."

Jake drückte ihre Hand. „Bitte ..."

Cutter starrte sie nur an. Jake rutschte unbehaglich in seinem Bett hin und her. Insgeheim war er stolz auf sie und wünschte, dass Cutter bald zum Ende seiner Standpauke kam.

„Sind Sie fertig?", fragte Cutter nach einer Pause.

Leigh blinzelte, als hätte sie begriffen, dass sie zu weit gegangen war. „Ja", erwiderte sie.

„Na dann." Cutter zog einen Umschlag aus seiner Jacke und überreichte ihn Jake. „Das ist für Sie."

Jake nahm den Umschlag, öffnete ihn und holte die innenliegende Karte heraus. Er erkannte den Stern auf der Karte wieder, wusste jedoch nicht so recht, was er bedeuten sollte. „Was ist das?“

„Ich habe Sie für den MIDNIGHT Star Award nominiert.“

Jake wusste nicht, was er sagen sollte. Wusste nicht, was er fühlen sollte. Nicht in einem Moment, in dem er auf etwas Schlimmes gefasst gewesen war und das genaue Gegenteil davon geschah. Der MIDNIGHT Star Award war die höchste Auszeichnung, die ein Agent von MIDNIGHT erhalten konnte.

„Die Verleihung ist in zwei Wochen“, sagte Cutter. „Im Ritz-Carlton in Washington. Kommen Sie nicht zu spät.“

„Ich werde dort sein“, hörte Jake sich sagen.

Cutter streckte ihm die Hand entgegen. „Ich stimme Ihren Methoden nicht immer zu, aber Sie haben gute Arbeit geleistet, Vanderpol.“

Jake nahm die dargebotene Hand und schüttelte sie. „Danke, Sir.“

Mit einem Nicken zu Leigh wandte Cutter sich ab und verließ das Krankenzimmer.

„Ist das gerade wirklich passiert?“, fragte Leigh.

Jake grinste sie an. „Falls sie nicht gerade Halluzinogene in meinen Körper pumpen, würde ich sagen, dass Cutter mich auf spektakuläre Art und Weise vom Haken gelassen hat.“

„Er weiß, dass du ein guter Agent bist.“

„Kluger Kerl."

Sie strich ihm über die Wange. „Du siehst glücklich aus."

„Es gibt nur eine Sache, die mich noch glücklicher machen würde."

„Ich glaube nicht, dass du in der Verfassung bist, um …"

Er lachte. „Heirate mich." Er hatte das gar nicht sagen wollen, doch nun, da die Worte heraus waren, konnte er sie nicht wieder zurücknehmen. Und wollte das auch nicht.

Röte stieg ihr in die Wangen.

„Wenn ich niederknien könnte, würde ich es tun", fügte er hinzu.

„Darauf werde ich zurückkommen." Sie schlug die bebende Hand vor den Mund. „Jake …"

„Ich liebe dich", sagte er. „Ich möchte den Rest meines Lebens mit dir verbringen. Ich möchte jeden Morgen mit dir aufwachen und jeden Abend mit dir einschlafen. Ich möchte dich glücklich machen."

Tränen glitzerten in ihren Augen, und einen schrecklichen Moment lang fürchtete er, dass sie Nein sagen würde. „Liebes, nicht weinen."

„Tue ich nicht." Sie blinzelte, und die Tränen liefen ihr die Wange hinunter.

Jake widersprach ihr nicht. „Falls dir das zu schnell geht …"

„Nein, tut es nicht. Ich habe sechs Jahre darauf gewartet."

„Und ich warte bereits mein ganzes Leben“, flüsterte er.

„Na, dann sollten wir besser keine weitere Zeit verlieren“, sagte sie.

Lächelnd streckte er seinen gesunden Arm aus und zog sie für einen langen Kuss an sich.

– ENDE –

Trevor Rivette wartete in Obduktionssaal drei im Keller des All Saints Hospital. In dem Gespräch, das gerade im Flur geführt wurde, ging es um ihn. Die Tür stand einen Spaltbreit offen. Er lauschte aufmerksam, während er den Blick durch den fensterlosen Raum schweifen ließ, in dem der scharfe Geruch eines Antiseptikums hing.

„Der FBI-Mann ist bei der Leiche. Er meint, er wäre gerade angekommen."

Der schwere Akzent gehörte zu Douglas Semer, Gerichtsmediziner im Orleans Parish, den Trevor kurz zuvor kennengelernt hatte. Semer war ein blasser älterer Mann mit dicken Brillengläsern, durch die er etwas eulenhaft wirkte. Er hatte Trevor bei dessen Ankunft mit leichtem Misstrauen begrüßt.

„Wie lange wartet er schon?", fragte der andere Mann.

„Eine halbe Stunde vielleicht."

Ein Dritter meldete sich zu Wort. Seine Stimme klang heiser, als hätte er sein ganzes Leben lang Zigaretten geraucht. „Hat er gesagt, warum sich die Leute vom FBI für unsere Leiche interessieren?"

„Nein. Ich habe ihm erklärt, ich müsse warten, bis das *NOPD* da wäre. Erst dann könne ich ihm meinen abschließenden Untersuchungsbericht geben." Semers Antwort hatte einen Unterton, als wollte er sagen: *Wir Jungs hier im Ort halten zusammen.*

Trevor blickte wieder auf den Obduktionstisch aus Edelstahl, auf dem der nackte Körper des Opfers lag. Die Lippen des Mädchens waren blau angelaufen und leicht geöffnet, das rötlich blonde Haar umrahmte das Gesicht. Eine Stütze aus Gummi war unter den Kopf geschoben worden, um den Leichnam für die Autopsie in die richtige Position zu bringen. Der Y-Schnitt, der an den Schultern des Mädchens ansetzte und dann ab dem Brustbein in einer Linie bis hinunter zum Schambein verlief, zeigte, dass Semer seine Arbeit beendet hatte.

Das Mädchen war höchstens sechzehn gewesen und damit wesentlich jünger als die anderen Opfer. Noch ein halbes Kind, weshalb dieser Tod erst recht sinnlos und brutal wirkte. Trevor stieß einen Seufzer aus und starrte auf den Schriftzug an der Wand des Obduktionssaals. Es war Latein, doch er übersetzte die Worte spielend.

Dies ist der Ort, an dem der Tod mit Freude lehrt.

Na ja. Wenn es um tote Frauen auf einem Stahltisch ging, hatte er das Gefühl, schon so viel gelernt zu haben, dass es für mehr als ein Leben reichte.

Die Tür zum Obduktionssaal schwang auf, und Semer trat ein. Ihm folgten die beiden Männer, mit denen er sich gerade im Flur unterhalten hatte.

„Detectives McGrath und Thibodeaux, das ist Agent Rivette vom FBI." Nachdem Semer sie einander vorgestellt hatte, machte Trevor einen Schritt nach vorn, um den Detectives die Hand zu reichen. Der erste, McGrath, war mittleren Alters und stämmig, mit beginnender Glatze und Schnurrbart. Sein Partner Thibodeaux war ein schlaksiger Afroamerikaner, dessen Haar an den Schläfen allmählich grau wurde. Wie Trevor trugen die beiden ihre Waffen in einem Holster am Gürtel.

McGrath warf einen vielsagenden Blick auf den Besucherausweis, der an Trevors Revers befestigt war. „Also, Special Agent Rivette, Semer sagt, Sie sind aus dem Norden. Heißt das, Sie kommen von der Außendienststelle in Mobile?“

Bei McGraths Scherz deutete Trevor ein Lächeln an. „Etwas nördlicher als Mobile, Alabama. Aus D. C., um genau zu sein. Ich bin von der *Violent Crimes Unit*, der Abteilung für Gewaltverbrechen.“

„VCU, hm? Nicht schlecht.“ McGraths Miene nach zu urteilen, beeindruckte ihn das allerdings nicht sonderlich.

Trevor fuhr fort: „Ich war auf dem Weg zu Ihrer Dienststelle, um einen Blick auf die Fotos vom Tatort zu werfen, aber ich wollte zuerst hier vorbeikommen und sehen, ob der Obduktionsbericht schon fertig ist.“

„Nur ein vorläufiger“, erklärte Semer. „Ich habe noch nichts schriftlich festgehalten, und die Ergebnisse der toxikologischen Untersuchung werden nicht vor morgen da sein ...“

„Rivette. Der Name klingt, als wären Sie aus der Gegend“, mischte sich Detective Thibodeaux ein. Er lehnte an der Front der in die Wand eingebauten Leichenkühlfächer und sah Trevor voller Interesse an. „Genealogie ist ein Hobby von mir. Wenn ich mich nicht irre, ist Ihr Nachname französisch, stimmt's?“

Trevor nickte leicht. „Ich habe Familie hier.“

Als er nicht weiter darauf einging, wandte Thibodeaux seine Aufmerksamkeit dem Leichnam zu. „Ist dieses Mädchen was Besonderes, Agent? Sie haben dafür einen weiten Weg zurückgelegt."

„Es geht nicht so sehr um das Opfer als vielmehr um die Art und Weise, wie die Kleine ermordet worden ist." Über dem Obduktionstisch hing ein Mikrofon, in das der Gerichtsmediziner seine Untersuchungsergebnisse diktierte. Trevor schob es beiseite, damit er sich über die Leiche beugen konnte, und zeigte auf die Wunde unter dem Unterkiefer des Mädchens. „Die Drosselvene und die Halsschlagader wurden mit einem einzigen Schnitt durchtrennt. Dieses Muster passt zu einer Mordserie, die in den letzten achtzehn Monaten in mehreren Städten des Landes verübt worden ist. Allen Opfern wurden die Hände mit einem Rosenkranz gefesselt. Laut ViCAP-Datenbank, in der wir alle Mordfälle erfassen, passt Ihr Opfer in dieses Raster."

McGrath tippte mit einem Kugelschreiber auf den Notizblock in seiner Hand. „Sie meinen also, wir haben einen Serienkiller in New Orleans?"

„Ich bezweifle, dass die Übereinstimmungen zufällig sind. Die Vorgehensweise ist viel zu ähnlich. Darum bin ich hierhergeflogen."

„Um unseren Fall zu übernehmen."

Trevor starrte auf einen offenen Schrank, in dem die Obduktionsinstrumente lagen – darunter ein Rippenspreizer und eine Knochensäge. Er war auf Widerstand vorbereitet. „Hören Sie, ich weiß, dass die hiesige Polizei und das FBI dafür bekannt sind, nicht gut miteinander auszukommen …"

„Wie Atheisten im Vatikan", murmelte Thibodeaux.

„Doch das muss nicht für diesen Fall hier gelten", betonte Trevor. „Mir ist es egal, wer für was die Lorbeeren einheimst – ich will diesen Kerl schnappen. Wir können diesen Mord gemeinsam bearbeiten und Informationen austauschen, oder wir arbeiten getrennt. Aber das hier ist New Orleans, und wenn ich einen Blick in die Kriminalitätsstatistik werfe, haben Sie *einige* Fälle, die noch aufgeklärt werden müssen."

Thibodeaux kniff argwöhnisch die Augen zusammen. „Also schwebt Ihnen ein Deal vor – nach dem Motto: Eine Hand wäscht die andere?"

„So in der Art."

McGrath rieb sich das Kinn und fragte: „Wie viele Opfer gibt es schon?"

„Fünf, dieses Mädchen mit eingerechnet."

„Wo?"

„In D. C., Atlanta, Memphis und Raleigh. Und jetzt hier. Die gute Nachricht für Sie ist: Der Täter verfolgt offenbar eine Strategie, nach der es pro Stadt nur ein Opfer gibt. Vielleicht ist er schon längst weitergezogen, was bedeutet, dass auch ich bald wieder verschwinden werde."

„Und wenn nicht?", fragte Thibodeaux.

„Dann haben wir ein größeres Problem als nur eine Leiche."

McGrath kratzte sich mit dem Kugelschreiber hinter

dem Ohr. „Haben die Medien dem Scheißkerl schon einen Namen verpasst?"

Trevor verschränkte die Arme vor der Brust. „Die Presse hat die Morde bislang noch nicht miteinander in Zusammenhang gebracht. Wahrscheinlich wegen der weit auseinanderliegenden Tatorte. Bestimmte Details haben wir bewusst geheim gehalten. Wir nennen ihn den *Vampir* – wegen seiner Tötungsmethode und weil einige der Opfer auch Verbindungen zur Gothic-Szene ihres Wohnortes hatten."

„Unser Opfer hier wurde in einem verlassenen Haus auf der Tchoupitoulas gefunden, weit entfernt von jeglichem Nachtleben", sagte Thibodeaux. „Die bläulichen Hautverfärbungen deuten allerdings darauf hin, dass das Mädchen einige Stunden nach seinem Tod bewegt wurde. Außerdem passt die Blutmenge am Tatort nicht zu den schweren Verletzungen, die der Typ der Kleinen zugefügt hat."

McGrath wandte sich dem Gerichtsmediziner zu. „Da wir gerade davon sprechen: Ist die Identität der Toten schon bekannt?"

„Nein, bislang noch nicht", entgegnete Semer, der den Wink sofort verstand. Er ging zum Obduktionstisch, schaltete die Lampe ein und nahm sich ein Paar Latexhandschuhe. „Bereit für das volle Programm?"

Im harten Licht wirkte die aschfahle Haut des toten Mädchens beinahe durchsichtig. Um die Y-förmige Narbe herum war der Körper eingesunken, nachdem die inneren Organe entfernt worden waren.

McGrath wurde blass. „Gott, Semer. Was Sie mit dem Zeug machen, das Sie aus den Leichen rausholen, will ich gar nicht wissen."

„Dann werde ich es Ihnen auch nicht sagen." Semer richtete seinen Blick auf Trevor. „Aber Agent Rivette hat recht – der Schnitt am Hals war die Todesursache. Sie ist im Grunde verblutet. Ungefähr vierzig Prozent Blutverlust." Mit seiner behandschuhten Rechten zeigte er auf die anderen Wunden am Körper der Toten. „All diese Schnitte, von denen die meisten oberflächlich sind, wurden der Kleinen vor dem Tod zugefügt." Er schob seine Brille ein Stück die Nase hinauf. „Wenn Sie meine Meinung hören wollen: Der Scheißkerl hatte seinen Spaß mit der Kleinen, bevor sie starb."

Der Faubourg Marigny District war früher eine Arbeitergegend gewesen. Im Laufe der Jahre hatte sich einiges zum Besseren gewendet, doch die Häuser in dieser Ecke von New Orleans wirkten auf Trevor Rivette noch immer vertraut. Natürlich hatten die neuen Bewohner Veränderungen vorgenommen. Die Häuser passten nun besser zu den BMWs und Volvos, die entlang der von Bäumen gesäumten Straße parkten. Die Wagen gehörten den Familien der aufstrebenden Mittelschicht, die inzwischen diese Gegend bewohnten und den Wert der Anwesen nach oben trieben. Wie die Nachbarhäuser war auch das alte Cottage im Kolonialstil nicht länger in biederem Weiß gehalten. Es leuchtete in einem kräftigen Himbeerrot, die geschnitzten Zierleisten waren gepflegt und setzten einen Farbakzent in Pink. Ein schmiedeeiserner Zaun umgrenzte den Garten, und auf der überdachten vorderen Veranda standen Schaukelstühle aus Rattan neben Tontöpfen mit grünen Farnen. Von seinem Aussichtspunkt auf dem Bürgersteig aus hörte Trevor Kinderlachen, das von irgendwo die Straße herunter zu ihm drang. Ein Windspiel auf der Veranda klimperte in der milden Luft des frühen Abends.

Man hätte meinen können, dies wäre ein wunderbarer Ort, um aufzuwachsen. Aber er wusste es besser.

Trevor öffnete das Gartentor und spazierte den kurzen Weg zur Veranda hoch. Als er auf den weiß getünchten Holzdielen stand, zog er seine Hand aus der Tasche seiner Jeans und rieb sich kurz die Stirn. Dies war jetzt Annabelles Haus. Die Geister, die hier lebten, würden ihn nur dann verfolgen, wenn er es ihnen erlaubte.

Sie hatte anscheinend auf ihn gewartet, denn die Tür wurde geöffnet, bevor er klopfte. Annabelle Rivette lächelte und zog ihren Bruder in die Arme. Als sie ihn schließlich wieder freigab, blickte Trevor in ihr Gesicht. Annabelle hatte sich kaum verändert. Ihr welliges braunes Haar und die himmelblauen Augen waren ganz genauso, wie er sie in Erinnerung hatte.

„Es ist lange her, Trevor“, sagte sie.

„Viel zu lange“, gab er zu. Wie viel Zeit hatte er verstreichen lassen! Vor drei Jahren war er zum letzten Mal in New Orleans gewesen. Damals war ihre Mutter beerdigt worden. Er war kurz vor dem Gottesdienst eingetroffen und bald danach wieder abgereist. Er war nach Richmond beordert worden, wo es einen Doppelmord gegeben hatte. Doch sowohl er als auch Annabelle wussten, dass es ihm auch ohne seine beruflichen Verpflichtungen beim FBI schwergefallen wäre zu bleiben.

Eine Kinderstimme drang leise aus dem Inneren des Hauses, und Annabelle ließ Trevor von der Veranda ins Wohnzimmer. Hier hatte sich so gut wie alles verändert. Der Raum mit den hohen Wänden war in Blau und Beige gestrichen, und ein großer Teppich bedeckte den Holzboden. Jalousien hatten die schweren Vorhänge vor den Fenstern ersetzt. Das steif wirkende alte Mobiliar war ebenso verschwunden, verbannt zugunsten einer dick gepolsterten Couch und eines dazu passenden Sessels mit Hocker. Selbst der Kaminsims, der noch aus der Entstehungszeit des Hauses stammte und aus Zypressenholz geschnitzt war, hatte seine dunkle Farbe verloren. Er war in Weiß übermalt, und der uralte Spiegel, der früher über dem Sims hing, war durch ein heiteres Bild vom French Quarter ersetzt worden.

„Da bist du ja", sagte Annabelle, als ein kleines Mädchen ins Zimmer kam. „Haley, das ist dein Onkel Trevor."

Haley starrte ihn kindlich offen an. Ein Plüschtier – eine lilafarbene Angorakatze, die aussah, als hätte sie schon bessere Tage erlebt – baumelte in ihrer Hand. Ein paar Strähnen ihres lockigen Haars waren aus dem Pferdeschwanz gerutscht. Sie streifte sie leicht ungeduldig aus ihrem Gesicht.

„Ich habe dich nicht mehr gesehen, seit du ein Baby warst", sagte Trevor.

„Ich bin aber kein Baby mehr. Ich bin fünf Jahre alt." Sie spreizte ihre kleine Hand und hielt sie hoch.

Er lächelte, als er sich hinkniete, um auf Augenhöhe mit seiner Nichte zu sein. „Ich meinte nur, dass deine Mom mir zwar Fotos von dir geschickt hat, aber dass ich gar nicht mitbekommen habe, wie groß du inzwischen geworden bist."

Haley schwang die abgeliebte Katze hin und her und ließ Trevor dabei nicht aus den Augen. „Du siehst aus wie Onkel Brian."

Ihm zog sich das Herz zusammen, als der Name seines Bruders fiel. Er dachte an Brians dunkles Haar und die blaugrauen Augen, die den seinen so sehr ähnelten. „Ja, ich glaube, das stimmt."

„Mommy sagt, du hast eine Pistole, genau wie ein Polizist. Hast du sie mitgebracht?"

„Ich habe sie im Hotel gelassen." Seine private Zweitpistole, eine .380 Beretta Halbautomatik, erwähnte er nicht. Sie steckte gut verborgen im Holster an seinem Knöchel. „Es ist gefährlich, so eine Waffe bei sich zu haben, weißt du?"

„Und warum hast du dann eine?"

Trevor blickte zu Annabelle. Das Grinsen auf ihrem Gesicht schien zu sagen: *Tja, so ist sie …*

„Das Abendessen ist bald fertig, mein Schatz", sagte sie zu Haley. „Warum gehst du nicht eine Weile spielen?

Onkel Trevor und ich wollen noch über Erwachsenenzeug reden."

„Kann ich Zeichentrick schauen?"

„Tu, was du nicht lassen kannst", antwortete Annabelle seufzend, und Haley verschwand im Flur. „Ich danke Gott für die Erfindung des Fernsehens." Sie sah zu Trevor, der schweigend neben ihr gestanden hatte und jetzt den Blick durchs Zimmer schweifen ließ. „Möchtest du etwas trinken?"

„Nur ein Mineralwasser, wenn du hast."

Er folgte ihr in die kleine Küche. Trendige mexikanische Fliesen hatten das abgenutzte Linoleum ersetzt, und die neuen Küchenfronten erstrahlten in gedecktem Weiß. Ein Topf stand auf dem Herd, und der Duft von Tomaten und pikanten Peperoni erfüllte den Raum. Auf der Küchentheke stand anstelle der altertümlichen Kaffeemaschine, die Trevor noch aus Kindertagen kannte, eine neue moderne Maschine. Wie im Wohnzimmer war auch hier alles frisch und neu. So, als hätte Annabelle geglaubt, das Karma des Hauses verändern zu können, wenn sie die Einbauten und Bodenbeläge herausriss und die Wände mit einer Schicht Farbe bedeckte. Das Bild eines grobschlächtigen Mannes, der mit erhobener Faust auf ihn zustürmte, ergriff ihn und raubte ihm den Atem, bevor es so rasch wieder verschwand, wie es gekommen war. Trevor berührte die Narbe an seinem Kinn. Sein Beweis, dass die Vergangenheit wirklich existierte.

NEW YORK CITY

Dr. Phillip Laredo, einer der führenden Wissenschaftler auf dem Gebiet der Genetik, stemmte sich gegen eine Windbö, die kleine Schaumkronen auf das aufgewühlte Wasser des Hudsons malte. Trotz des sonnigen Frühlingstages blies es kalt vom Fluss herüber. Fröstelnd kniff der Doktor die Augen zusammen. Das schüttere graue Haar wirbelte in langen Strähnen um seinen Kopf. Er trug lediglich ein Nachthemd. Den Rest seiner Kleidung hatte er zusammen mit seiner Brieftasche, drei Goldplomben und einigen anderen persönlichen Dingen in eine Mülltonne auf der 125. Straße gestopft.

Laredo kniete sich auf eine sandige Stelle im Gras und betrachtete den geschäftigen Ameisenhaufen. Kleine schwarze Flecken huschten umher und transportierten winzige weiße Krümel, die er aus seiner Tasche geholt hatte. Es war der Anfang vom Ende. Eine Panikattacke überfiel den Doktor, und sein Körper erstarrte. Hitze stieg ihm ins Gesicht. Er kämpfte gegen den Adrenalinstoß an, indem er tief die kalte Luft in seine Lungen sog und warme weiße Wolken ausatmete, bis sein Herzschlag ruhiger wurde.

Du weißt, was du zu tun hast. Nun tu es.

Mit trüben blauen Augen sah Laredo sich im Park um. Die Anlage war menschenleer. Die einzigen Geräusche stammten von den Autos, die in unregelmäßigen Abständen über den Henry-Hudson-Parkway fuhren. Auf Händen und Knien liegend griff er in einen Beutel, der neben ihm auf der Erde lag, und holte eine braune zerkratzte Metalldose heraus. Obwohl das Behältnis dem aktuellsten Stand der Forschung entsprach, wirkte sie mit ihren eingravierten Efeuranken eher altmodisch. Warme abgestandene Luft entwich, als er den Deckel aufschraubte.

Laredo ließ eine einzelne Ameise in die Kolonie fallen. Nur eine, aber er wusste, dass sie ausreichen würde.

Die riesige Ameise hieß Cleopatra, war braun und schlank und ungefähr so lang wie eine Maus. Geschickt krabbelte sie im Zickzack über den Ameisenhügel, drückte ihren Unterleib auf den Boden und hinterließ an bestimmten Stellen ihre Duftmarke. Die anderen Ameisen reagierten nervös, aber erwartungsgemäß griffen sie nicht an.

Mit Stolz, aber auch Gewissensbissen betrachtete der Doktor seine letzte Ameise. Er rieb die Fingerspitzen aneinander und spürte einen stechenden Schmerz an den Stellen, wo er die Kuppen mit Abflussreiniger und einem Teppichmesser bis auf das rohe Fleisch entfernt hatte. Unwillkürlich machte Laredo mit seinem Daumen das Kreuzzeichen über seiner Augenbraue; eine Geste, die er sich vor langer Zeit abgewöhnt hatte. Es gab keine andere Möglichkeit – davon war er überzeugt. Während er noch über die Konsequenzen nachdachte, deren Ursache er soeben selbst freigesetzt hatte, bedauerte er, dass die menschliche Rasse ihm im Gegensatz zu Gott sicher nicht vergeben würde.

Zufrieden, dass das Geschehen seinen Lauf nahm, holte der Doktor einen Revolver aus seiner Umhängetasche, setzte die Mündung an die Schläfe und verteilte sein Gehirn mit einem lauten Knall über den Rasen des Riverside Parks.

Cleopatra huschte durch den vorderen Teil des Tunnels. Mit den Fühlern berührte sie die Antennen der misstrauischen Arbeiterameisen. Über den intensiv markierten Pfad führte sie ihr Instinkt zu einem Nistplatz. An ihrem Geruch erkannten die anderen Ameisen, dass sie bereit war, Eier abzulegen. Auf einer nach unten führenden Spirale und in Gängen, die viel zu eng für ihren mächtigen Körper waren, sonderte sie eifrig ihren Duftstoff ab.

Endlich erreichte sie die Brutkammer mit ihren Tausenden von gelben durchsichtigen Eiern, die an diesem Morgen in einen höheren und wärmeren Bereich transportiert worden waren.

Cleopatra wusste, was sie als Erstes zu tun hatte. Sie sperrte die riesigen Oberkiefer auf und biss kraftvoll mit ihren Mandibeln in die Membran eines Eis. Ein zweiter Mund hinter den äußeren Kiefern schluckte seinen weichen Inhalt.

Pheromone von solcher Eindeutigkeit und Einmaligkeit hatte die Kolonie bisher nicht gekannt. Ihre Bewohner reagierten schnell und bedingungslos. Hundert Millionen Jahre Evolution hatten sie gelehrt, sich stets an den stärksten chemischen Sekreten zu orientieren. Sofort begannen die Ameisen, ihre Brut zu vertilgen. In Windeseile verbreiteten sich die neuen Verhaltensregeln durch die Gänge, von Kammer zu Kammer bis zu den benachbarten Kolonien, und nach kurzer Zeit war die letzte Generation der schwarzen Waldameise durch die vorherige vertilgt worden.

Jetzt wurde es Zeit für Cleopatra, ihren Platz einzunehmen. Rasch steuerte sie ihr Ziel an.

In der Brutkammer der Königin sorgten die Pflegerinnen für hektische Betriebsamkeit. Als Cleopatra hereinkam, stoben sie in alle Richtungen auseinander. In ihrer Mitte lag die aufgeblähte Königin in einem weichen Bett aus Sand. Rhythmisch pumpte sie blasse Eier aus ihrem Körper. Schwerfällig und erschöpft drehte sie den Kopf in die Richtung, aus der Cleopatra sich näherte, ohne ihre intelligentere Cousine wirklich anzuschauen.

Mit ihren großen Beißzangen köpfte Cleopatra die Königin im Handumdrehen.

ZWEI JAHRE SPÄTER …

Leck mich, Winter, dachte Jerrol Thomas vergnügt, als er aus der Weinhandlung in Harlem schlenderte und von der späten Nachmittagssonne geblendet wurde. Der März war eisig gewesen, doch nun umfächelte ihn eine milde und angenehme Brise. Lächelnd zählte er seine Lotterielose. Der April war sein Glücksmonat. Umso verdutzter war er, als er einen Jungen dabei erwischte, wie er mit einem Stein auf das Schloss seines neuen Rennrads hämmerte. Die Lackierung und das Schaltwerk hatte er bereits beschädigt.

„Scheiße, Malcolm! Wer hat dir bloß beigebracht, Fahrräder zu klauen?“ Jerrol war groß und breitschultrig. Er trug einen Spitzbart und hatte stechende schwarze Augen. Drohend beugte er sich über den Zwölfjährigen. „Hast du schon mal was von einer Eisensäge gehört, du Blödmann? Lass die Finger von meinem Rad.“

„Ich wusste nicht, dass es Ihres ist, Sir“, erwiderte Malcolm und flitzte über den Gehweg davon.

„Kein Wunder, dass du bei mir in Mathe durchfällst“, rief Jerrol ihm hinterher, ehe er grinsend weiterging. Er überquerte die Amsterdam Avenue, öffnete das Gartentor und durchquerte das Grundstück zu seinem Apartment hinter dem Haus. Es war zwar klein, aber da es in dem Gemeinschaftsgarten lag, wagte niemand, in die Wohnung einzubrechen. Niemand verging sich am Garten. Der weiße Lattenzaun glich einer Festung in der Nachbarschaft. Es gab zwar genug Kriminelle und Asoziale in der Gegend, die klauten, raubten und sich gegenseitig erschossen, doch niemand kam auf die Idee, auch nur eine Tomate mitgehen zu lassen. Die Hortensie vor seiner Haustür gefiel Jerrol besonders. Leider hatte sich seit dem Herbst niemand mehr um sie gekümmert. Deshalb war sie entsprechend braun und verdorrt.

In gemächlichem Tempo ging er über den Innenhof und

fummelte an seinem Schlüsselbund. Er hörte ein Geräusch hinter sich. Ohne sich umzudrehen, wusste er, dass es eine Ratte war. In letzter Zeit gab es hier viele von ihnen, die sich seltsam verhielten. Anstatt träge das Laub in sich hineinzufressen, wie sie es normalerweise taten, bewegten sie sich hektisch im Kreis und wälzten sich im Gras. Dieses Exemplar sah aus, als würde es auf den Hinterpfoten tanzen. Mit den Vorderbeinchen schien die Ratte zu winken, während sie hin und her schwankte und schließlich neben dem Zaun zu Boden fiel. Jerrol verrenkte den Hals, um einen Blick auf sie zu werfen, und stellte fest, dass das Tier teilweise keinen Rücken mehr hatte. Mit den blutigen Flecken im Fell wirkte sie wie gehäutet.

„Kommst du rein?", ertönte eine Frauenstimme im Haus.

Jerrol schaute seine Frau an, die an der Tür stand.

„Ich muss zur Nachsorgeuntersuchung. Schon vergessen?"

Jerrol wollte ihr den Anblick des verstümmelten Tieres ersparen. Deshalb drückte er ihr einen Kuss auf die Lippen und verstellte ihr den Blick in den Garten, als er sich an ihr vorbeidrängte. „Vergiss nicht, den Doktor zu fragen, wann wir wieder loslegen können."

„Daran hättest du mich nicht erinnern müssen." Sie packte ihre Handtasche und wandte sich zum Gehen. „Heute wird es spät. Kümmer dich bitte um das Baby. Es ist gleich Zeit fürs Abendessen." Kaum war die Tür ins Schloss gefallen, ertönte ein Kreischen aus dem Kinderzimmer. Jerrol betrat die kleine Küche, erwärmte ein Fläschchen in der Mikrowelle und eilte über den Korridor.

Ein paar Stunden später saß Jerrol in abgeschnittenen Shorts und Lakers-T-Shirt auf dem Sofa und las ein Buch. Dabei musste er unentwegt an die Ratte denken. Schließlich legte er das Buch auf den Couchtisch, ging zur Haustür, schaltete die Außenbeleuchtung an und trat hinaus in die kühle Nachtluft.

Die Terrassenleuchte warf ein schimmerndes Licht auf den Betonboden und die Metallstühle. Im Schein eines Dreiviertelmonds konnte er im Garten einige Meter der frisch umgegrabenen Beete erkennen. Nichts war mehr von der Ratte zu sehen, die zwischen den Tomatenstauden verendet war. Der Kadaver war verschwunden.

Eine orange gestreifte Katze sprang auf den Zaun. Jerrol zuckte zusammen, doch dann grinste er, als das verwilderte Tier mit etwas Totem im Maul auf der anderen Seite verschwand.

„Gut gemacht, Garfield“, lobte er.

Am Ast einer kahlen Ulme hing ein leise klapperndes Bambuswindspiel. Das Geräusch verebbte, als der Wind sich legte. Jerrol fiel auf, das die Mohnblumen sich weiterbewegten. Die vertrockneten Stängel raschelten und zitterten auf merkwürdige Weise. Unvermittelt ergoss sich aus ihrem Schatten eine breite Lache. Wie ein Ölteppich floss sie über die Erde hinein ins weiße Mondlicht. Sofort war ihm klar, dass es sich bei dieser Erscheinung nicht um ein einzelnes Ding, sondern zahllose winzige Formen handelte.

Ameisen.

Im vergangenen Frühjahr hatte Jerrol erstmals einen Schwarm durch den Garten ziehen sehen. Damals war die Gruppe, die sich ebenfalls wie eine geschlossene Einheit vorwärtsbewegte, allerdings viel kleiner gewesen. Nun riss der wimmelnde Teppich auseinander und verteilte sich auf perfekt geformte Stränge mit jeweils dreißig Zentimeter Zwischenraum. Es waren die größten Ameisen, die er jemals zu Gesicht bekommen hatte – fast drei Zentimeter lang. Zunächst amüsiert, dann zunehmend besorgter, beobachtete Jerrol die Prozession. Sie erinnerte ihn an eine Kolonne von Soldaten. Es war ein beunruhigend vertrautes Bild.

Treiberameisen.

In der Schule hatte er eine *Discovery Channel*-Doku über sie gesehen. Sie hieß *Killerameisen aus dem Kongo.* Sie jagten in Gruppen und attackierten alles, was sich bewegte. Aber das hier war Harlem. Hier musste man sich vor Drogendealern in Acht nehmen, nicht vor Killerameisen.

Plötzlich wurde es im Garten dunkler. Jerrol drehte sich um und blinzelte in das Terrassenlicht. Schwarze Punkte krochen über den Glaskolben, bis nichts mehr von der Glühbirne zu sehen war. Nur der Mond erhellte die Umgebung. Durch den Schatten huschten Millionen winziger

Körper, bildeten Brücken und meterlange Seile von Busch zu Busch, Blumentopf zu Blumentopf, von Liegestuhl zu Liegestuhl.

Ameisen tun so was nicht, überlegte Jerrol, während eine schreckliche Vorahnung ihm einen Schauer über den Rücken schickte. Mit zusammengekniffenen Augen schaute er wieder zum Garten. Schwarze Fäden liefen Abflussrinne und Rankgitter hinab, verwoben durch lebende Querverbindungen, einer Kette gleich. Sie bevölkerten den Boden, quollen über Steine und Büsche und frisch angepflanztes Gemüse. Sie bedeckten den Grill, den Rasenmäher, einen Fußball, eine Holzbank, den Werkzeugschuppen und schließlich das gesamte Grundstück.

Eine besonders große Ameise saß regungslos auf einem Ast und beobachtete Jerrol aus der hintersten Ecke des Gartens. Mit ihrem Facettenauge konnte sie nicht so scharf sehen wie das Auge eines Menschen. Dafür nahm sie mit ihren Tausenden winziger Linsen kleinste Bewegungen und geringste Lichtwechsel sehr genau wahr. Die Form, die Silhouette und die hektischen Bewegungen des Mannes signalisierten ihr: Beute. Ihre Antennen nahmen seinen Geruch wahr, verschafften ihr Gewissheit.

Mit aufgeregtem Klicken öffnete und schloss sich der Unterkiefer der Königin wie eine Schere. Das Insekt hatte keine Vorstellung von Zeit, doch sein Instinkt sagte ihm, was es zu tun hatte. Während sich die anderen Ameisen ihrem Ziel näherten, bewegte es sein Unterkiefer schneller, wie die Scheren eines Krebses, der sich auf einen Kampf vorbereitete. Schließlich bäumte es sich auf, und sofort verfielen die Ameisen in ihrer Nähe in hektische Betriebsamkeit. Die Königin öffnete ihre großen Kiefer, als wollte sie schreien, aber was aus ihrem Maul kam, war machtvoller als jedes Angriffsgebrüll.

Aus allen Richtungen krochen die Ameisen auf Jerrol zu.

„*Sch…scheiße!*" Panisch schlug er die Hände vors Gesicht, um sich vor dem Angriff zu schützen.

Doch die Ameisen griffen nicht an. Ein paar Zentimeter vor seinen Turnschuhen blieb die erste Reihe stehen, bog wie auf Kommando in einem Winkel von fünfundvierzig Grad ab und bildete einen Kreis um ihn, der sich über den gesamten Garten erstreckte. Der schockierte Mann stand auf einem ein Quadratmeter großen Flecken Gras, umzingelt von einer Kolonie aus zweiundzwanzig Millionen Insekten.

Jerrol zitterte am ganzen Körper. Kalter Schweiß lief ihm über den Rücken, und das Hemd klebte ihm an der Haut. Hektisch drehte er sich immer wieder um die eigene Achse. Eine Flucht aus dem Garten war unmöglich, aber es gab auch keinen Weg zurück ins Haus. Ein unheimliches Geräusch, das wie statisches Rauschen klang, erfüllte den Garten und wurde zunehmend lauter. Wimmernd hüpfte er auf und ab und starrte sehnsüchtig zur Tür, durch die er den anheimelnden blauen Florteppich und das geöffnete Buch auf dem Couchtisch erspähte. Mehr als alles andere wünschte er sich, wieder in seinem Wohnzimmer zu sitzen.

Instinktiv griff er nach einem Pfahl, der in dem Beet neben ihm steckte, und schwang ihn wie ein Schwert vor sich her in der Hoffnung, sich einen Weg zur Tür freischlagen zu können. Sofort gerieten die Reihen in hektische Bewegung. Mit atemberaubender Geschwindigkeit liefen die größten Soldatenameisen links und rechts entlang der Flanken, während die kleineren wie ferngesteuerte Flugkörper aus der Mitte auf ihn zu schossen.

Als die ersten Tiere seine Turnschuhe erreichten, trampelte er heftig auf die Erde. Doch die Insekten sprangen an seinen Beinen hoch wie Tropfen aus einer Pfütze, durchbohrten seine Haut und bissen sich fest. Ihre Stacheln verursachten höllische Schmerzen. Jerrol stürzte auf die Knie. Sofort fiel der Schwarm in voller Stärke über ihn her.

Hunderte Insekten stachen gleichzeitig zu, während er kopfüber ins Haus stolperte, wo er über einen Läufer rutschte und sich auf dem Teppich wälzte, als stünde er in Flammen. Schreiend schlug er die Tür zu und umklammerte seine geschundenen Schienbeine, auf denen es von Ameisen wimmelte. Unentwegt bissen sie zu. Seine Haut war bereits von weißen Pusteln übersät. Er bohrte die Zähne in die Unterlippe und kroch ins Bad, wobei er eine schmale rote Spur auf dem blauen Teppich hinterließ.

Der durchsichtige Plastikvorhang dämpfte seine Schmerzensschreie. Stöhnend, in nassen Kleidern und

Turnschuhen, saß Jerrol auf dem Boden der Wanne, während heißer Wasserdampf sich im Raum ausbreitete. Die Insekten hatten sich bis zu den Knien hoch in seiner Haut festgebissen. Wieder und wieder stießen sie mit ihren Mandibeln zu. Es war ein Gefühl von Rasierklingen, die seine Adern zerschnitten, als das Gift der Ameisen von seinen Gliedern in den Oberkörper, in jeden Muskel und jedes Organ schoss.

Die Schmerzen waren unerträglich. Die Kauwerkzeuge schnappten zu und rissen winzige Stücke aus ihm heraus. Jerrol kauerte sich über seine Knie. Als er sich kratzte, blieb das Fleisch an seinen Fingernägeln hängen. Einige Ameisen wurden von dem rot gefärbten Wasser in den Abfluss gespült. Die meisten bohrten sich tiefer in seine Wunden. Unter seiner Haut wurden dunkle Tunnel sichtbar, durch die sich kleine Beulen bis zur Kniescheibe bewegten. Die Insekten fraßen sich immer höher.

Ein sengender Schmerz pulsierte in seinem linken Fuß, aus dem eine Menge Blut herausquoll, das in den Abfluss gespült wurde. Mit zitternden Fingern rollte er die Socke herunter. Darunter kamen zerfetztes Fleisch und Sehnen sowie ein Loch von der Größe eines Vierteldollars zum Vorschein, aus dessen Mitte weiß sein Knöchel ragte.

Ihm wurde schwindlig und übel. Sein Gesicht war angeschwollen wie eine Halloweenmaske aus Gummi. Jerrol fiel rücklings in das rot durchzogene Wasser in der Badewanne. Der Schock gewann die Oberhand. Langsam versiegte der Schmerz, und eine beruhigende Taubheit breitete sich in seinem Körper aus.

Jerrol sank zur Seite und ließ das heiße Wasser auf sich regnen. Er glaubte, in Ohnmacht zu fallen, *wollte* in Ohnmacht fallen, als der Schrei eines Babys an sein Ohr drang.

Mit der Panik kehrte die Kraft in seinen Körper zurück, als er sich vorstellte, wie die Ameisen über sein Kind herfielen. Schwerfällig wuchtete er sich aus der Wanne und torkelte mit gekrümmtem Oberkörper von Wand zu Wand über den Korridor in das dunkle Kinderzimmer.

Er schlug auf den Lichtschalter. Das Baby war allein. Nicht einmal eine Motte flatterte durchs Zimmer. Der winzige Körper seiner Tochter war in eine grüne Decke gewickelt. Sie lag auf einem Puh-der-Bär-Laken, umgeben von zwei blauen Stoffhasen, einem orangefarbenen Wal und einem Klecks Milch, die sie wieder ausgespuckt hatte.

Jerrols Erleichterung hielt nicht lange an, denn sein Herz versagte den Dienst. Schwer atmend beugte er sich über sein Kind. Eine Spur von dunkelroten Fußabdrücken führte von der Tür bis zum Gitterbett. Blutverschmiert von Kopf bis Fuß, sah er aus wie ein Monster. Er trat ans Fenster und öffnete die Vorhänge. Seine zitternden Finger hinterließen Blutflecken auf den Gardinen.

Der Gartenboden kräuselte sich wie die Oberfläche eines Sees. Schwarze Panzer schimmerten im Mondlicht. Unvermittelt teilte sich die Armee in zahlreiche geometrische Figuren auf, die zu schrumpfen schienen. Jerrol hielt den Atem an, als die Schwärme nach und nach wie Pfützen in der Erde verschwanden. Schließlich ließen die letzten Eindringlinge von ihm ab und eilten zur Tür. Die Ameisen verließen das Schlachtfeld.

Das Baby weinte, als sein Vater sich umdrehte und mit unsicheren Schritten zur Tür wankte, stark schwitzend von dem hohen Fieber, das seinen Körper erfasst hatte. Seine Augen schwollen zu. Sein Kopf kippte ruckartig zurück, und er hustete einen Schwall Blut aus.

Jerrol fiel auf die Knie, bevor er zusammensackte und endgültig zu Boden ging.

Lesen Sie auch von Linda Castillo:

Band-Nr. 25617
8,99 € (D)
ISBN: 978-3-86278-459-2
eBook: 978-3-86278-523-0
304 Seiten

Linda Castillo
Stärker als dein Tod

Emily Monroe ist wie gelähmt vor Angst. Ihr persönlicher Albtraum ist wahr geworden! Viel zu spät versucht sie, per Funk einen Ausbruch aus dem Hochsicherheitstrakt des Gefängnises zu melden: Der Entflohene überwältigt sie und nimmt sie als Geisel. Doch Zack Devlin ist kein Schwerverbrecher, sondern CIA-Agent in gefährlicher Mission. Undercover ermittelt er, warum immer wieder lebenslang Verurteilte spurlos verschwinden. Zack vermutet ein mörderisches Komplott. Aber dafür braucht er Beweise – und bestimmt nicht eine Frau wie Emily, in deren Nähe aus Adrenalin plötzlich pure Leidenschaft wird.

„Gefährlich sexy –
ein Muss für Romantic-Thriller-Fans!"
Romantic Times Bookclub

„Ein flüssiger Stil und eine authentische New-Orleans-Atmosphäre machen Tentlers Debüt so besonders."

Publishers Weekly

Band-Nr. 25631
8,99 € (D)
ISBN: 978-3-86278-481-3
eBook: 978-3-86278-551-3
432 Seiten

Leslie Tentler
Nachtruf

Es ist eine dieser schwülen Nächte von New Orleans. Eigentlich scheint alles wie immer in der Late-Night-Radioshow von Rain Summers. Bis es die ganze Stadt live und on air hört: „Ich bringe dich nicht um – es sei denn, du zwingst mich dazu." Die Psychologin weiß sofort, dieser Anrufer meint es ernst – todernst.

Davon ist auch der attraktive FBI-Ermittler Trevor Rivette überzeugt. Er glaubt, dass der nächtliche Anrufer ein von ihm gesuchter Serienmörder ist. Bloß warum hat er es auf Rain abgesehen? Trevor ermittelt fieberhaft. Kann er den Killer aufhalten? Als Rain in die Sümpfe der Bayous entführt wird, beginnt ein erbarmungsloser Wettlauf gegen die Zeit …

„Leslie Tentler zeigt, was sie kann, indem sie einen erstklassigen Romantic-Thriller vorlegt."

Manic Readers